Olivier Guez

KOSKAS UND DIE WIRREN DER LIEBE

aufbau

Olivier Guez

KOSKAS UND DIE WIRREN DER LIEBE

Roman

Aus dem Französischen von Nicola Denis

aufbau

Die Originalausgabe ist unter dem Titel
Les révolutions de Jacques Koskas
2014 bei Belfond in Paris erschienen.

MIX
Papier aus verantwortungsvollen Quellen
FSC® C083411

ISBN 978-3-351-03480-1

Aufbau ist eine Marke der Aufbau Verlag GmbH & Co. KG

1. Auflage 2020

Satz LVD GmbH, Berlin
Einbandgestaltung zero-media.net, München
Druck und Binden CPI books GmbH, Leck, Germany
Printed in Germany

www.aufbau-verlag.de

Meinem Vater, diesem Helden

Frage nie jemanden nach deinem Weg.
Es könnte sonst sein, dass du dich nicht verirrst.
Rabbi Nachman von Brazlaw

Man muss warten, bis der Zucker schmilzt.
Henri Bergson

1

Samstag, 6. Oktober 2003

Sie sah ihn an. Eine üppige nackte Nixe am Ufer. Von ihren mandelförmigen Augen ging ein sanftes, entwaffnendes Leuchten aus, ein Appell an sämtliche Sinne. Sie war den orangefarbenen Fluten entstiegen und kam auf ihn zu. Sie sah ihn an, Jacques fehlten die Worte, seine Hände zitterten, Schweiß perlte ihm von der Stirn, und aus seinen Augen sprudelten Tränen wie aus einem Brunnen. Die Meerjungfrau war strahlend schön, Jacques aber schluchzte.

»Warum weinst du, Jacques?«

»Wer bist du? Woher weißt du, wie ich heiße?«, stammelte er.

»Ich bin die Leopardin, deine Leopardin. Du hast nichts zu befürchten, Jacques!«

»Woher kommst du? Welcher Fluch hat dich dem Wasser entrissen?«

»Beruhige dich und vertrau mir. Ich bin die, auf die du schon immer gewartet hast, von der du Nacht für Nacht träumst und die du an jedem Tag, den Gott gemacht, herbeisehnst.«

»Wirklich? Ich weiß nicht. Du bist die Leopardin?«

»Ja. Mach dir nur keine Sorgen mehr, und hör auf zu weinen!«

Die Leopardin strich über die langen Locken, die Jacques' Gesicht rahmten, und schloss ihn fest in die Arme, so wie ihn noch nie jemand umschlungen hatte. Er entspannte sich, während der Scirocco seine Tränen trocknete, und hielt dem Kirschmund der Leopardin blaue Weintrauben, saftige Beeren und feuchte Feigen hin. Die Leopardin leckte ihm die Finger, und bald würde er ihre prallen Lippen lecken. Ihre heißen Zungen wanden sich im Takt umeinander, sinusförmige, ausgetrocknete Ellipsen. Nun bebte die Leopardin vor Lust. Ihre herrlichen Brüste schienen Jacques geradezu anzuflehen.

Schon wollte er nach ihnen greifen, als er plötzlich einen heftigen Schmerz in der Rippengegend verspürte. Ein mit unverdauten Pepperoni angereicherter Atem ruinierte den paradiesischen Augenblick.

»*Ya rabbi*, Jacques! Wach auf, verdammt noch mal! Dein Vater wird gleich die Thora vorlesen. Und du wirst uns wieder mal blamieren!«

Jacques verfluchte seinen Großonkel Ezechiel, der mit seinem Mundgeruch die Leopardin verscheucht hatte. Er streckte seinen langen Körper und rieb sich, geblendet von den Neonröhren der sephardischen Synagoge im guten alten S., gähnend die Augen. Er lockerte seinen Krawattenknoten. Wie jedes Jahr hatte der Küster die Heizung schlecht reguliert, und Jacques langweilte sich an Jom Kippur zu Tode. Raoul Chelly, der Gemeindevorsitzende, hämmerte mit seiner feisten Faust auf das Pult.

»*Rabotai*, spenden Sie für unsere schöne Synagoge, deren Renovierung auch 5764 noch nicht abgeschlossen sein wird!«

Die Zuhörer machten ihrem Unmut Luft, allerdings ohne den Redner aus dem Konzept zu bringen.

»Das Überleben unserer Gemeinde steht auf dem Spiel. Es geht um die Zukunft unserer *Kehillah,* unserer lieben Kinder und um unser Schicksal als Juden in diesen dramatischen Zeiten, wo unsere Feinde uns verleumden. *Amen*!«

Die Versteigerung begann, alle hielten die Luft an. Sämtliche Arme schossen in die Höhe, auf der Empore stießen die Frauen unterdrückte Schreie aus, während die Preise explodierten. Um an Jom Kippur die *Haftara* lesen zu dürfen, war man bereit, sich gegenseitig abzumurksen. Der Gemeindevorsitzende Chelly, von seinen Untergebenen »das Pummelchen« genannt, rieb sich die Hände: Ihm schwebte eine neue *Mikwe* für seine Gemeinde vor, renommierte Vortragsgäste aus der ganzen Welt, ein Satz zweifarbiger Tücher für die Pfadfindergruppe Pinhas und vor allem, ja vor allem endlich eine blickdichte Sicherheitsschranke – manche nannten sie Mauer –, die die vereinzelten unreinen Geister in der Zuhörerschaft daran hindern würde, nach einer zarten Fessel oder einem spitzen Schuh auf der Frauenempore zu schielen.

»Fünfzehntausend zum Ersten, fünfzehntausend zum Zweiten, fünfzehntausend zum Dritten! Jacques Haïm Khamous Clément Koskas, Sohn von Jacques Issac Koskas, gelobt sei dein Name!«, brüllte das Pummelchen.

Jacques Senior, Jacques' Vater, hatte seine marokkanischen Gegner bezwungen, sodass im Hause Gottes bald der anmutige tunesische Ritus erklingen würde. Jacques seufzte. Sein Vater, ein in der ganzen Gegend bekannter Gynäkologe, hatte sich wieder einmal übers Ohr hauen lassen: Die Bieter waren Verschwörer, sie hatten nie ernsthaft vorgehabt, die *Mitzwa* zu erwerben, sie wollten nur Koskas drankriegen, wie immer an Jom Kippur, schon seit Ewigkeiten. Der Großonkel Ezechiel brummte in seinen Bart, dass er mit einer solchen Summe gut zwei Jahre hätte leben können. Guibor, Jacques' vorbildlicher Schwager, blieb unerschütterlich.

»Die Perversen gleichen einer stürmischen See, die sich nicht besänftigen lässt und deren Gewässer brodeln vor Schlamm und Schlick. Kein Friede, sagt mein Gott, den Bösen!«

Die Stentorstimme jagte den Gläubigen einen Schauder über den Rücken, und Jacques ließ seine Seele baumeln. Er bewunderte die mit den zwölf Stämmen Israel geschmückten Glasfenster, zupfte seine Ärmel zurecht und glättete sich die langen Koteletten, während er den Gemeindebrief überflog. Dort wurde der Tod eines vermögenden Viehhändlers beklagt. Jacques gähnte verstohlen, sein Schlaf war schon im Morgengrauen vom Gurgeln seines Vaters und dem Kreischen seiner Nichten Batia und Chani unterbrochen worden. Ihre Eltern, Ruth und Guibor, ehemals Céleste und Jean-Rémi, hatten sie aus Israel importiert, um die Festtage im Kreis der Familie zu verbringen.

Am Morgen des Versöhnungstags herrschte bei den Koskas stets ausgelassene Freude. Es war nicht so, dass diese erlauchte Familie sich nichts vorzuwerfen gehabt oder nicht gottesfürchtig gelebt hätte. Jacques Senior und seine Gattin Claire, eine unfehlbare Urologin, übertrieben es, um etwas von der Welt zu sehen, mit den Ärztekongressen, waren aber nicht minder auf ihre Traditionen bedacht. Insbesondere Jacques wachte streng über die Ahnenreihe illustrer Rabbiner und Kabbalisten aus Nabeul-sur-Mer, einer Ortschaft in Tunesien, wo einer seiner Vorfahren zur Zeit Amadeus I. sogar Konsul des erzkatholischen Spaniens gewesen war. Claire Koskas, geborene Scholem, hatte ihre aufklärerischen Ambitionen zurückgestellt, nachdem sie auf dem Facharztball diesen spindeldürren Angeber, nach dessen Schnurrbart sich damals alle Krankenschwestern auf der gynäkologischen Station des Unikrankenhauses verzehrten, kennengelernt hatte. In jener Nacht hatten Jacques und Claire zu *Popcorn* von Hot Butter wild getanzt, und als im schummrigen Licht die ersten Takte von *La maladie d'amour* erklangen, hatten die beiden jungen Ärzte, Claire und Jacques, Jacques und Claire, begriffen, dass es endgültig um sie geschehen war. Seitdem entschuldigte sie unzählige Verspätungen und Verrücktheiten ihres Gatten, wie zum Beispiel das Verbot, am Schabbat kein Feuer zu entfachen. Sie tolerierte die ausgedehnten Besuche seines Pariser Onkels, des steinreichen Ezechiel, analphabetischer Herold aus der Blütezeit des Sentier-Viertels. Hypochondrisch, von ebenso rätselhaften wie kurzlebigen Krankheiten befallen und häufig von Blähungen geplagt, stattete er seinem Neffen regelmäßige Besuche ab, damit dieser ihm zu Terminen mit den besten Spezialisten im Rheintal verhalf. Fast achtzigjährig hatte Ezechiel seit Langem sämtliche Management-Tricks des jungen Jahrhunderts verinnerlicht und, als berüchtigter *cost cutter* und legendärer Geizkragen, S. am Vortag an Bord eines holländischen Sattelschleppers per Anhalter erreicht.

Bei dem Festschmaus vor dem Feiertag hatte der Millionär vor einem Berg von Couscous, den Claire mit der Zeit immer raffinierter zuzubereiten wusste, der Dame des Hauses eine *minina* und drei gammlige Zitronen überreicht. Batia und Chania hatte er zwei Puppen aus Lumpen, Streichhölzern und angepinselten Kichererbsen mitgebracht. Ruth und Guibor, beides Augenärzte, und die Koskas plauderten mit vollem Mund und fettigen Fingern über Nierenszintigraphien, Vasektomien und Beckenbodenschmerzen, während sie an ihren Multivitaminsäften nippten. Jacques, den Kopf über seinen überquellenden Teller gebeugt, sagte als Einziger kein Wort. Die Vorstellung, aus Wasser und Fleisch, aus Blut und ein paar defekten Organen zu bestehen, machte ihn krank. Mit achtzehn hatte auch er sich mit dem Gedanken an eine medizinische Laufbahn getragen, doch der Besuch eines Krankenhauses mit seinem Ballett aus Gehbehinderten und Rollatoren, dem Karussell der Tragen und Tabletts, die zu einer Uhrzeit serviert wurden, wenn andere, zivilisierte Völker Tee tranken, vor allem aber mit seinem Formolgeruch, hatte ihn für immer davon abgebracht. Die Koskas verschmerzten diese Enttäuschung, als sie ein paar Jahre später ihren famosen Schwiegersohn Guibor Zylberstein kennenlernten.

Der scheue Zionist war ausnahmsweise mal gesprächig. Er lag gerade in den letzten Zügen seiner Doktorarbeit, eine poetisierende Studie über die Familienvorkommen der Birdshot-Chorioretinopathie. Warum neigten die Träger des Antigens HAL-A29 eher dazu, eine chronische beidseitige posteriore Uveitis mit den charakteristischen gelblichen Flecken im Augenhintergrund zu entwickeln als Nichtträger dieses HAL-Merkmals? Batia und Chani bereiteten dem reizenden Geplauder ein jähes Ende. Batia hatte ihrer Schwester die Puppe weggenommen und ihr zu allem Unglück eine Kichererbse abgerissen. Chani, trotz ihrer zwei Jahre so stark und zottig wie Samson, hatte Bania gepackt, die sofort zugekniffen hatte, und nun plärrten beide. Verärgert, dass die lieben Kleinen seine Ausführungen unterbrochen hatten, verpasste der Vater, der gerne impulsiv und heftig reagierte, den undankbaren Gören zwei Ohrfeigen. Nun brüllte die Mutter, redete auf ihre weinenden Töchter ein und schimpfte mit ihrem Gatten, sekundiert von Jacques Senior, der sie schon immer besonders gemocht hatte.

»Kommt schon, hört auf mit dem Zirkus! Das geht doch nicht am Tag vor einem gemeinsamen Jom Kippur«, dozierte das Familienoberhaupt.

Dann sprang er wie ein Stehaufmännchen plötzlich auf: Ezechiel schlug Alarm, er hatte am Himmel von S. einen Stern erblickt, das Fest war in greifbarer Nähe. Die Koskas machten sich auf den Weg zur Synagoge. Jacques blieb mit der im Gries vor sich hinvegetierenden einäugigen Marionette allein zurück. Er hatte noch nicht mal geduscht.

Er entwirrte seine langen Locken, verleibte sich eine Diät aus Bananen, ein paar Gläschen Mirabellenschnaps und zwei Litern Wasser ein, rauchte lässig am Fenster und wartete, bis es dunkel wurde, um mit dem grässlichen Fasten zu beginnen. Sein Dilettantismus, am Tag vor dem Versöhnungsfest noch geduldet, fand am nächsten Morgen, als sich die Familie auf Vater Koskas' jüdisch-arabisch-andalusische Show vorbereitete, keine Gnade mehr. Niemand erinnerte sich, wann genau es losgehen sollte, aber entsetzt bei dem Gedanken, dass Jacques zu spät kommen könnte, überwachten seine Eltern ihn mit Argusaugen, als wäre er immer noch vierzehn. Jacques Senior ging schon einmal vor Richtung Synagoge, Claire hatte die schwierige Aufgabe, Jacques Junior daran zu hindern, sich gottlose Bücher zu schnappen, zu rauchen und zurück ins Bett zu kriechen, wobei sie von Ruth unterstützt wurde, die stets bereit war, sich für die Misshandlungen ihres Bruders von anno dazumal, als sie noch Céleste hieß, zu rächen. Einmal, das war ihr unvergessen, hatte er ihre Zahnbürste mit Ezechiels Pepperoni eingerieben.

Derart engmaschig überwacht, hatte Jacques die Synagoge erstaunlicherweise sogar mit ein paar Minuten Vorsprung erreicht. Jacques Senior erbrachte eine Darbietung auf höchstem Niveau, eine Spitzenleistung, wie sie selbst der Gemeindeälteste Benchimoun, ein Veteran aus dem Rifkrieg, noch nicht erlebt hatte. Nachdem er ein paar weitere hundert Euro für die guten Werke des Pummelchens draufgelegt hatte – sein Nachbar von gegenüber –, stürzte sich der angegraute Schnulzensänger, wie Muhammed Ali bei seinem Triumph in Kinsasha, unter dem Freudengeheul der weggesperrten Frauen, die er als Einziger intim kannte, auf seine Bewunderer. Den Schnurrbart hochgezwirbelt und mit hochroten Wangen schüttelte der Mann, der soeben dem Ewigen, unserem Gott und König des Universums, gedankt hatte, sämtliche ihm entgegengestreckte Hände. Obwohl sein Wanst in den letzten Jahren spektakulär angeschwollen war, glitt Doktor Koskas in seiner Bundfaltenhose, die ihm im Rapper-Outfit tief auf den Hüften saß, geschmeidig wie eine Raubkatze durch die Reihen der Gläubigen. Er umarmte und küsste ausgiebig, wobei einer seiner überschwänglichsten Fans an jenem Tag bestimmt Gabriel war, Jacques' früherer Freund aus seiner Zeit an der Talmud-Schule von Yehouda Halevi. Der junge Mann umschlang ihn so beherzt, dass er dabei fast seine Starck-Brille mit dem Biolink-Gelenk verloren hätte.

Auf Gabriel ruhten sämtliche Hoffnungen der sephardischen Gemeinde von S. Ausgesprochen frühreif für seine einundzwanzig Jahre, hatte er eine erste Abhandlung über die geo-ökonomischen Herausforderungen der Wasserreserven auf den Golanhöhen verfasst, die in einer Randbemerkung der *Revue française de science politique* über den grünen Klee gelobt worden war. Seither erfreute er sich zunehmender Bekanntheit: Der Schreibwütige hatte etliche Schwarten über den israelisch-palästinensischen Konflikt verfasst, einen geostrategischen Atlas zu Galiläa, und, nicht zu vergessen, einen Band mit Kochrezepten aus der Zeit des Propheten Samuel, der 2002 den Spezialpreis der Women's International Zionist Organization gewonnen hatte. Gabriel hatte den Clausewitz-Lehrstuhl an der Université de Bretagne ausgeschlagen, um nach S. zurückzukehren, wo er an der Yehouda-Halevi-Schule Geschichte und Erdkunde unterrichtete und nun auf eine seiner herausragenden intellektuellen Veranlagung entsprechende Berufung an der Fakultät wartete. Pünktlich und beflissen, wie er war, zählte Gabriel bereits zu den Honoratioren.

Der Gottesdienst ging weiter, und Jacques Senior setzte sich wieder auf seinen Platz. Sein Schwiegersohn Guibor gratulierte ihm mit verkniffenen Lippen, während Ezechiel in eine seiner Hängebacken griff.

»*Hazak*! Du wirfst zwar das Geld zum Fenster raus, aber deiner heiligen Mutter und den Koskas hast du alle Ehre gemacht!«

Jacques umarmte seinen Vater ungeschickt, hätte ihn (er war einen Kopf größer) um ein Haar umgeworfen und machte sich schleunigst aus dem Staub. Zum fünften Mal an diesem Vormittag ging der Trottel pinkeln, bevor er sich mit einem genialen Trick, den er sich als Kind ausgedacht hatte, um der lähmenden Synagoge zu entkommen, fortstahl.

In dem direkt ans Gotteshaus angrenzenden Parc du Contades steuerte Jacques auf eine einladende Bank zu und steckte sich unauffällig eine Zigarette an. Ein paar dem Gemeindezentrum entronnene Kinder spielten Ball auf dem Rasen, und Mütter mit ausgefallenen federgeschmückten Kopfbedeckungen schoben Kinderwagen vor sich her. An den Füßen Espadrilles aus unbeflecktem Leinen, wie das jüdische Gesetz es vorschrieb, beschnupperten sich in der Nähe des Musikpavillons ein paar Jugendliche. Jacques blieb ein, zwei Stunden so sitzen, zunehmend hungriger, leicht zugedröhnt und eine gähnende Leere im Kopf, während er das Kommen und Gehen bis zur nächsten Gebetspause beobachtete.

Trotz des unappetitlichen Himmels ergossen sich jetzt die Gläubigen über die Parkwege. In ihren Babouches schlurften alte Graubärte heran, mit weißen Togen und

Feldmützen, am Tag des göttlichen Gerichts nach Reinheit lechzend. Junge Leute, frisch aus London, New York oder Hong Kong eingeflogen, unterhielten sich mit angehenden Wirtschaftsprüfern und bereits zu Wohlstand gelangten Optikern. Sie kannten sich alle aus der Pfadfindergruppe Pinhas und ließen keine Gelegenheit aus, ihre Heldentaten anlässlich der alljährlichen Wiedersehen an den sakrosankten Feiertagen des *Tischri* heraufzubeschwören.

Jacques schlenderte zum Rest seiner Familie am Sandkasten. Eine Schar sonntäglich gekleideter Sünder begrüßte das illustre Ärztehepaar, dem viele ihre fabelhafte Fruchtbarkeit und neugewonnene Manneskraft zu verdanken hatten. Nebenbei unterzogen sie Jacques einem strengen Verhör. Fastete er auch richtig? Wo lebte er jetzt? War er verheiratet? Worauf wartete er noch, um sich fortzupflanzen? Wurde er als Journalist denn auch gut bezahlt? War die Nachrichtenagentur AFP wirklich antisemitisch? Diejenigen, die wie der bucklige Ezra Schapiero bereits beträchtlich geschrumpft waren, fragten ihn, ob er wohl noch weiterwachse. Die Augen gen Himmel gerichtet, die Hände in seiner haselnussbraunen Schlaghose vergraben, beantwortete Jacques lakonisch alle existenziellen Fragen. Ja, er stelle sie sich regelmäßig selbst, und nein, er habe keine Antworten, nur Durst und Hunger, einen Riesenkohldampf, und schon gar nicht sei er verheiratet, »Gott bewahre«. Batia und Chani vergingen vor Ungeduld, und er nahm ihr Gezappel zum Vorwand, um sich zu verkrümeln.

»Es gibt Städte, in denen es nach Sauerkraut riecht. Dagegen hilft kein Barock«, murmelte er in Erinnerung an seinen Lehrmeister Joseph Roth und entfernte sich von all den Labertaschen, die sich, nur weil sie an diesem Morgen ihren Zwieback nicht in den Kaffee getunkt hatten und Plastiksandalen trugen, von ihrem täglichen Geläster geläutert glaubten.

Während er die Mädchen zur Rutschbahn zog, sah er, wie Ezechiel sich Reisig und Kieselsteine in die Taschen stopfte. Der alte Hase würde wohl bald an einer Halogenlampe, einem Blitzableiter oder einem anderen Kunststück werkeln. Jacques hegte die ungute Vermutung, dass sein alter Freund Gabriel irgendwo in der Nähe stecken musste. Als er in der Synagoge dessen Freundin begegnet war, hatten ihn ihr üppiger Hintern und ein Wust hochgesteckter Haare, der die kindliche Rundung von ihrem Gesicht unterstrich und von einem unebenen Gebiss ablenkte, wie immer ganz kirre gemacht. Was fand dieses sinnliche Mädchen bloß an diesem Lackaffen, der sommers wie winters in kurzärmligen pastellfarbenen Hemden herumlief? Das blieb ein Geheimnis Gottes. Von Weitem sah Jacques, wie Gabriel vor den Schaukelpferden mit dem Pummelchen plauderte. Geistesgegenwärtig machte Jacques auf dem Absatz kehrt. Versprochen, seine Nichten sollten sich mit ihren Hüpfhasen amüsieren, aber an einem ruhigeren Ort.

Bloß nicht Gabriel über den Weg laufen, diesem Doppelspiegel, der ihm die eigenen Verfehlungen vorhielt. Jacques schnappte sich Bania und Chani und floh aus der Gefahrenzone. Das Trio ging an beängstigenden neogotischen Villen vorbei und stand plötzlich auf einer stinkenden Hauptverkehrsader voller blauer Zwerge, die mit einem Höllenlärm den Gehweg aufrissen. Die Mädchen brachen völlig verschreckt in Tränen aus, als ein Krankenwagen mit heulender Sirene, gefolgt von der Feuerwehr, vorbeiraste. Für die Bonbons, die ihr Onkel (wie durch ein Wunder) gerade aus einer Tasche seines Trenchcoats gezaubert hatte, erntete er nur eine angewiderte Grimasse.

»Hier isses hässlich! Wir wollen zur Rutsche, Onkelchen«, plärrten die gegen den Unverantwortlichen verbündeten Zwerginnen.

Vor ein paar verblüfften Passanten spielte er seine letzte Karte aus, sein absolutes Highlight: Er flatterte mit den Mantelschößen und brüllte »Krakukas!«, doch anstatt hochzufliegen, wäre er um ein Haar im Gully hängengeblieben. Jetzt war das Maß voll: Unter den skeptischen Blicken der Schaulustigen zwangen seine Nichten ihn umzukehren. Und natürlich, sobald sie wieder im Park waren, standen sie plötzlich vor Gabriel und Delphine.

»Deine Töchter sind ja zauberhaft! Die hast du uns aber bisher vorenthalten, du Geheimniskrämer«, scherzte der Geopolitikwissenschaftler.

Zu spät, Jacques riss sich zusammen und ging auf Gabriels Ton ein:

»Nicht schlecht, nicht schlecht, lieber Gabriel. Schön, dich in so charmanter Gesellschaft zu sehen! Batia, Chani, das sind Delphine und Gabriel. Wisst ihr, Mädels, den Mann mit der komischen Brille kenne ich schon ewig. Ich war so alt wie ihr, als ich ihn kennengelernt habe. Sagt ihr ihm Hallo?«

»Nee! Der Gabriel is hässlich. Pipikacka Gabriel«, stänkerte Chani und streckte ihm die Zunge raus.

Die beiden Weibsbilder blieben ungerührt und gänzlich unempfänglich für den Zweireiher, geschweige denn den Pelz, der kokett aus seinem Hemd lugte.

»Was soll's, Gabriel, man kann nicht jedem gefallen«, grinste Jacques. »Ihr täuscht Euch, Mädels! Der ist supernett und hat außerdem eine Menge drauf. Er kann sogar den Hubschrauber. Gabriel, komm, nicht so schüchtern, die beißen schon nicht. Heb sie einfach hoch und dreh dich ein bisschen!«

»Nee!«, insistierte die freche Chani. »Wir wollen auf die Rutsche!«

»Soll Gabriel mitkommen?«

»Ja, ja, Onkelchen!«

»Gabriel, ich glaube, du hast keine Wahl. So hübschen jungen Damen kann man doch nichts abschlagen.«

»Aber ja, mein Schatz, geh nur, du magst Kinder doch so«, pflichtete Delphine bei und gab ihm einen flüchtigen Kuss.

Als sie endlich allein waren, entschuldigte sich Jacques in aller Form dafür, sie vorhin in der Synagoge nicht begrüßt zu haben.

»Keine Sorge, Jacques, wir wissen doch alle, dass der Vormittag von Jom Kippur für dich immer stressig ist.«

»Danke für dein Verständnis«, sagte er und nahm ihren Arm. »Was gibt's Neues bei euch?«

»Du hast doch bestimmt Gabriels Artikel in *Jeux et Stratégies* über die Skagerrakschlacht gelesen. Stell dir vor, der Chefredakteur war so begeistert, dass er ihm vorgeschlagen hat, eine monatliche Kolumne über die wichtigsten

Schlachten der Geschichte zu schreiben! Und nächste Woche hält er an einer flämischen Universität einen Vortrag über die Geopolitik der Schia. Wirklich, ich staune immer mehr über Gabi.«

»Tatsächlich«, stammelte Jacques. »Seit wann interessiert er sich denn für die Schia?«

»Noch nicht so lange. Aber er sagt immer, dass man gar nicht viel wissen muss, um sich in den Medien zu äußern, es würde reichen, ein paar grundlegende Texte zu lesen und sich mit echten Spezialisten zu unterhalten. Einer seiner Lieblingssätze lautet: ›Wer wagt, gewinnt‹. Ich liebe diese positive Einstellung.«

»Und bei dir?«

»Hat dir Gabriel nichts gesagt?«

»Nein, ach weißt du, wir sprechen uns ja nicht mehr oft. Was denn?«

»Wir heiraten!«

»Endlich! *Mazel tov*«, brachte Jacques mit einiger Überwindung hervor.

Während er sie keusch auf die Wangen küsste, nutzte er die Gelegenheit, um ihren wohlgerundeten Hintern zu bewundern.

»Und was gibt's Neues bei dir, Jacques? Bist du immer noch mit diesem Mädchen zusammen? Wie heißt sie doch gleich? Bei dir weiß man ja nie genau!«

»Charlotte? Nee, das ist vorbei. Wir waren einfach nicht auf einer Wellenlänge.«

Mittlerweile standen sie auf dem Spielplatz, wo Batia hoch in den Himmel schaukelte, während Chani neben der Rutsche mit einem anderen Zwerg stritt. Gabriel wirkte eindeutig überfordert. Zum Glück läuteten ein paar vom Himmel fallende Tropfen das Ende der Pause ein, Gott rief seine Schäfchen zum Gebet zurück.

»Ich überlasse dir deine reizenden Nichten wieder, Jacques. Tausend Dank für diese schöne Aufheiterung meines Tages!«

»Auf mich ist immer Verlass, Gabriel. Ich bring sie zu eurer Hochzeit mit. Bis bald mal wieder! Batia, Chani, strammgestanden, rechtsum kehrt und marsch, ab nach Hause!«

Jacques stürzte sich auf die beiden Mädchen und klemmte sie sich wie zwei kleine Teppiche unter den Arm. Im proppenvollen Gang des Gemeindezentrums, hinter der Sicherheitskabine, in der ein pockennarbiger Gnom sein Unwesen trieb, übergab er sie wieder ihrer Mutter, die gerade dabei war, einer ehemaligen Klassenkameradin das Heilige Land in den schönsten Farben auszumalen.

Vor dem Speiseplan des Kindergartens trocknete er seinen Wuschelkopf, während ihm in Anbetracht des Mittagsmenüs vom 8. Oktober (geriebene Möhren, Pilawreis, Fleischklößchen, Apfelkompott) das Wasser im Mund zusammenlief. Plötzlich packte sein Vater ihn am Arm und zog ihn mit in den Gebetsraum, wo der Gottesdienst wieder im Gange war.

Die Stunde war ernst, bald würde der Hirte Israels die Namen der glücklichen Auserwählten ins große Buch des Lebens schreiben. Die abgezehrten Gläubigen knieten nieder, schlugen sich an die Brust und warfen sich zu Boden. Guibor klopfte sich an den Oberkörper, den großen Gebetsschal über den Kopf gebreitet, und Großonkel

Ezechiel leierte Bittgebete auf Aramäisch herunter. Jacques schaute ständig auf die Uhr.

»Du kannst wirklich nicht aus deiner Haut, oder?«, schnauzte sein Vater ihn an. »Du benimmst dich wie ein Achtjähriger. Gott weiß, wo du mit den Gedanken bist. Interessiert dich das alles denn gar nicht?«

»Doch, doch«, verteidigte er sich lustlos. »Ihr seid nur alle so konzentriert auf das Gebet, ich passe eben auf, dass der Gottesdienst nicht zu lange dauert. Ich bin Kronos und wache über eure Raum-Zeit.«

»Unsere Raum-Zeit, na wunderbar … Willst du uns verarschen?«, tobte Jacques Senior, dem dabei die Kippa vom Kopf fiel. (Beim Aufheben sah er neben den Füßen seines Sohnes eine Umhängetasche). »Warum hast du denn deine Tasche in die Synagoge mitgenommen?«, schimpfte er.

»Um Zeit zu sparen.«

»Die Zeit, die Zeit! Heute haben wir doch alle Zeit der Welt. Der einzige Tag im Jahr, wo sie mal nicht zu knapp ist. Welche Zeit willst du denn sparen?«

»Ich gehe nachher direkt zum Bahnhof, damit ich noch ein bisschen länger mit dir in der Synagoge bleiben kann.«

Jacques verkündete seinem Vater, dass er um 20 Uhr 06 den Zug nach Paris nehmen würde. Jacques Senior wusste nicht mehr ein noch aus: Um diese Zeit sei der Gottesdienst längst nicht vorbei! Ja, habe Jacques denn völlig den Kopf verloren, kaum da, sei er auch schon wieder auf und davon. Es gehe rapide bergab mit ihm, er müsse höllisch aufpassen, in seinem Alter seien schon andere auf die schiefe Bahn geraten. Jacques Senior verlangte eine Erklärung für diesen überstürzten Aufbruch, der das Leben seines Sohnes gefährdete – noch vor Ablauf des Versöhnungstags in einen Zug zu steigen, wie konnte er nur.

»Ist es wenigstens für deinen Job? Sitzt du an einem neuen Projekt? Eine Party bei den Koryphäen? Bei Bernard-Henri Lévy? Oder Claude Lévi-Strauss?«

Jacques schüttelte den Kopf und versuchte, seinen Vater zu beruhigen, indem er ihm das Proviantpaket zeigte, das seine Mutter zum Ende der Fastenzeit für ihn vorbereitet hatte: Wenigstens würde er keinen Schweinkram im Bordbistro essen.

»Deine Mutter lässt dir eben alles durchgehen, aber ich falle nicht darauf rein. Hast du denn keine Lust, an Jom Kippur einen Familienabend zu verbringen? Deine Schwester ist extra mit den beiden Kleinen aus Israel angereist. Ihr seht euch doch sonst nie. Und deine Mutter hat Heringe mit Sahne zubereitet, obwohl sie völlig abgekämpft ist. Die Traditionen, Jacques, die Traditionen, da geht doch nichts drüber. Denk daran, wenn du auf deiner schicken Party bist. Und wann besuchst du uns das nächste Mal? An Hanukka?«

»Papa, ich hab' keine Ahnung, das ist in drei Monaten! Wir …«

»Ruhe«, schnauzte der Gemeindeälteste Benchimoun.

»Jacques, versprich mir wenigstens, nicht zu viel zu trinken und zu rauchen«, flehte Jacques Senior einen Tick leiser.

»Versprochen!«

»*Baba* Jacques, du würdest mir das Blaue vom Himmel versprechen, damit ich dich gehen lasse.«

»Überhaupt nicht. Das schwör ich dir hoch und heilig. Aber ich muss bald los, damit ich mich nicht so abhetzen muss, ich soll mich doch schonen.«

»Wenn's unbedingt sein muss«, seufzte Jacques Senior. »*Shana tova u'metuka*, mein Sohn, frohes neues Jahr! Achte auf deine Gesundheit, bitte. Sonst wirst du zum Wrack, du …«

»Ich weiß. Nicht schon wieder, Papa, bitte. Ich muss los, es ist wirklich wichtig. Dir auch alles Gute!«

»Verabschiede dich auch von deinem Großonkel und deinem Schwager. Mach dich nicht einfach so aus dem Staub!«

Als guter Sohn und raffinierter Taktiker tat Jacques wie ihm geheißen. Am liebsten wäre er wie ein Vöglein davongeflogen, doch mit seiner Tasche beschwert, musste er die gesamte Sitzreihe aufstehen lassen, um sich einen Weg zu bahnen. Als der Schamlose den Ausgang erreichte, warfen ihm die Anwesenden empörte Blicke zu, sein Vater sah bekümmert drein, Gabriel spöttisch.

Wie auch immer, auf dem Weg zum Bahnhof lächelte Jacques.

2

Ein menschenleeres Abteil. Auf dem orangefarbenen Kunstleder breitete Jacques das Büfett aus, das er sich zum Abschluss des Versöhnungstags zusammengestellt hatte. Eine Suppe aus Felsenfischen, ein in Garum und Essig gegrilltes Zicklein, gekochter Meerrettich, ein Weizenbrot, eine Dose Met sowie eine Phiole mit duftendem Weißwein. Von dem Wohlgeruch angelockt, war sein Schwager Guibor herbeigeeilt, um der Vorbereitung dieser sonderbaren Gerichte beizuwohnen – Claire Koskas stand unter der Oberaufsicht ihres Sohnes am Herd – und zu fragen, ob er sich neuerdings für Molekulargastronomie interessiere. »Du bist ein kleines Genie«, hatte ihm der mysteriöse Chefkoch entgegnet und ihn auf der Stelle aus der Küche befördert. Der israelische Augenarzt konnte das nicht verstehen. Im Übrigen hätte niemand, mit Ausnahme vielleicht von Jacques' bestem Freund Cosmo Levitan und dessen Mutter (doch darum geht es hier nicht), begriffen, was er hier köchelte.

An einem Frühlingsnachmittag hatte Jacques auf einer Bank im Jardin du Luxembourg *Die Kräfte der Nahrungsmittel,* ein Buch von Galenos, gefunden. Von dem Zauberbuch des berühmten griechischen Gelehrten hatte er sich, wie er meinte, das Wesentliche gemerkt, nämlich, dass die absorbierten Nahrungsmittel Qualität und Frequenz des Geschlechtsakts bedingten. Bei den Bouquinisten am Seine-Ufer hatte Jacques noch weitere Abhandlungen von Galenos, Ovid, Lukian und Rufus von Ephesos (bald sein bevorzugter Therapeut) aufgetrieben, sodass er auf dem Gebiet der Sexualdiät künftig unschlagbar war, seine Gewürze dosierte, Körner aß und allmorgendlich seinen Urin prüfte.

Aphrodisia, aphrodisia. Bei seiner Ankunft in Paris würde es voraussichtlich kühl sein. Die Bouillabaisse aus Felsenfischen, die sich leicht im ganzen Körper ausbreitete, würde ihm helfen, seine Organe anzuwärmen und die starren Körpersäfte zu lösen. In der kommenden Nacht musste Jacques in Spitzenform sein, nicht etwa, um sich, anders als behauptet, mit den Kadiweu-Indianern am Rio Paraguay zu beschäftigen, sondern weil er ein Date mit Serena Bensoussan, der »Tigerin«, hatte.

Nachdem er einen letzten Schluck Met getrunken hatte, streckte er die Beine aus. Absolute Ruhe begünstigte das allmähliche Aufsteigen des Saftstroms, ja, nach Aristoteles galt das Sperma als Endprodukt der Verdauung. In seinem Walkman wogten Händels Klaviersuiten.

Nie und nimmer hätte Jacques Koskas in diesem rumpelnden Zug durch die Plaine Champenoise sitzen sollen. Sein Platz war am elterlichen Esstisch, im Kreise der Nichten und Heringe. Alles prädestinierte ihn dafür, und lange hatte er sich auch mit derlei einfachen, tröstlichen Freuden begnügt.

Jacques war ein folgsames und ängstliches Kind gewesen. In knielangen Hosen und weißen Söckchen, die Haare stets akkurat auf der rechten Seite gescheitelt, besuchte er jeden Sonntagabend seine Großeltern, Maurice und Greta Scholem, während seine Erzeuger im Krankenhaus ihren Verpflichtungen nachgingen. Nachdem er seine Hausaufgaben erledigt hatte, schlüpfte er, während Céleste Totenköpfe auf die eierkremgelben Wandbespannungen des Biedermeierzimmers malte, frühzeitig in seinen Schlafanzug und schaute mit ungebrochener Faszination *Des chiffres et des lettres*. Neben ihm rauchte sein über alles verehrter Opa einen Zigarillo und las in seinem Mahagonisessel *L'Aurore*. Jeden Mittwochnachmittag nach dem Junior-Training des AS Menora – trotz seiner Schüchternheit konnte Jacques ausgezeichnet dribbeln – schrieb er wie sein Held, *Le Petit Chose* von Alphonse Daudet, den er immer wieder mit Rührung las, mit einer Schreibfeder Artikel aus dem Kinderlexikon ab. Wenn sein Freund Gabriel zu Besuch kam, bauten sie riesige Messerschmitt-Modelle und bemalten Miniatursoldaten, während ihr Kinderlachen durch die Wohnung der Scholems schallte. Die beiden Buben rekonstruierten die großen Schlachten der Geschichte, entwarfen Bahnhöfe und Gleisübergänge, Fachwerkhütten und schmucke Rathäuser, die sie auf einer Sperrholzplatte anordneten, auf der die elektrische Eisenbahn, ein Geschenk von Väterchen Chanukka, ihre Bahnen zog.

Diese Freizeitbeschäftigungen, bis zu seiner religiösen Mündigkeit noch vertretbar, wurden suspekt, als Jacques Ende der 1980er Jahre auf die fünfzehn zuging. Tagtäglich vertiefte sich der Graben zwischen ihm und Gabriel, über dessen Brust und Rücken sich bereits ein dichter Pelz zog. Seine Klassenkameraden am Gymnasium, die in Adidas-Trainingsjacken steckten, konnten Seilklettern wie kräftige Schimpansen und streiften abends um die Mädchenschule Notre-Dame-de-Sion. Bis es endlich so weit war, wichsten alle wie besessen vor den pixeligen Bildern der Cicciolina auf ihrem Commmodore 64 oder, zumindest die Sprösslinge der betuchtesten Familien, auf ihrem Atari ST. Auf dem Parkplatz vor dem Bowling stellten sie bei wilden Moped-Rodeos ihre Männlichkeit zur Schau, rissen die Vorderräder hoch oder fuhren waghalsige Schleudermanöver. Manche waren schon mit den künstlichen Paradiesen vertraut und regelmäßig besoffen. Wieder andere wie Kevin oder Jean-Sébastien ließen sich von ihren Vätern im Renault 25 mit ihren ersten Dates in obskuren Waldherbergen absetzen.

Unbeeindruckt von der hormonellen Störung seiner Mitschüler, spielte Jacques nach wie vor mit *Masters of Universe* und saß mit dem Piratenschiff von Playmobil in der Wanne.

Jeden Mittwoch lief er in aller Frühe zum Kiosk, um sich das neue *Spirou*-Heft zu kaufen, und als ihm seine Großeltern zum 16. Geburtstag ein Abo schenkten, vollführte er Freudensprünge. Unter Decken versteckt, die er seine Hütte nannte, fieberte er mit den *Blauen Panthern* und der Maus Sibylline, während ihn die Rundungen von Natascha, der Stewardess, völlig kalt ließen. Ebenso wenig begriff er das Glücksgefühl seiner Kameraden vor den Geschöpfen von Milo Manara oder Veyrons *L'Amour propre*, die im Werkunterricht heimlich in Umlauf waren. Im Sommer fanden längs der Grenze auf Heuböden oder neben Bunkern Überraschungspartys statt. Aber Jacques, Fan von Beatmusik, die er auf dem Schallplattenspieler seiner Mutter hörte, guckte lieber *Champs-Elysées* bei den Scholems, als sich zu Nena-Songs zu verrenken, oder, noch schlimmer, sich zu einem Slow von Bonnie Tyler an einem Mädchen zu reiben. Einmal, ein einziges Mal nur, streiften seine Lippen die eines jungen Mädchens, der Tochter seines Mathelehrers, die ihn zu einem Dreisekundenkuss auf den Mund animiert hatte. Eins, zwei und drei, kaum war die Zeit abgelaufen, machte er sich zu seinen Großeltern auf, angeekelt von der durchtriebenen Zunge und der Zahnspange des unmoralischen Weibchens: Gleich würde die neue Folge von *Mannix* beginnen.

Welch heiliger Frieden auf seinem keuschen Gesicht!

Jacques lebte in einer anderen Welt. Unbewusst kultivierte er sein Anderssein und sollte bald dafür zahlen müssen. In der zehnten Klasse drückten ihn zwei elsässische Separatisten in Kampfstiefeln mit weißen Schnürsenkeln an die Glastür des naturwissenschaftlichen Labors. Sie packten ihn am Kragen, zerbrachen ihm die Brille und rieten ihm, »zurück nach Israel« zu gehen. Er erwähnte diesen Vorfall mit keiner Silbe, schützte einen unglücklichen Sturz vor und spielte erneut mit seinem ferngesteuerten Peugeot 205 GTI – die beiden Gentlemen mit den ausrasierten Schläfen waren bereits Vergangenheit.

Doch der Weg, den Gott ihm bestimmt hatte, war voller Fallstricke. Ein Fehltritt im Hof, und Jacques Senior raste mit ihm in die Notaufnahme, um sein Handgelenk eingipsen zu lassen. Das launische Aufprallen eines Volleyballs, und Claire Koskas hetzte zum Optiker, um dem Pechvogel ein neues Gestell zu kaufen.

Ob der Ewige ihn wirklich so schmächtig wollte? Jacques, der Kleinste in seiner Klasse, war winzig. Der Unschuldsengel durfte umsonst ins Marionettentheater, zur ausgesprochenen Freude seines Großonkels Ezechiel, der ihn begleitete und triumphierend seinen (gefälschten) Kriegsversehrtenausweis vorzeigte. Sein Noten-Masse-Größen-Quotient beeindruckte die Lehrer, denen Jacques Senior nicht zu widersprechen wagte, weil er sich an der Vorstellung berauschte, ein Genie der räumlichen Geometrie gezeugt zu haben. Sein Mangel an Reife schützte ihn vor den lasterhaften Orten, die seinem Vater ein Dorn im Auge waren. So war er am 9. Juni 1990, dem Eröffnungstag der 14. Fußballweltmeisterschaft, weinend aus der Schule zurückgekommen: Man hatte ihn nicht in den *Blauen Affen* gelassen, wo er zur Feier des Turnierbeginns in Italien Tischfußball spielen wollte. Doch er hatte schnell wieder Grund zur Freude, als sein Vater ihm zum Trost das Panini-Bildchen von Roberto Baggio schenkte.

Trotzdem machte seine Mutter sich Sorgen um Jacques. War es normal, dass er an der Rezeption des Hilton anrief, um zu fragen, ob seine Eltern, die bei einer Bar Mitswa-Feier waren, noch lebten? War es gesund, dass ihr Sohn sich für Karl Malden in *Die Straßen von San Francisco* hielt? Michael Douglas war ja noch einigermaßen akzeptabel, aber der furchtbare Karl Malden … Jacques, in einem abgetragenen Regenmantel und Ziegenlederstiefeletten, hatte sich ernsthaft eine imposante Nase gekauft, um seinem Idol zu gleichen. In dieser Zeit ging er Abend für Abend selig lächelnd in den Parc de l'Orangerie. Claire Koskas schöpfte Hoffnung. Ob ihr Sohn sich vielleicht im Schatten einer Linde oder neben einem Beet wohlriechender Rosen mit einem Mädel traf? Eines Abends überließ sie die Pimmel ihrer impotenten Patienten kurzerhand sich selbst und folgte ihm unauffällig. Jacques ging Richtung Minizoo am Käfig mit dem Sibirischen Luchs vorbei und blieb plötzlich vor dem Pony-Gehege stehen. Er pfiff den Türkischen Marsch und rief nach einem gewissen Zantafio, ein Tier mit buschigem Schweif, das mit seinen kurzen Beinen auf dem Boden zu scharren begann. Jacques streichelte lange seine Flanken und las ihm die Passage aus dem *Roman de Renart* vor, als Goupil und Grimbert den Wolf Ysengrin zum Besten halten. Das Pony wieherte vor Freude, und Jacques' Mutter konnte ihre Tränen nicht unterdrücken. Am folgenden Tag wiederholte sie das Experiment und wohnte der gleichen niederschmetternden Szene bei: Der beste Freund ihres Sohnes war ein klobiges Pferd. Ihr verging der Appetit, sie wurde von schrecklichen Alpträumen heimgesucht, in denen ihr kleiner Jacques mit sechzehneinhalb in die Fußstapfen von Rudolf Höss, dem Auschwitzkommandanten, trat, der als Jugendlicher ebenfalls lieber mit Tieren als mit Menschen zusammen gewesen war.

Wehret den Anfängen. Forelle in Buttersauce, das Lieblingsessen des Führers, wurde ersatzlos vom Speiseplan der Familie gestrichen. Claire Koskas beschlagnahmte Jacques' Spielsachen und verbot ihm, allein in den Zoo zu gehen.

Seine Großeltern durfte er nur noch einmal täglich anrufen. Am darauffolgenden Schabbat tagte der Familienrat. Trotz der astronomischen Reisekosten würde der Kleine mit den Senioren der Pfadfindergruppe Pinhas (die 18 bis 45-Jährigen) – hartgesottene Junggesellen auf der Suche nach der großen Liebe im *Death Valley* – nach Kalifornien reisen. Bei Verkündigung des Urteilsspruchs wälzte sich Jacques auf dem Boden. Wie jeden Sommer wollte er bei Oma und Opa die Tour de France im Fernsehen mitverfolgen. Doch diesmal waren die Koskas unnachgiebig: Er brauche einen Elektroschock; eine Expedition ans andere Ende der Welt sei sicherlich äußerst heilsam. »Ende der Diskussion. Echte Männer weinen nicht. Wenn du jung bist, brauchst du Gesellschaft, wenn du alt bist, Einsamkeit. Bald wirst du ein Mann sein, mein Sohn«, versprach Jacques Senior.

Die Nacht vor der Abreise war dramatisch. Die ganze Familie war nach Paris hochgefahren, um ihm beizustehen, und stapelte sich in Roissy in der Zelle eines Formule 1-Hotels mit dem Charme einer MRT-Röhre. Niemand tat ein Auge zu. Jacques kroch schluchzend zu Céleste ins Bett, von dem Gedanken gepeinigt, den Sommer mit pubertierenden Unbekannten verbringen zu müssen und sein Flugzeug bereits in den Atlantik stürzen zu sehen: Er hatte gelesen, dass Kieselerde in isländischer Vulkanasche die Triebwerke verstopfen könnte. Außerdem würde ihm seine Familie entsetzlich fehlen. Wenn ihnen während seiner langen Abwesenheit etwas zustieße? Und wann würde er bloß sein Schulzubehör kaufen? Vor der Abreise hatte er sich noch nicht mal von Zantafio, dem Pony, verabschieden dürfen. Am nächsten Morgen schlich Jacques durch den Terminal 1 wie ein Todgeweihter zum Schafott.

Diese drei Wochen waren eine einzige Abfolge von Katastrophen. Er teilte das Zimmer mit einem Taubstummen aus der Gascogne – dem einzigen menschenähnlichen Wesen, von dem er geduldet wurde, alle anderen hatten eine Begleiterin aufgetan oder wollten sich nicht mit einem Rotzbengel abgeben. Ruben, der jüngere Sohn von Ezra Schapiero, dem Buckligen, hatte ihm die Fresse poliert, weil er sich über seine neonfarbenen Vans lustig gemacht hatte. In Disneyland fiel ihm auf dem Schiff von Captain Hook die Brille in das von mechanischen Krokodilen verseuchte Wasser. Fast blind, war er ein paar Tage später im Yosemite-Park dem Angriff einer Kobra hilflos ausgeliefert. Er zählte die Stunden bis zu seiner Rückreise, verpasste dann aber prompt den Anschlussflug nach New York. Völlig planlos, ohne einen Pfennig, sehbehindert, und wegen des üblen Bisses stark am Hinken, rief Jacques unter Tränen seinen Vater an, der bei der TWA eine notfallmäßige Rückführung ins Elsass veranlasste. Eine Stewardess versorgte ihn beim Start mit einem Malbuch und bescherte ihm den einzigen Lichtblick auf dieser grauenvollen Tour.

Die Koskas mussten den Tatsachen ins Auge sehen: Sie hatten einen Versager geboren, Jacques würde wohl nie erwachsen werden. Ein unsäglich trauriger Wind wehte durch die baufälligen Korridore ihrer Jugendstilvilla. Sogar Céleste hatte aufgehört, sich über ihren Bruder lustig zu machen. Sie kaufte ihm jeden Tag Carambar, und er lachte sich über die Witze auf dem Verpackungspapier krumm. Jacques, die pure Unschuld und Tugend, war als

Einziger noch zum Scherzen aufgelegt. Die Anspannung wuchs ins Unermessliche, als die Scholems zu den Koskas kamen, um sich gemeinsam *Les Dossiers de l'écran* über den Aufstieg der Nationalsozialisten in Pommerellen anzuschauen. Die Ausstrahlung der *Blechtrommel* stürzte sie in tiefes Entsetzen. Claire Koskas brach in Tränen aus, und angesichts des tragischen Schicksals von Oskar Mazerath, eines anderen unseligen Liliputaners, rührte niemand den traditionellen Käsekuchen zum Erntedankfest an.

Im folgenden Sommer, nachdem Jacques bei der mündlichen Abiturprüfung in Französisch geglänzt hatte – der von seiner jugendlichen Begeisterung verstörte Prüfer hatte ihn *La Chèvre de Monsieur Seguin* kommentieren lassen –, reisten die Koskas nach Le Lavandou, wo sie ein Häuschen am Meer gemietet hatten. Im goldenen Abendstaub spürte der Jugendliche, dass ihm der schönste Sommer seines Lebens bevorstand. Im Spielzeugladen des Badeörtchens machte er die Bekanntschaft von Ralph, einem achtjährigen Schotten, mit dem er unzählige Leidenschaften teilte. Am Strand aßen die beiden gebrannte Erdnüsse und durchpflügten mit ihren schmächtigen Körpern die Wellen wie Flipper, der Delfin. Im Schatten eines Eukalyptusbaums hatte Jacques dem Freund Fotos von seinem Pony Zantafio gezeigt, und Ralph hatte sich mit Bildern von Karénine, seinem Deutschen Schäferhund, revanchiert.

Claudio im Schlepptau, einen jungen neapolitanischen Frauenhelden, den Céleste an einem Spielautomaten kennengelernt hatte, gingen die Koskas eines Morgens an der Ile du Levant an Land. Für diesen Ausflug hatte Jacques sich begeistert Gummistiefel übergezogen und sein rechtes Auge unter einer schwarzen Binde versteckt. Nachdem sie die Napoleon-Festung besichtigt hatten und auf das Naturschutzgebiet zustrebten, stießen sie plötzlich auf den Salzwasser-Pool eines in den Hügeln gelegenen Hotels. Breite Sichtfenster gaben den Blick auf das Mosaik der Bodenlinien und das reglose Blau frei. Das Becken wirkte menschenleer, als plötzlich ein graziler Schatten durch das Blickfeld der sich vor dem Schauspiel drängenden Koskas glitt: Eine nackte Wassernixe durchschnitt das lichtgesprenkelte Wasser. Der Torpedo winkelte die Knie an und spreizte die Beine, um sich an die Oberfläche treiben zu lassen. Hinter den aufsteigenden Luftblasen sah Jacques den Spalt der Vulva, die zwei herrlichen Orangenschnitze der aufgewölbten äußeren Schamlippen, und die zarten Nymphen, rosig wie eine Florida-Grapefruit.

Der unerschrockene Seeräuber erstarrte. Mit der einen Hand klammerte er sich an den Jüngling Claudio, riss sich mit der anderen die Binde ab und zertrümmerte in der gleichen Zerstörungswut seinen Plastiksäbel. Dann verlor er das Bewusstsein und wurde per Hubschrauber in die Villa in Le Lavandou ausgeflogen, wo er achtzehn Stunden lang schwer und traumlos schlief. Am nächsten Tag ließ er, der für gewöhnlich schon frühmorgens losplapperte, kein Wort verlauten. Er floh an den Strand und starrte aus seinen himmelblauen Augen in die hochstehende Sonne. Als Ralph ihm vorschlug, Fangen zu spielen, schnellte Jacques auf und klebte ihm eine. Der lächerliche Schotte rannte heulend davon und ward an den zauberhaften Gestaden Le Lavandous nicht mehr gesehen.

Am Ende der Ferien hatte Claudio Céleste für eine Kosmetikerin aus Draguignan sitzenlassen, und Jacques hatte sich wie eine Schlange gehäutet. Seine Arme und Oberschenkel waren kräftiger geworden, seine Nase länger, und sein Adamsapfel hatte die Größe eines Tischtennisballs. Wenn er beim Duschen die Liturgie von Jom Kippur trällerte, meinte Céleste, eine Raubaufnahme von Tom Waits in Ladino zu hören. Er verbrachte seine Tage damit, Bananen zu essen und wie ein Alligator vor dem Fernseher vor sich hin zu dösen. Auf der Ile du Levant hatte Jacques, indem er einen prüfenden Zeh auf den *dark continent* setzte, ein neues Kapitel der menschlichen Mythologie aufgeschlagen: »Hierselbst begann an jenem Tag ein neuer Abschnitt der Weltgeschichte; wir können sagen, dass wir seinen Anfang miterlebt haben.« Kaum wieder in S., überquerte Jacques mit dem Bus den Rhein und betrat das erstbeste Bordell in Kehl. Die folgenden Jahre, studentisch, ungebunden und faul, widmete Jacques der Weiberjagd an der Uni von S. oder bei der Basler Fasnacht sowie einer berüchtigten untreuen Ehefrau, die eng mit seinen Eltern befreundet war.

Die Frauen, die Zitruslippen, der Ursprung der Welt: Jacques Koskas hatte seine Berufung gefunden.

3

Serena Bensoussan lag auf einem weißen Lederschiff und war in die Lektüre von *Zippora*, dem letzten Roman von Marek Halter, versunken. Ein paar Seiten später richtete sie sich auf, zupfte die Falten ihres zimtfarbenen Kleids zurecht und stellte sich vor die Stereoanlage, über der ein mystisches Gemälde von Yoël Benharrouche prangte. Sie legte einen Sampler mit *lounge music* aus einem Boutique-Hotel in Dubai ein, bevor sie ein paar Vanillekerzen anzündete, um das behagliche Ambiente ihrer Pariser Maisonettewohnung in der Avenue Mozart im 16. Arrondissement abzurunden. Dann ging Serena Bensoussan in ihr Badezimmer hoch und tupfte sich ein paar Tropfen *Amor* in den Nacken. Zurück im Wohnzimmer, arrangierte sie einen Stapel aus Büchern, die auf dem Couchtisch herumlagen – *Böses Mädchen* von Amélie Nothomb, *Die neue Medizin der Emotionen* von David Servan-Schreiber, den Katalog zur Cocteau-Ausstellung im Centre Pompidou –, und einen zweiten aus ihren Lieblingszeitschriften, obendrauf die letzte Ausgabe von *Vanity Fair*, wie immer, wenn sie Besuch erwartete.

Serena Bensoussan hatte beschlossen, ihr Abo nicht zu verlängern. Wenn sie das Titelfoto von Annie Leibovitz sah, hatte sie stets das Gefühl, einem auserwählten Kreis anzugehören, aber die Berichte der Regenbogenpresse und die Bilder von den New Yorker Partys im *Pastis* quälten sie furchtbar: Sie erinnerten sie an die gemeinsamen Abende mit Jérôme Thomas. Dieser Saukerl hatte sie in eine furchtbare Depression gestürzt, aus der sie an jenem Oktoberabend nur mühsam wieder auftauchte.

Jérôme Thomas, Direktor für Nordamerika-Eurasien des Werbekonzerns EuroTTB, hatte Serena als Eventmanagerin eingestellt. Bei einem *event* in Miami war sie der Ausstrahlung des jüngsten Managers in der Geschichte von EuroTTB erlegen, und er hatte dem schnurrenden Schmollmund der kleinen Bensoussan keinen großen Widerstand entgegengesetzt. Zwei Jahre lang hatten die Tigerin und der ehrgeizige Jungwolf auf großem Fuße gelebt. Zwischen Vorträgen und Fortbildungen, zwischen Hong Kong und New York, waren die beiden – sie eng an ihn geschmiegt, während er in der Business Class die *Harvard Business Review* studierte – von einem Luxushotel zum nächsten gejettet. In der Nähe des Toten Meers waren sie im Rahmenprogramm eines politisch-medialen Gipfels, den Jérôme als Hauptorganisator betreute, mit Paulo Coelho und Shimon Peres auf Bogenjagd gegangen. Jérôme hatte der sprachlosen Serena sogar eine Audienz bei Königin Noor von Jordanien in einem Wüstenzelt beschert. Nachts schauten sie trotz Stechmücken und Room Service *Friends* und standen frühmorgens schon wieder auf dem Tennisplatz. Serena glänzte am Netz und Jérôme vögelte sie, keuchend wie ein Grundlinienspieler, unter der Dusche, bevor er mit einem zufriedenen Lächeln einen weiteren harten Arbeitstag in Angriff nahm. Sie waren das Vorzeigepärchen von EuroTTB, auf das alle konkurrierenden Agenturen neidisch waren.

Zwangsläufig war irgendwann von Hochzeit die Rede und von einer Feier in der Synagoge von Marrakesch, dem reizenden Städtchen, aus dem Serenas Vater Joe Bensoussan stammte. Jérôme Thomas hatte sich letzten Endes sogar zum Judentum bekehrt. Doch eines Abends in Marbella nahm das Märchen ein abruptes Ende. Jérôme Thomas erfrischte sich im Whirlpool, und Serena wollte ihm gerade folgen, als sie im Halbdunkel das Handy ihres Liebsten vibrieren hörte. Sie hatte das Gefühl, dass ihr ein Dolch zwischen die Rippen fuhr, und hätte am liebsten alles kurz und klein gehauen, als sie entdeckte, dass der Magier ein Doppel-, Dreifach- und Vierfachleben hatte. In sämtlichen Ecken der Welt unterhielten diverse Frauen mit ihrem künftigen Gatten anzügliche Korrespondenzen. Die Tigerin brüllte.

Serena schob die *Vanity Fair* schließlich unter den Stapel, doch es war schon zu spät. Vor ihrem inneren Auge erlebte sie die dramatische Nacht in Andalusien wieder nach. Sie sah die kahlen Berge und die auf den Feldern malochenden marokkanischen Gemüsehändler vorbeiziehen, während sie schluchzend im Jeep ihres Vaters saß, der sie nur knapp zwölf Stunden nach der makabren Entdeckung abholen kam, nicht ohne vorher den treulosen Werbemenschen mit einem gezielten Uppercut niedergestreckt zu haben.

Serena hatte den Boden unter den Füßen verloren. Sie hatte stark abgenommen, eine Psychoanalyse begonnen und bei EuroTTB gekündigt. Die Entdeckung von Marek Halter hatte sie Gott nähergebracht, und sie war nach Israel geflogen, um ihr Leben zu ändern. Bei ihrer Rückkehr, drei Monate später, hatte sie mit Yoga angefangen, Moischele adoptiert, aber schnell wieder verkauft: Der Pudel roch wie ein Stinktier.

Die Tigerin hatte seit fast einem Jahr nicht mehr kopuliert, als sie im Bois de Boulogne einen Vortrag über die Hermeneutik des Urknalls in der mosaischen Tradition besuchte. In den Tagen zuvor hatte sie ein bisschen mit der Vorstellung einer neuen Begegnung geliebäugelt, ein drahtiger kleiner Dunkelhaariger à la Al Pacino, als ihr Blick den eines großen kastanienbraunen Lockenkopfs mit Regenmantel kreuzte, der ebenfalls das größte Geheimnis des Universums ergründen wollte. Mit seiner Ernährungswissenschaft weckte Jacques, wenn schon nicht ihre Sinne, so doch ihr Interesse. Er versprach ihr, dass er ihr wieder zu einem normalen Appetit verhelfen würde, und merkwürdigerweise mochte Serena Met und Weichweizen.

Es klingelte zweimal. Die Tigerin, die leicht eingenickt war, schrak zusammen.

Sie bereitete dem Prinz ihrer Nächte einen zwiespältigen Empfang: Auf der Toilette der Synagoge, wo er sie heimlich mit SMS bombardiert hatte – an Jom Kippur ist das Simsen wie jede andere Form der elektronischen oder digitalen Kommunikation verboten –, hatte er hartnäckig darauf bestanden, ihr gleich nach seiner Rückkehr einen Höflichkeitsbesuch abzustatten.

Jacques ließ sich aufs Sofa fallen, steckte sich eine Zigarette an und bat Serena, ihm einen Bourbon ohne Eiswürfel und ein Stück Käse zu servieren. Ihm lief das Wasser im Mund zusammen, während er das Hin und Her seiner Gastgeberin beobachtete, das Kreisen ihrer in dem zimtfarbenen Kleid wogenden Hüften und ihren hübschen Hintern, der grazil durch den Raum schwebte. Aus seinem Beutel zog er eine CD von Can.

»Kahn?«, fragte Serena nach.

»Nein, Can. Gehört zum Krautrock. So ein gedehnter psychedelischer Singsang, deutsch und japanisch …«

Serenas Verlangen musste angefacht werden, bis es Funken schlug, und Jacques war ein wahrer Meister in der Kunst des Fragens geworden, um die nötige Reibungsenergie zu erzeugen.

Er erkundigte sich nach ihrem Vater, ob seine Ernährungsklinik weiterhin so gut laufe, ob er immer noch regelmäßig in *La Moule Rouge*, das Restaurant von Großonkel Ezechiel, gehe und ob sie selbst trotz der ziemlich fetthaltigen Küche auch ab und zu dort esse. Das auf dem Tisch liegende Opus von Marek Halter animierte ihn dazu, sein umfassendes Bibelwissen auszubreiten: Zippora, die Kuschitin, die Dunkelhäutige, die Fremde, die Nicht-Jüdin, Adoptivtochter des weisen Jitro, Priester der Midianiter, Zippora, der kleine äthiopische Vogel, Mutter von Gerschom und Eliéser, großherzige Ehefrau des Mose und leidenschaftliche Geliebte … Serena gähnte und beschloss, zügig die nächsten Programmpunkte abzuhaken. Sie legte Jacques einen parfümierten Zeigefinger auf den Mund.

»Hör auf, uns zuzulabern, Jacques! Wir gehen einfach rauf und ficken, und dann verschwindest du!«

»Sch … schon? Bist du sicher?«, stammelte er.

»Ich bin völlig fertig, und dein Gerede langweilt mich zu Tode. Stell jetzt dieses deutsche Gedudel aus und komm, kleiner Koskas – Serena war sechsunddreißig, rund sechs Jahre älter als er –, komm, keine Angst, gib mir die Hand, ich fress dich schon nicht, wir gehen rauf.«

Jacques ging in Habachtstellung und drückte sie, wie gewünscht, an eine Wand. Trotz des gepfefferten Zickleins brachte er die Sache »ein bisschen ungeschickt und schnell über die Bühne«, wie sie ihm nach Ende der Nummer sofort vorwarf.

»Das ist ja kein Drama, Jacques, beim nächsten Mal machst du's eben besser. Jetzt lässt du mich aber schlafen. Mein Vater holt mich morgen um zehn Uhr ab. Jacques, hörst du mich? Aufstehen, los, zieh dich an! Und vergiss deine CD nicht. Ich ruf dich diese Woche noch an. *Sweet dreams*, Kleiner!«

Mit einem Schellenschlitten sausten sie über die fichtengesäumten verschneiten Abhänge der Karpaten. Trotz seines Nerzkragens begrub die Leopardin seinen Nacken unter ihren Küssen. Sie schluckte bunte Flocken, und er lachte, lachte und bewunderte die sensationelle Geschicklichkeit seiner vergötterten Begleiterin. Sie rasteten auf einer Hütte. Er bestellte Lamm-Schaschlick, Käsekrapfen und Pflaumenschnaps. In seiner Skiausrüstung trank er Milch von der Brust der Leopardin. Im Kamin flackerte ein Feuer. Sie waren betrunken …

Unsanft wurde Jacques von Monsieur Robert aus seinem träumerischen Rausch gerissen. Wie jeden Morgen um halb acht harkte der rüstige Sechziger den Kies im Innenhof und pfiff dazu einen Song von Michel Sardou, als wäre er mutterseelenallein auf der Welt.

Die verfluchten Roberts. Seine Frau und er, Feldwebel a. D., lieferten Jacques einen unbarmherzigen Guerillakrieg. Ob Musik, Mülltrennung, Schornsteinwartung oder Sexualleben: Robert, der überdimensional große Ohren hatte, spionierte seinem Nachbarn ständig nach.

Kaum hatten sich die morgendlichen Nebelschwaden verflüchtigt, war Jacques' Tag bereits im Eimer. Er versuchte, sich zu beruhigen, und spielte kurz mit dem Gedanken, zu masturbieren, hatte aber keine Kraft dazu. Zwischen seinen Laken, die er seit dem letzten Fastentag nicht gewechselt hatte, versuchte er, ein paar erfreuliche Pläne zu schmieden, aber sein bester Freund Cosmo war gerade in Brüssel, Claudio auf der Rennbahn in Ascot, und Serena würde heute nichts von ihm wissen wollen. Er beschloss, Clémence anzurufen, eine Kollegin bei *La Turbine*, die er seit Kurzem vögelte. Auf ihrer Mailbox bat er sie, ihn »schnellstmöglich« zurückzurufen. Als *Téléfoot* vorbei war, hatte sich nur sein Vater nach ihm erkundigt, aber er nahm nicht ab, Nicolas Anelka gab gerade ein Exklusivinterview.

War es der Adlerblick des Stürmers, der in einem von einer Supermarktkette gesponserten Trainingsanzug steckte? Oder die Nähe von Madame Robert, die mit einem unbestimmten Brigitte-Bardot-Touch in Rüschenhöschen am Herd stand? Mittags läuteten die Glocken von Saint-Eustache, und Jacques spürte einen plötzlichen Saftanstieg, eine Art Erdbeben im Unterleib, dessen Ausläufer in die entlegensten Winkel seines Bewusstseins drangen. So dämlich es war, er tippte automatisch die Nummer seiner Ex, Charlotte. Drei Monate nach seinem letzten Anruf war sie überrascht, ihn zu hören. »Die Tränen der Vergangenheit befruchten die Zukunft«: Charlotte war bereit, ihn zu sich einzuladen, in der Stimme ein hoffnungsvolles Beben, das Jacques mit Genugtuung registrierte. Ein paar Minuten später rief Clémence zurück, Jacques rieb sich die Hände, schickte Charlotte beherzt eine SMS, um ihr Treffen abzusagen, und schaltete sein Telefon aus, bevor er sich einen leichten Joint drehte, den er auf der Stelle rauchte. Beschwingt schritt er im leichten Nieselregen durch die Straßen von Paris.

4

Am nächsten Tag um zehn vor zehn stürmte Jacques wie ein Wirbelwind in das Großraumbüro von *La Turbine*, der 1896 gegründeten ehrwürdigen Tageszeitung der Geschäftswelt und Schwerindustrie. Während er fieberhaft das *Wall Street Journal* und die *Financial Times* studierte, warf er einen halben Blick auf die aktuellen Agenturmeldungen. Die Redaktionssitzung begann in ein paar Minuten, und Hugo Huguin war in Alarmbereitschaft. Der Chefredakteur winkte Jacques in sein Büro, das mit zerfledderten Magazinen und Zeitungen vollgestopft war, ein Berg aus Papieren, der trotz der hohen gläsernen Trennwand auf seinen Nachbarn, den dicken Freddo, zu stürzen drohte. Über seinem Jeanshemd in eine Anzugweste gezwängt, fragte Hugo Huguin seinen Reporter Koskas, ob er für die morgige Ausgabe Ideen habe. Jacques tat so, als schaute er in fiktive Aufzeichnungen, und verneinte mit einem tiefen Seufzer. Aber, setzte er lächelnd hinzu, bald habe er voraussichtlich einen »echten Knüller« zu bieten. Daher müsse er dringend zu einem mysteriösen Termin, der sich voraussichtlich bis in den späten Vormittag ziehen werde.

Als er das gläserne Gebäude von *La Turbine* verließ, schaute Jacques sich mehrmals um, damit ihm ja niemand folgte. Dann betrat er das Paris-Bourse, wo Dédé ihn herzlich empfing.

»Verdammt, Jacques, wie siehst du denn aus?! Hast du die ganze Nacht durchgefeiert?«

»Ach, hör auf, Dédé. Ich bin einfach völlig überarbeitet. Ich schufte wie ein Verrückter …«

»Jacques, glaubst du, ich hab dich nicht durschaut? In deinem Alter war ich genauso. Aber wenigstens war ich dabei gesund! Einen Milchkaffee und drei Croissants, wie immer?«

»Und einen frischgepressten Orangensaft, kann ja nicht schaden.«

Auf Korsika kriselte es gewaltig. Ajaccio hatte eine Schlappe gegen Lyon einstecken müssen, und Bastia war in Marseille eingeknickt. Der Racing Club von S. war mit einem heldenhaften Unentschieden aus Nizza zurückgekehrt.

Dédé, hinter dessen Schnurrbart sich eine dicke Warze verbarg, trocknete Tassen ab und kommentierte unermüdlich alles Mögliche, Politik und Pferderennen, sein Tagesmenü und seinen nächsten Urlaub in einem tunesischen Feriendorf.

Jacques sah zu der Quasselstrippe rüber und brummte etwas Unverständliches in seinen Bart. Mit etwas Glück und vor allem Ruhe würde er *L'Équipe* nachmittags am Springbrunnen im Palais-Royal weiterlesen können, das Wetter eignete sich hervorragend dazu. Schweigend rauchte er eine Zigarette, verabschiedete sich von Dédé und ging zu *La Turbine* zurück. In der Eingangshalle traf er Clémence. Sie errötete, während er sie hoheitsvoll ignorierte und lieber zu Yasmina, einer der Telefonistinnen, schielte.

Im Redaktionsraum verschlang der dicke Freddo gerade einen x-ten Bericht über den Welthunger und ein Zitronentörtchen. Die Tastaturen klackerten – Nicolas Sarkozy weihte heute einen Radar im Departement Meuse ein. Jacques schickte Clémence eine E-Mail: *Die letzte Nacht war magisch. Lass uns mit einem Kuss unbekannte Welten erkunden. Wir sehen uns doch heute Abend, meine exotische Blume? Dein brünstiger Panther.*

»Kannst du bitte mal kommen?«, rief Huguin dem in Gedanken verlorenen Jacques zu.

»Zwei Minuten, Chef. Ich warte nur noch auf eine wichtige Mail.«

Clémence hatte einen Mädelsabend. Er insistierte und bekniete sie, und sie leistete pro forma erst einmal Widerstand, bevor sie sich dem unwiderstehlichen Verführer doch noch ergab.

Huguin wollte von Jacques eine Analyse der deutschen Konjunktur. In jenem Herbst 2003 steckten die germanischen Nachbarn in einem Stimmungstief, ihr Land galt als schwaches Glied der boomenden Eurozone.

»Übrigens, worum genau geht es bei diesem Knüller, den du da erwähnt hast?«

»Ich würde dir lieber alles auf einmal erzählen, wenn ich weiter damit bin. Aber es lohnt sich, wirklich, glaub mir …«

»Bestimmt, ich zweifle auch gar nicht an deinem Informantennetz. Aber du versprichst mir jetzt schon seit Monaten das Blaue vom Himmel, und wir haben immer noch nichts Konkretes«, bohrte Huguin weiter, während er nervös auf einem roten Bleistift herumkaute (er hatte gerade zu rauchen aufgehört). »Ich hab schließlich eine Rechenschaftspflicht. Also, mach es nicht so spannend und sag, was Sache ist!«

Jacques zurrte an dem dicken Knoten seiner Kaschmirkrawatte.

»Versprichst du mir, niemandem etwas zu sagen, solange ich nicht ganz sicher bin? Es geht um den Irak …«

In punkto Irak hatte Jacques einiges wiedergutzumachen. Er hatte vergessen, was ihm damals in den von Greta und Maurice Scholem bezahlten *summer schools* von Henry Kissinger beigebracht worden war, den seine Großeltern noch als kleinen Jungen aus Fürth, ihrer Heimatstadt, kannten. Und so hatte Jacques im Frühjahr wider jede Vernunft den kühlen Realismus seines Meisters missachtet und die »Befreiung des Iraks« unterstützt. Künftig wurde er von seinen Kollegen, allen voran der dicke Freddo, als naiver Krieger der Demokratie argwöhnisch beäugt. Mit wem steckte so einer wohl unter der Decke? Höchstwahrscheinlich mit den amerikanischen Ölgesellschaften, die sich den Zugriff auf die sagenhaften irakischen Erdölvorkommen sichern wollten.

»Hugo, ich hab vielleicht einen wichtigen Hinweis auf Saddams Massenvernichtungswaffen. Eine heiße Spur, die womöglich bis zu ihrem Versteck …«

Huguin runzelte die Stirn. Er war als Korrespondent

für *La Turbine* in den Vereinigten Staaten gewesen, wo er bereits im getüpfelten Morgengrauen brav die Teletexte von CNN kopierte, großangelegte Artikel und Reportagen, die er mit seinen legendären Anfangsbuchstaben *H. H. aus New York* zeichnete. Er war misstrauisch und legte Jacques nahe, sich lieber mit den Aussichten der französischen Unternehmen im Sunniten-Dreieck zu beschäftigen. Das betraf genau die Zielgruppe von *La Turbine.*

»Später, Hugo, vertrau mir, wir sind bald im Rennen um den Pulitzer-Preis. Ich hab auch noch diverse Reportage-Ideen ...«

»Mir fehlt gerade einfach die Zeit dafür, Jacques. Wir haben ja nicht umsonst Vorgespräche, und du solltest daran teilnehmen wie alle anderen auch. Nun mach schon.«

Als sie das sanfte Geknatter des Zweitaktmotors hörte, stürzte Clémence mit klopfendem Herzen ans Fenster. Endlich kam er, ihr großer wortkarger Panther, mit über einer halben Stunde Verspätung und ohne sie vorgewarnt zu haben, genau wie gestern, aber was machte das schon? Jetzt war er ja da! Nervös servierte sie ihnen einen Pastis und ging in allen Einzelheiten das Abendmenü durch: Tapenade und Guacamole zur Vorspeise, ein geheimnisvolles Hauptgericht, das sie noch nicht preisgeben wollte, gefolgt von einem Mont d'Or und einer Zwetschgentarte.

»Die letzten in diesem Jahr, Tante Schossefin hat sie mir gestern vorbeigebracht«, berichtete die bei *La Turbine* für den Großhandel Verantwortliche, die ebenfalls aus dem Elsass stammte, aus dem Dörfchen Eguisheim, bekannt für sein Kopfsteinpflaster und seine blumengeschmückten Häuser.

Sie steckte ein paar Patschuli-Stäbchen an und schob ein Best-of-Album von Police in den CD-Player: Was Sting für die Kayapo-Indianer getan habe, sei großartig, sagte sie. Schon ein bisschen angeschickert, gestand sie ihm, dass sie ihn, bevor sie ihn kennenlernte, eher für fünfzig gehalten habe: Seine im vergangenen Sommer erschienene Beitragsserie über die Geheimnisse der Europäischen Zentralbank sei einfach genial gewesen. Genial! Und dieser Kleinkönig der Inflation war in Wirklichkeit ein charmanter junger Mann, und heute Abend hier bei ihr … Sie wollte ihn küssen, aber Jacques schlug vor, lieber mit dem Essen anzufangen.

Clémence holte einen Makkaroniauflauf mit Unmengen von Sahne und karamellisiertem Speck aus dem Ofen. Sie hätte ihm kaum eine größere Freude machen können: Zugegeben, sie kannte die Männer, na ja, sie hatte drei Brüder, für die sie regelmäßig kochte, und auch für ihren Vetter Jacky, den Winzer. Während sie die Nudeln mit ein paar kräftigen Schlucken Rotwein runterspülte, tischte sie ihm den neuesten Klatsch aus der Zeitung auf: Coralie, ihre Kollegin aus der Schwerindustrie, hatte ihr anvertraut, dass Hugo Huguin schon seit Monaten seine Frau nicht mehr angerührt habe.

»Bei denen kriselt es seit der Geburt des zweiten Kindes, er ist reizbar, pass auf!«

Clémence hatte sich durch ein Studium der Ökonometrie und Algebra aus ihrem ländlichen Umfeld befreit, bevor sie bei einer Jobmesse an der Porte de Versailles von einer Handelsbank engagiert worden war. Empört über die soziale Ungleichheit, hatte sie sich an der Schnittstelle zwischen Globalisierungskritik und Aktivismus (nicht von ungefähr stapelte sich die *Monde diplomatique* bei ihr) von den süßlichen Sphären der Hochfinanz ab- und dem Journalismus zugewandt, mit dem Stift bewaffnet wie ein Boxer, der in den Ring steigt. Obwohl sie für den Großhandel zuständig war, hatte sie bisher sämtliche Weihnachtskörbe und Ostereier von den korrumpierenden Unternehmen, deren Quartalsergebnisse sie prüfte, abgelehnt.

Clémence berichtete von diesem spröden, aber redlichen Leben, während Jacques sich den Bauch vollschlug: Er hatte dreimal von den Nudeln genommen, bis alles aufgegessen war. Nun machten sie sich an den Mont d'Or, der wie Vulkanlava über die Teller floss, und schließlich an die Tarte, ein wahrer Hochgenuss. Nachdem sie eine zweite Flasche Rotwein getrunken hatten, rollten sie bis zum Schlafsofa. Beim vierten von Vetter Schäkele gebrannten Gläschen Schnaps ergriff Jacques die Initiative. Er fiel über ihren ausladenden Busen her, ein seit dem Frühstück im Paris Bourse anvisierter Sturzflugangriff – und einziger Grund für seinen Abstecher in diese verrufene Straße im Nordosten von Paris.

Sie bat ihn, sie zuerst oder wenigstens gleichzeitig zu küssen. In Eguisheim hatte sie es mit ihrem ausladenden Busen schwer gehabt. So sehr sie auch versucht hatte, ihn plattzudrücken und systematisch die Arme vor dem Oberkörper zu verschränken, wollten die Männer im Dorf ihn ständig begrapschen. Zum Glück hatte Schäkele sie beschützt. Schließlich war sie kein Lustobjekt! Jacques geriet ins Stocken und schlug eine kleine Keule vor, einen Joint aus holländischem *skunk*. Er musste sich ein bisschen Mut anrauchen, denn bis auf ihren Vorbau tat er sich mit Clémences' Körper eher schwer. Obwohl sie sich dreimal pro Woche zur Wassergymnastik quälte, hatte sie kleine Speckringe. Ihre kurze und breite Nase, an der sich rosa Äderchen bildeten, wenn sie zu viel trank wie heute Abend, wurde von einem vorspringenden Kinn und mäßig lustaffinen schmalen Lippen betont.

Sie rauchten im Dunkeln, dann drückte Jacques, feurig und zugedröhnt, seinen Mund auf Clémences' Lippen, während seine rechte Hand unter ihre Bluse fuhr und die linke wie eine Krebsschere im Handumdrehen den Dreierhaken an ihrem Büstenhalter knackte, in dem Clémence ihre kostbarsten Schätze wie in einem riesigen Warenkorb aufbewahrte. Stürmisch knetete er das milchige Fleisch und vergrub seinen Kopf zwischen den beiden kahlen Gipfeln der Journalistin, während seine Zunge sich zeitweise auf ihre geschwollenen Brustwarzen verirrte.

Den Kopf im Nacken, zerfloss Clémence hingebungsvoll in seinen Armen. Mit Mühe schob sie Jacques Hand auf ihren schmelzflüssigen Unterleib zu. Sie ließ bereits ein heiseres Geschrei vernehmen, als Jacques, seiner Sinne nicht mehr ganz mächtig, berauscht von ihren *godfortamis*, Klängen aus dem tiefsten Elsass, die die Mauern von Jericho zum Einsturz gebracht hätten und ihm ein titanisches Hochgefühl bereiteten, heldenhaft in sie eindrang.

Glückselig lächelnd streichelte Clémence Jacques, der, das Gesicht vom fahlen Mondlicht umrahmt, neben ihr lag, über die dicke Wampe. Schon lange habe sie sich mit einem Mann nicht mehr so wohl gefühlt, gestand sie und verdrehte dazu ihre grauen Augen. Jacques murrte etwas Unverständliches und schaute auf seine Armbanduhr, er müsse nach Hause, daran sei leider nichts zu ändern, und sie solle schwören – wirklich –, niemandem etwas von ihrer Affäre zu erzählen, vor allem nicht bei der Zeitung, und schon gar nicht Coralie, dieser Klatschtante.

5

Sein Kopf klemmte zwischen zwei Schraubstöcken, die ein mächtiger Schmied mit aller Kraft festzuziehen schien. Ihm war übel, seine Zunge war gelblich, so brauchte er sich bei *La Turbine* gar nicht erst blicken zu lassen. Er würde sich eine weitere Notlüge ausdenken müssen, ein Frühstück mit redseligen Finanzanalysten oder hochkarätigen Geheimdienstlern, die mit bedeutungsvollen Blicken Vertraulichkeiten preisgaben. Er beschloss, sich die Nägel zu schneiden und seine Koteletten zu stutzen, um wenigstens »so zu tun als ob«: Er würde in seinen Lieblingsanzug schlüpfen, den nachtblauen mit Schlaghose, für den er, als er in Kopenhagen damals das Met gekauft hatte, Unsummen ausgegeben hatte, dazu ein weißes Hemd mit Kentkragen und eine dunkelblaue Häkelkrawatte. Zwei Tassen Kaffee und dreißig Kniebeugen später, er war gerade auf dem Weg unter die Dusche, klingelte sein Handy: sein Vater, den er seit zwei Tagen nicht mehr gesprochen hatte, was ihm ausreichend schien, um den Anruf entgegenzunehmen.

Sofort bereute er seine Entscheidung wieder. Jacques Senior, in aller Herrgottsfrühe aufgestanden, um dralle

Zwillinge zur Welt zu bringen, war hysterisch. Er beglückwünschte ihn zu seinem Deutschlandartikel, Ezechiel habe ihm eine Fotokopie aus dem Crédit Agricole mitgebracht, wo er seine beträchtlichen Ersparnisse anhäufte.

»Papa, das ist doch alles Mist«, sagte Jacques. »Ein absoluter journalistischer Tiefpunkt!«

»Hör auf, Jacques. Immer stellst du dein Licht unter den Scheffel, nie bist du zufrieden. Außer deiner Mutter und mir wird dich nie jemand so lieben wie du selbst. Mach dich nicht zu klein, Jacques, denn groß bist du ja auch nicht gerade! Kurz und gern, ich hab den Eindruck, dass du nicht in Form bist.«

»›Kurz und *gut*‹, Papa, ›kurz und *gut*‹. Bitte fang jetzt nicht mit deiner Telefondiagnose an«, antwortete Jacques mit einer Stimme, der sein Vater aufgrund eines Schleimstaus, einem an seinen Stimmbändern klebenden Relikt der gestrigen Liebesnacht mit Clémence, nicht über den Weg traute. »Ich schwöre dir, es ist alles in Ordnung …«

»Ich höre schon, dass du wieder tüchtig geraucht hast, du Schlingel …«

»Praktisch gar nicht, wirklich. Seit Jom Kippur habe ich stark reduziert.«

»Den Eindruck hat man aber nicht. Ein Raucher wie du muss eben ganz aufhören. Ich will dir ja keine Angst einjagen, aber der Schwiegersohn von Coco Taieb, du weißt schon, dem die Apotheke an der Place du Corbeau gehört, neben dem Schuhgeschäft, der ist vor vier Jahren an Lungenkrebs gestorben. Und Ben Sebag, der Buchhalter, der raucht wie ein Schlot und hat einen Herzinfarkt gehabt, und als sein Sohn geboren wurde – ich habe damals seine Frau betreut –, lag er im Bett, der Arme, ein Bild des Jammers, und dabei ist er kaum älter als du. Auch Cohen-Solal hatte einen Infarkt, aber der war wenigstens gut versichert: Er bekommt jetzt eine ansehnliche Rente. Jacques, hörst du mir überhaupt zu?«

»Na, und ob.«

»Ich wollte dich etwas fragen. Achtest du eigentlich auf dein Cholesterin? Ich habe kein Problem damit, ich lebe gesund. Keine Sahne, keine zerlassene Butter, kein Aufschnitt, kein Alkohol, nicht zu viel Salz. Hast du heute Morgen ein bisschen Obst gegessen?«

»Noch nicht. Bist du jetzt fertig?«, fragte Jacques, während er in der Wohnung auf und ab ging.

»Ist ja gut, ich mach doch nur Spaß. Man wird ja wohl noch lachen dürfen!«

»Sehr lustig, wirklich. Hör zu, ich hab hunderttausend Sachen zu tun, und zwar dringend. Einen guten Tag noch …«

»Meinst du vielleicht, ich hätte nichts zu tun? Na gut, dann erzählst du eben von deinen Plänen, wenn du uns das nächste Mal besuchst. Ich finde, du wirkst ziemlich angespannt – warte, nur noch kurz. Bitte, pass gut auf dich auf! Du bist ja in der Lage, die Katze im Sack zu kaufen! Ich hab dich einfach sehr lieb, mein Häschen, verstehst du?«

Unter den Arkaden des Palais-Royal traf Jacques vor dem Eingang des Grand Véfour Claudio, der ihn zu seinem tadellosen Aufzug beglückwünschte. Er trug die gleiche dunkelblaue Häkelkrawatte, hatte sie allerdings in Mailand erstanden.

Claudio? Genau, Claudio, der junge Draufgänger, der Céleste Koskas am 19. August 1991, dem Tag, an dem Michail Sergejewitsch Gorbatschow durch einen Putsch gestürzt worden war, ihre Unschuld geraubt hatte. Jacques erinnerte sich, dass Boris Jelzin auf France 5 in Endlosschleife oben auf einem Panzer paradierte, während Claire und Jacques Senior im Dunkeln nach der Rückkehr ihrer den Fängen des gefährlichen Schönlings ausgelieferten Tochter Ausschau hielten. Seit diesem leidigen Zwischenfall hatte der Großneffe des berühmten Pizzabäckers seinen Weg gemacht. Claudio, der früher mit halluzinogenen *funghi*, Gipsfigürchen Franz von Paolas und diversen Produktfälschungen gedealt hatte, Claudio, dem ein erbärmliches, ja grauenerregendes Schicksal zu winken schien, war in Gestalt einer schrumpeligen, aber steinreichen amerikanischen Witwe von der Vorsehung gerettet worden. Er ersparte der alten Dame, vor der Pizza-Akademie seines Großonkels Schlange stehen zu müssen, und als er ihr eine Nonno Luigi mit Lardo di Colonnata servierte, nahm sein Schicksal eine neue Wendung. Im Gegenzug für ein paar kleine Gefälligkeiten und seinen *uccellino*, sein Vögelchen, das sie in ihrer Villa in Posillipo gurrend zu betätscheln pflegte, gab die Witwe ihrem Rohdiamanten den letzten Schliff und nahm seine Erziehung in die Hand. Durch sie lernte er, Ehrgeiz und eine gewisse Lebensart zu entwickeln.

So begann der fabelhafte Aufstieg des Claudio Sorbillo. Seine Wohltäterin schickte ihn zum Wirtschaftsstudium an die Mailänder Bocconi und zum Jurastudium nach Oxford. Danach ergatterte er seinen ersten Job bei der Trust Confidence Corporation, einem New Yorker Börsenhändler, wo sein Cash-flow bereits im ersten Jahr so eindrucksvoll war, dass seine Chefs ihn nach Paris schickten, um dort ihre Umsätze auszubauen.

Auf einer Vernissage traf Jacques den neapolitanischen Trader wieder. In jenem Winter hatte der Journalist sich selbst zum Italiener erklärt und frequentierte unter Berufung auf seine angebliche elsässisch-lombardische Herkunft fleißig venezianische Kulturinstitute und Cocktailpartys. Seit dem legendären Sommer in Le Lavandou waren zehn Jahre vergangen, und Jacques erkannte den jungen Mann nicht auf Anhieb. Erst als Claudio sich nach seiner Schwester erkundigte, waren alle Zweifel verflogen.

Am Nebentisch saßen Marc Levy und Paulo Coelho: Plötzlich fiel Jacques wieder ein, dass Serena ihn nicht zurückgerufen hatte, was ihn vorübergehend aus der Ruhe brachte. Ein Stückchen weiter meinte er an einem Nischentisch Liliane Bettencourt zu erkennen, in Gesellschaft eines jungen Mannes um die Fünfzig, dessen Hand auf einem Stapel Papiere ruhte.

Zwischen zwei Happen Gänseleber-Ravioli an Trüffelschaum berichtete Claudio von seinen jüngsten Erfolgen. Kurz vor der Invasion im Irak habe er einen Haufen Aktien von Halliburton erworben, sie wenig später wiederverkauft und dabei einen gigantischen Gewinn eingestrichen. Ende Mai habe er untrüglich auf die Technologiewerte gesetzt. Derzeit spekuliere er gegen den Dollar und rechne mit einem umwerfenden Bonus. Als Jacques schüchtern ein »Wie viel?« wagte, nahm der Finanzier einen tiefen Schluck Clos Rougeard Saumur Blanc »Brézé«, knackte bedeutungsvoll mit seinem Nacken und entblößte seine schimmernden, vor Gesundheit strotzenden Zähne. Neben seiner Taube à la *Prince Rainier III* machte Claudio sich an sein bevorzugtes Hauptgericht: die Frauen – offenbar nicht die übelsten –, vor denen er sich gar nicht retten könne. Den Sommer habe er in Sardinien mit einer schwedischen Stewardess verbracht, eine »vierundzwanzigjährige Sexbombe, schlank, mit einem kleinen Hintern und Möpsen wie Melonen, unglaublich, *veramente bonissima*«. Anschließend habe er eine venezolanische Tänzerin in ihrer Villa in Cancun besucht, sie hätten »wie die Verrückten gevögelt, vier-, fünfmal am Tag, manchmal mehr, und überall, im Pool, im Garten und sogar bei schwerem Seegang auf ihrem Sportboot.«

Zu den letzten Bissen seines Haselnuss-Talers erkundigte sich der Hengst nach Jacques' Leben, das ja bestimmt so aufregend sei wie seines. Verletzlich und leicht angeschlagen, hätte Jacques gern einem mitfühlenden Ohr seine Sorgen bei *La Turbine* geklagt, seine unsichere Stellung seit dem Abschiedstrunk Ende Juli für seinen Kollegen Philippe. Während Claudio sich in Mexiko vergnügte, hatten sie zu einem knappen Dutzend Philippes Ausscheiden gefeiert und neben dem großen, seine Schubladen leerenden Kahlkopf an einem Pineau des Charentes genippt. An jenem Abend hatte Jacques alkoholselig seine »von Freud und Reich inspirierte Theorie der internationalen Beziehungen« zum Besten gegeben, »die mit Mitteln der Erotik weltweite Spannungen und Krisen zu lösen versucht«.

Wilhelm Reich, hatte er gesagt, begreife den Orgasmus als Schlüssel zur Emanzipation des modernen Mannes, ein politischer Akt von unerhörter Reichweite, der auf einmalige Weise in der Lage sei, Hemmungen und Ängste zu überwinden. Die Bolschewiken seien gescheitert, weil sie mit der sexuellen Unterdrückung nicht restlos aufgeräumt hätten: Für ihr Gelingen verlange die Weltrevolution die völlige Befreiung der erotischen Triebe. Auf diese Weise könne der moderne Mann die repressive Autorität der mystifizierenden jüdisch-christlichen Religion abschütteln. »Mit der Unterdrückung der erotischen Elemente des Verlangens öffnet man automatisch der Aggressivität die Tür. Die Verdammung der sexuellen Lust hat den Einzelnen dazu gezwungen, sich mithilfe zerstörerischer Handlungen zu befriedigen. Dabei kann der Beischlaf fixe Gedanken verscheuchen und heftige Wut besänftigen; er bringt der Seele Gelassenheit und den zornigen Mann wieder zur Vernunft; es gibt kein besseres Mittel, um wilde, melancholische oder menschenfeindliche Tiere zu bezähmen. Ein zufriedener Mann zettelt keine öffentlichen Verkaufsangebote an, betreibt keine Steuerhinterziehung und entlässt keine Angestellten«, schloss er.

Philippe standen Tränen in den Augen, und Hugo Huguin kicherte dümmlich, bevor die Dinge aus dem Ruder liefen. Nachdem der dicke Freddo ihm nachgeschenkt hatte, erklärte Jacques, es gelte die Kampfzone auch auf die islamische Welt auszudehnen: »Wenn es uns gelänge, zweihunderttausend moldawische Prostituierte mit dem Fallschirm über Saudi-Arabien oder Pakistan abzusetzen, wären wir die Bartträger ein für alle Mal los«, tönte er. »Lieber Wilhelm Reich als die Protokolle der Weisen von Zion! Wenn man die Libido Hunderttausender frustrierter Schlucker befreit, könnte man auch die Sitten am Nabel der Welt besänftigen …«

Die Stimmung hatte sich verschärft, den Kollegen war seine Schmährede zu einfach gestrickt. Die sexuelle Befreiung in den westlichen Ländern hatte bei Weitem nicht alle Probleme gelöst, und seitdem Jean-Marie Le Pen im vergangenen Jahr in die Endrunde der Präsidentschaftswahl gelangt war, passten sie auf wie die Schießhunde, insbesondere der dicke Freddo, ein waschechter Sozialdemokrat und ausgewiesener Kenner der muslimischen Welt, der zweimal jährlich zum Surfen nach Marokko fuhr. Er titulierte Jacques als »Islamhasser«, der Ton war schärfer geworden, und die beiden Kontrahenten hatten sich beinahe in die Haare gekriegt. Nach diesem unseligen Ausfall eilte Jacques bei *La Tribune* ein düsterer Ruf als Handlanger der dämonischen Neokonservativen und Verfechter eines manisch-erotischen Imperialismus voraus.

Wäre Claudio nicht Claudio gewesen, hätte Jacques ihm sein Herz geöffnet. Aber er hatte keine andere Wahl, als ihm etwas vorzuflunkern. Er komme gerade von einer Reportage in Mexiko zurück, wo er mit Subcomandante Marcos in trauter Zweisamkeit Pfeife geraucht habe. Bald gehe es nach Washington, denn Condoleezza Rice suche seinen Rat bezüglich des iranischen Atomprogramms. Er sei im Besitz dreier Pässe, wisse nicht mehr, wo ihm der Kopf stehe, und *La Turbine* habe schließlich mit dem *Spiegel* und der *New York Times*, die sich um jede Zeile von ihm rissen, eine Vereinbarung unterzeichnet. Was die Frauen betreffe, diese »köstlichen Geschöpfe«, sagte Jacques, sei der Grand Véfour für nähere Ausführungen wohl nicht der geeignete Ort, er wolle die keuschen Ohren von Marc Levy und Paulo Coelho nicht schockieren und habe ohnehin keine Zeit, ihm in extenso alles zu erzählen. Nur soviel: Auch er habe ein Händchen für die Schönsten – er dachte an Clémence – und Klügsten – Serena kannte den ganzen *Rabbi Jacob* auswendig.

»*Minchia*, Jacques, ich beneide dich«, schloss Claudio. »Du verstehst es eben, das Leben zu genießen!«

»*Minchia*, Claudio, du weißt gar nicht, wie recht du hast!«

Der Kellner präsentierte ihnen auf einem Silbertablett eine hübsche Rechnung über dreihundertachtundneunzig Euro.

»*Puttana, sporca puttana!*«, rief der Neapolitaner so laut, dass Liliane Bettancourt sich missbilligend zu dem unflätig fluchenden Rüpel umdrehte, der die Taschen seines feschen Jacketts abklopfte.

»Ein Problem, Claudio?«

»Meine Brieftasche! Ich hoffe, sie ist mir nicht geklaut worden«, sagte er und ließ dabei, klick klack, seinen Hals vor- und zurückschnellen, dass erneut die Gelenke knackten. »Jacques, *scusami*, würde es dir etwas ausmachen zu zahlen? Ich schwöre dir auf den Kopf von Nono Luigi, dass ich dir alles zurückgebe. Und lass ein gutes Trinkgeld da, ich bin hier regelmäßig zum Mittagessen. Danke!«

»Mein liebstes Kätzchen!«

Jacques Koskas nahm seinen treuen Freund Cosmo Levitan ausführlich in den Arm und beglückwünschte ihn zur Eröffnung seiner Galerie, einem Studio für Kunstschaffende und zeitgenössische Kultur im Marais.

Ein Champagnerglas in der Hand, beobachtete Jacques Cosmo, der in einem merkwürdigen Jockeydress mit Schachbrettmuster steckte und, wie immer, gut aufgelegt, redselig und irgendwie überflüssig war. Er fuchtelte mit seinen patschigen Händen herum, um dem spärlichen Publikum die Arbeit seines ersten Künstlers, eines in Berlin lebenden Marseillaners, anzupreisen: zwei mit Kohle gezeichnete Dackel in einem orthogonalen Punkteraster, dazu zwei sechsbeinige Stühle. Das Ganze wurde als Weltpremiere verkauft.

Natürlich hatte Cosmo Levitan ein paar populärwissenschaftliche Bücher zur Kunstgeschichte überflogen und Abendkurse an der École du Louvre bis zu den Anfängen der karolingischen Kunst belegt, eine alles in allem überschaubare Gelehrsamkeit, die nicht unbedingt ein so kostspieliges Abenteuer wie eine Galerie rechtfertigte. Doch das hieß, Jacques Koskas' »Bruder« zu unterschätzen: Cosmo war nicht nur unerschrocken, er verwaltete vor allem ein ansehnliches Vermögen. Sein Vater, der wie durch ein Wunder der Vernichtungsmaschine entgangen war, indem er sich den ganzen Krieg über in weißrussischen Wäldern versteckt gehalten hatte (die Partisanen, die ihn entdeckten, nannten ihn Wolfskind), hatte sich nach dem Krieg in München ausgiebig bereichert und dort diverse Kabaretts und Bordelle eröffnet, bevor er sich auf Immobilienspekulationen verlegte. Mit fünfundvierzig war er nach Paris gezogen, wo er eine Frau gefunden und zwei hübsche Kinder gezeugt hatte, Cosmo und die kleine Rita. Auf seinem Totenbett hatte er seinem jugendlichen Sohn das Versprochen abgenommen, auf seine Schwester aufzupassen, und Jacques musste von ihrer ersten Begegnung an schwören, sie nie anzurühren.

Neugierig und wissbegierig hatte Cosmo nacheinander oder gleichzeitig Medizin, Betriebswirtschaft, Geografie, Literatur, Geologie, Pantomimik und in Lausanne sogar Hotelwesen studiert. Mit diesem Rüstzeug eines Mannes von Welt und seiner obligatorischen dicken Cohiba im Mundwinkel hatte der jüdische Pico della Mirandola unzählige Projekte in Angriff genommen, mit denen er lässig jonglierte. Ihre Verwaltung wurde Geschäftsführern anvertraut, an deren Kompetenz und Redlichkeit kein Zweifel bestehen konnte.

Die Vernissage erfreute sich eines mäßigen Zulaufs, und in Ermangelung der entsprechenden Evastöchter, mit denen er rings um das Überraschungsbrot ein paar Beiläufigkeiten hätte wechseln können, machte sich Jacques, erschöpft von der gestrigen feuchtfröhlichen Abendgymnastik und seinem üppigen Mittagsmahl, rasch aus dem Staub. Cosmo würde er sowieso bald wiedersehen: Schließlich hatte er nichts Besseres zu tun, und sein Freund auch nicht.

Zuhause fand er folgende E-Mail vor:

Mein lieber Jacques,

nach diesem langen Schweigen wunderst Du Dich bestimmt über meine Nachricht. Sei mir nicht böse; wenn Du mir eines Tages dazu Gelegenheit gibst, erkläre ich Dir vielleicht den Grund. Ich würde Dich gern wiedersehen, wenn Du magst.

Sei zärtlich umarmt,

Maud.

6

»Ausnahmsweise war ich mal zu früh dran, Cosmo. Ich hab in der Bar vom Poule au Pot auf sie gewartet, weißt du, das Restaurant gleich nebenan, und versucht, mich an ihr Gesicht zu erinnern, aber ohne Erfolg, bis auf einen Leberfleck über der Oberlippe. Dieser Schönheitsfleck hat damals Eindruck auf mich gemacht, auch ihre elegante Silhouette. Alles andere war mir völlig fremd, wir hatten uns nur einmal, das ist jetzt über ein Jahr her, auf einer Geburtstagsfeier getroffen. Ein bisschen getanzt und geflirtet, uns über Schweden unterhalten, wo sie einen Teil ihrer Kindheit verbracht hat, und über Jean-Pierre Léaud, den sie nicht ausstehen konnte. Als sie ging, hat sie mir ihre Nummer gegeben und mich, sie roch übrigens nach abgestandenem Champagner, hier in den Mundwinkel geküsst. Ein paar Tage später waren wir zum Abendessen verabredet, aber sie hat mich im letzten Moment mit einer bescheuerten SMS versetzt. In den folgenden Tagen hab ich mehrmals versucht, sie zu erreichen, ein paar E-Mails und SMS, aber nichts, überhaupt nichts, absolute Funkstille. Danach hab ich sie vergessen. Oder hab ich dir jemals von Maud erzählt?«

»Erstmal hab ich einen Whisky Soda bestellt, irgendwie hatte ich das mulmige Gefühl, dass sie mich wieder sitzen lassen würde, warum wollte diese Frau mich denn so urplötzlich wiedersehen? Ging es ihr nur um Sex, hatte sie ihre Meinung zu Léaud geändert? Oder saß sie in der Rekrutierungsabteilung des Mossad, an die ich gerade einen zurechtfrisierten Lebenslauf geschickt hatte, um meine kostbaren Dienste anzubieten? Irgendwann tauchte sie auf, lächelnd und kastanienbraun, kleiner, als ich dachte, aber mit ziemlich breiten Hüften, miam miam, diese Hüften sind mir sofort aufgefallen, als sie ins Restaurant kam. Sie reichte dem Garderobentypen ihren Mantel, und da, Cosmo, halt dich gut fest, da musste der Junge, genau wie ich, die Augen aufreißen, und die spärlichen Gäste sperrten erstaunt den Mund auf. Maud hielt doch tatsächlich eine kleine Überraschung für uns parat: Sie hatte unter ihrem Mantel nichts an, rein gar nichts, nur ein kurzes, halb durchsichtiges Nachthemd, ohne BH oder Slip, glaub mir, das hab ich gleich gesehen. Durch den leichten Stoff war ihre straffe Brust für alle sichtbar. Du kannst dir bestimmt die Stimmung vorstellen … Als sie saß und an einem Kir Royal nippte, nahm sie unter dem Tisch meine Hand und schob sie zu ihrem brennenden Busch. Die Kellner schwirrten wie Haifische um die Robbe und hätten sich fast in die Haare gekriegt, um unsere Bestellung aufzunehmen.«

»Ich wollte das Eis brechen und mein Gegenüber ein bisschen taxieren, also stellte ich ihr ein paar existenzielle Fragen: Warum hatte sie in Linköping gelebt? Mochte sie salzigen Lakritz? Schlief sie im Winter nackt? Aber Maud war nicht gekommen, um mir von ihren Ausflügen nach Dalarna zu erzählen. Sie hatte nie einen Fuß dorthin gesetzt, ins restliche Schweden übrigens auch nicht. Sie wollte mir erklären, warum sie letztes Jahr einfach verschwunden war. Sie habe plötzlich Angst bekommen, weil es in ihrer Beziehung kriselte. Und jetzt? Sie lächelte geheimnisvoll …«

»Dann schlangen wir unser Huhn in Rahmsauce herunter und fuhren zu mir. Maud hatte einen irren Zug. Sie hat die ganze Flasche koscheren Sliwowitz, die du mir aus Ungarn mitgebracht hast, runtergekippt, quasi ohne abzusetzen – Wahnsinn –, dann hat sie behauptet, eine Nichte von François Mauriac zu sein. Und mir von ihrer ›richtigen‹ Kindheit in Carhaix-Plouguer in der Bretagne erzählt. Vor allem aber von ihrem Sexleben, rauf und runter, die abgefahrensten Dinge, einfach so, ohne dass ich gefragt hätte. Sie hatte ihren ersten Sex mit einem Cousin und ist dabei dermaßen auf den Geschmack gekommen, dass sie mit dreizehn, vierzehn jedes Wochenende die Rummelplätze und Tanzlokale in Loudéac oder Plougastel-Daoulas unsicher gemacht hat, um es mit den Bauernjungen zu treiben. Bruder, die hat sich wirklich überall durchbumsen lassen, in einer Scheune, am Strand und sogar vor einem Menhir. Die absolute Nymphomanin: Sie hat mir erzählt, dass sie zwischen fünfhundert und eintausendzweihundert Typen gehabt hat. Sie hat ununterbrochen geredet, mir dabei tief in die Augen geguckt und an ihrer Nachthemdkordel gezwirbelt. Dann hat sie eine DVD aus der Tasche geholt, nicht *Das Haus nebenan*, wie du dir denken kannst, sondern einen dänischen Heimatfilm, *Talent fürs Mündliche*.

Sie wollte, dass wir ihn zusammen anschauen, aber ich bat sie, mir noch andere Abenteuer zu erzählen. Also gestand sie mir, dass sie regelmäßig Gruppensex hatte, am liebsten mit ihren Schwestern! Mit ihren Schwestern! Der absolute Wahnsinn! In bretonischen Schlössern und in Gutshäusern im Languedoc, angeblich kopulieren sie zu fünfzigst, manchmal sogar zu hunderzst wie tollwütige Tiere. Einmal sollen acht Typen gleichzeitig mit ihr beschäftigt gewesen sein, angeblich alles unfassbar geil, all die steifen Schwänze im Mund, zwischen dem Busen, in ihrer …«

»Okay, Jacques, ist ja gut, ich hab's kapiert«, unterbrach Cosmo ihn, ins Sofa seines Freundes gefläzt. »Hast du angefangen, ein Pornodrehbuch zu schreiben?«

»Nein, ich schwör's dir, das ist die Wahrheit. Ich hab Maud vor zwei Tagen gesehen.«

»Und hast du dir das bretonische Luder geschnappt?«

»Nein.«

»Lügner!«

»Wirklich nicht. Du bist der Letzte, den ich anlügen würde. Ich schwör's dir, ich hab sie nicht angefasst.«

»Außer ihrem Schönheitsfleck und der ›straffen Brust‹, wie du sagst, den Ausdruck musst du von irgendeinem Schriftsteller haben – Moravia vielleicht, oder? –, hat Maud also vielleicht einen Buckel! Oder nur ein Bein?«

»Nein, das ist es nicht. Du weißt doch, dass mich ein paar kleine körperliche Anomalien nie davon abgehalten haben.«

»Stimmt auch wieder«, pflichtete Cosmo ihm bei. »Also warum dann?«

»Ich hatte einfach keine Lust.«

»Soll das ein Witz sein?«

»Okay, ich hab dir nicht alles gesagt. Nach drei Stunden konnte ich nicht mehr, schließlich war ich auch ein bisschen angetrunken und hab versucht, zur Sache zu kommen. Aber sie hat mich schreiend zurückgestoßen und ist völlig ausgeflippt. Dann hat sie angefangen zu weinen. Sie würde vor Lust vergehen, aber sie könnte einfach nicht, jedenfalls so nicht. Nur im Beisein von Toto, ihrem Freund. Sie bräuchte ihn nur anzurufen, er wäre sofort da, und wir würden zu dritt unseren Spaß haben, oder er könnte uns zuschauen, wenn mir das lieber wäre. Wie ein Idiot hab ich mich geweigert, hab sie rausgeschmissen und gehört, wie sie auf der Treppe ausgerutscht ist. Zehn Minuten später hab ich meine Entscheidung bereut. Zu spät …«

»Ja, schade«, sagte Cosmo mitfühlend. »Meinst du, du siehst sie wieder?«

»Keine Ahnung! Sagen wir mal so: Andere Dinge sind mir wichtiger. Aber man kann nie wissen …«

»Klar, du Dumpfbacke! Komm in meine Arme, Jacques Koskas!«

Jacques ließ ein paar Vinyls auf dem Plattenspieler kreisen und drehte die Lautstärke voll auf, um die Robotertrance der teutonischen Meister voll auskosten zu können.

Seit ein paar Minuten erörterte er die Geometrie von Electronica, die seiner Ansicht nach der Wagner'schen Mathematik vergleichbar war – »Cosmo, stell dir im Raum eine erste Tonart als horizontale Linie vor, dann eine zweite, senkrechte, die die Waagerechte kreuzt, drittens eine Diagonale, die auf die anderen beiden trifft und sie ein Stück weit verfolgt, bevor sie einer vierten Linie den Platz überlässt, einer Spirale oder Parabel …« –, als es auf dem Festnetz klingelte. Bestimmt Jacques Senior, der sich die Nummer seines Sohnes mit Tesafilm auf den Hörer geklebt hatte.

»Koskas!«, schnaubte es aus dem Telefon, »nicht irgendwo in der Disco? Hören Sie sofort mit dem Krach auf, oder ich ruf die Bullen. In Algerien hätt ich Sie schon in den Knast gebracht. Meine Güte, schaffen Sie sich endlich Kopfhörer an! Schönen Abend noch, Koskas!«

Wutschnaubend legte der Feldwebel a. D. auf.

»Alter Fascho«, fluchte der Musikliebhaber und drehte die Lautstärke runter.

»Lass gut sein«, sagte Cosmo, »gehen wir lieber noch bei Raymond was trinken!«

Obwohl beide mit einer großen Nase gesegnet waren, hätte der Ewige unschwer zwei unterschiedlicher proportionierte Geschöpfe als Jacques und Cosmo erschaffen können. Jacques war hochgewachsen, aber trotz seiner morgendlichen Kniebeugen nicht gerade athletisch. Seine üppige Haarpracht, der ganze Stolz seiner Mutter, ergoss sich in Millionen goldbrauner Korkenzieherlocken. Für modische Zwänge unempfänglich, trug er zu Ehren der fliegenden Holländer bei der *Weltmeisterschaft* 74 buschige Koteletten. Cosmo hingegen war klein und stämmig. Durch ein ausdauerndes Muskeltraining im Keller hatte er einen überdimensionierten Oberkörper, aber dürre und entsetzlich haarige Beine, sodass er sich nur selten in Bermudashorts traute. Durch eine obskure Wunderbehandlung, zu der er sich nicht weiter äußern wollte, war er um einen Großteil seines krausen Haars gekommen, die er eigentlich nur hatte glätten wollen. Er hatte große dunkle, lebhaft und gutmütig dreinblickende Augen, und sein Bart glich dem Dickicht in einem brasilianischen Urwald. Angeblich rasierte er ihn regelmäßig – zum Zeitvertreib, wie er sagte –, und keiner wusste, wie ernst er das meinte.

Gegen Ende des letzten Jahrhunderts, als sich die slawischen Völker im Süden bekriegten, hatten sie sich in Novi Sad in der Vojvodina kennengelernt. Cosmo bewunderte auf der Durchreise die Donau, während Jacques von der Jewish Agency for Israel entsandt worden war, um eine Rebellion der magyarischen Separatisten anzuzetteln. In jener Nacht schneite es dicke Flocken, der Wintersturm keuchte, und die beiden Abenteurer lasen, ein paar Tische voneinander entfernt, vor dem Kaminfeuer des Wirtshauses Flûte d'Or im gleichen Buch. *Die Brücke über die Drina* schuf eine Verbindung zwischen den beiden Wagemutigen. Sie waren sofort und für alle Ewigkeit ein Herz und eine Seele.

Die von Jacques eingefädelte Intrige scheiterte, und die Behörden setzten ein Kopfgeld auf ihn aus. Glücklicherweise konnte er mit Cosmos Hilfe, der ihn als Bäuerin verkleidet hatte, entkommen, und die beiden Spießgesellen setzten ihre Tour quer durch Mittel- und Osteuropa, der gemeinsamen Wahlheimat, mit dem Nachtzug, auf dem Rücken eines Maulesels oder per Hausboot fort. Bei den ruthenischen Gagausen halfen die beiden Kumpanen Bäuerinnen mit bunten Kopftüchern beim Mähen der

Weizenfelder. Nachdem sie den Roggen geschnitten und die Ernte eingefahren hatten, zogen sie weiter nach Budapest, wo sie sich als Immobilienanleger betätigten. In Wien vergossen sie, den Mund voller Topfenstrudel, heiße Tränen zu einem Werk von Mendelssohn. Sie versuchten, Kruder und Dorfmeister zu treffen, aber ihre *Downbeat*-Idole schlugen die Einladung aus. Monatelang soffen sie wie die Löcher, futterten wie die Scheunendrescher und rauchten wie die Schlote. In jenen lieblichen Gefilden, von der Tatra bis nach Kosice, bewunderten sie allenthalben die dezent geschminkten hügeligen Mädchen, Jacques vor allem, denn Cosmo, nicht ganz so unreif wie sein Begleiter, erwartete von der Liebe mehr als nur eine Abfolge von Eintagsleidenschaften. Schweren Herzens kehrten sie nach Paris zurück. Jacques hatte keinen müden Groschen mehr, und Cosmo hatte sich eine grauenvolle Diphterie eingefangen, seine tomatenrote Nase war auf den dreifachen Umfang angewachsen.

»Na, ihr Lieben! Wie geht's, mein Sohn? Und dir?«

Jacques und Cosmo küssten Raymond auf die Wange. Der alte Jude saß hinter seinem Tresen in der Rue François-Miron, ein Glas verdünnten Whisky in Griffweite. Er trug einen an den Ellbogen zerschlissenen kanariengelben Pullover, und unter seiner Schiebermütze quollen Haare hervor, die so weiß waren wie sein Schnurrbart – die Spitzen mal ausgenommen, die sich von all den im Hafen von Oran mit Blick auf die ablegenden Frachter gerauchten Gitanes maisgelblich gefärbt hatten. An diesem Abend schien das ganze Völkchen versammelt, das bei Raymond ein- und ausging: Süßwassermatrosen, Zuhälter mit Armkettchen, angesäuselte Mörder, vorzeitige Ejakulierer, einarmige Fußballer, hinkende Halunken, pazifistische Militärs, barocke Schnulzensänger, reuige Zionisten, rauchende Ärzte, verlassene Liebhaber, polyglotte Schnorrer, ehemalige Rabbiner, betuchte Arbeitslose, sesshafte Troubadoure und rechtschaffene Antiquare; zwielichtige Gauner, unverbesserliche Schwätzer und große Herzen, Heldenmütige und Herren, Sepharden mit einem großen »S«, die dem jüdischen Nationalfonds keinen müden Groschen spendeten, keine Cola Light tranken und ihre Geliebte nicht mit dem Porsche Cayenne herumkutschierten – sie hatten schlichtweg keinen.

War es eine Folge ihrer bürgerlichen Erziehung? Oder der wiederholten Warnungen von Jacques Senior? Der hartnäckigen Medienkampagne gegen Tabak und Alkohol? Jacques und Cosmo hatten immer zuerst ein mulmiges Gefühl, wenn sie in Raymonds verrauchte Höhle kamen. Doch sobald sie, auf den Tresen gestützt und mit glühenden Augen, ein paar Gläschen Anislikör intus hatten, »fühlten sie sich wie ein Fisch im Wasser, wirklich«, sagte Raymond (ein echtes Schlitzohr). Jacques und Cosmo ließen sich treiben, ihr Herz geriet ins Wanken, und der wilde Reigen konnte beginnen.

»*Shabechi, Adonai* …«, näselte Roger, ein Veteran sämtlicher Israelkriege, a cappella. An seinem Goldkettchen baumelten die »dog tags«, seine militärischen Erkennungsmarken. Hubert, ein Winzling, hampelte aufgekratzt um die anderen herum und hätte sich am liebsten zum Spaß geprügelt.

Da erschien Monsieur Wolff, seines Zeichens Gerichtsvollzieher und einziger preußischer Aschkenasim, der sich in die Hochburg der Sarazenen traute. Er bestellte einen dreifachen Phenix-Anislikör und stürzte ihn in einem Zug herunter, um »die verlorene Zeit aufzuholen«. Er hatte mit seinem letzten Opfer im Hotel Costes zu Mittag gegessen, jenem »Tempel des zeitlosen guten Geschmacks im Stil einer Luxusherberge, der ebenso untrennbar zur Gastronomie gehört wie Marrakesch zum guten Geschmack«.

»Dieser Idiot hat seine letzten Kröten bei den ›Stimmungsmachern‹ der *unter-jet-jet-set* verheizt und auch noch gehofft, damit Zeit zu gewinnen!«, stieß er hervor. »Und was für eine Kundschaft! Neureiche in Glitzerkostümen und Reality-TV-Tussis, die alle, wirklich alle, permanent am Handy hängen. Aber das Schlimmste ist der Service«, setzte er hinzu und schmatzte auf einer gebratenen Sardine herum. »Eine mexikanische Armee aus Idioten mit hochgegelten Haaren und Möchtegernmodels, die zu klein für den Laufsteg sind und zu dämlich, um Stewardess zu werden.«

»Da bezahlst du eben für das Drumherum, *ya hmar*, du alter Packesel«, unterbrach Raymond ihn und kaute auf einem marinierten Fenchelstück herum.

»Ein bisschen wie hier«, kommentierte Cosmo und deutete auf die grünlichen Wände, die mit Erdnussschalen und Kippen übersäten Fliesen und das wacklige Regal, auf dem ein paar Fantaflaschen, ein Wimpel des *Étoile Sportive du Sahel* und der Judopokal, den Raymonds Sohn 1969 bei einem Schülerturnier ergattert hatte, vor sich hin dämmerten.

»Schon klar, Raymond, deine Deko kommt nicht gerade von Philippe Starck«, prustete Monsieur Wolff.

Der Name Starck brachte Jacques' Blut in Wallung. Sofort redete er sich in Rage gegen den supergenialen Designer, den mega-exklusiven Urheber von Gabriels Brille mit Biolink-Gelenk, gegen all die Dumpfbacken, die sich mit ihren von Starck designten Zahnbürsten, Messern oder Wolkenkratzern brüsteten, als hätten sie ein Fabergé-Ei gekauft. Dann spülte er ordentlich mit Anislikör nach.

»Ein schöner Hochstapler, dieser Starck, mal ehrlich«, sagte Raymond.

»Rotebeete-Nase«, ein mozabitischer Tresenpfeiler, näherte sich der kleinen Gruppe und fragte Monsieur Wolff, wer dieser Philippe Starck überhaupt sei. Bei diesen Worten fuhr Jacques ihm über die knollige Nase und Cosmo gab für alle eine Runde aus. *L'Chaim!* Roger schaltete das Transistorradio ein und Christophe sang: »Marilyn wär nun fünfzig, James Dean ist kein Gigant mehr, nichts, rein gar nichts ist mehr so wie vorher, ohoho, Senorita, beeil dich, ich merke, es ist schon spät, Senorita …« und weiter ging der Reigen unter dem fahlen, verzauberten Neonlicht im Chez Raymond.

7

Zwei Tage später war in Jacques' Kopf noch immer vieles verworren, aber eines sicher: Er hatte den letzten Kneipengästen geschworen, bald wieder eine Tour in sein verlorenes Paradies Österreich-Ungarn zu unternehmen. Entsprechend frohgemut folgte er seinen Kollegen zu ihrem zweimonatlichen Planungstreffen. Der dicke Freddo war noch immer hin und weg von Carla Bruni, die er am Vorabend mit seiner Frau bei einem Konzert erlebt hatte: »Was für eine Stimme! Und eine so tolle, politisch engagierte Sängerin«, flüsterte er seiner linken Nachbarin zu. Hugo Huguin kam gerade vom Friseur, seine Haare glänzten noch vom Anti-Schuppengel. Mit leicht abwesender, sorgenvoller Miene kaute er auf seinem Kaugummi herum. Er startete eine systematische Tischumfrage im Uhrzeigersinn, um in Erfahrung zu bringen, wann seine Star-Reporter am Jahresende ihre Gleit- und Ferientage zu nehmen gedachten. Nach einer erbitterten Diskussion gelangte man zu folgender Einigung: Jacques, der kinderlose Unverheiratete, würde am 1. Januar Bereitschaftsdienst haben. Danach brachte der Chefredakteur die kommenden Wochen zur Sprache, die zu feiernden Geburtstage, obligatorischen Aktienindices und Gipfeltreffen, all die Volapüks, bei denen die Journalisten sicherheitshalber in Lagerhallen verfrachtet wurden, bis sie irgendwann das Abschlusskommuniqué abschreiben durften.

Für die Rubrik Vintage-Wirtschaft regte der dicke Freddo eine ganze Seite über die größten Erfolge Salvador Allendes an, bevor er sich für alle hörbar an seinen Nachbarn wandte:

»Und was schlägt uns Herr Koskas vor? Vielleicht zur Abwechslung mal eine Coverstory über Prostitution in Dubai?«

»Sehr witzig, Freddo. Und du, von wem lässt du dich nächstes Mal einladen? Vom chinesischen Informationsminister, wie letztes Jahr? Oder vielleicht …«

»Mach mal halblang, Jacques. Wenn du im Frühjahr nicht fast das ganze Budget in Kurdistan auf den Kopf gehauen hättest, müssten wir jetzt nicht für jede neue Reportage um Einladungen betteln …«

Der dicke Freddo hatte nicht Unrecht. Der zügige Vormarsch der amerikanischen Truppen im Irak Ende März hatte Jacques so euphorisch gestimmt, dass er Hugo Huguin vorgeschlagen hatte, unverzüglich nach Kurdistan aufzubrechen: Angeblich warteten dort saftige Aussichten auf Firmen aus dem Großraum Paris, was *La Turbine* auf keinen Fall unkommentiert lassen dürfe. Er malte sich aus, wie er auf dem Panzer einer Peschmerga-Kolonne thronte, in Erbil von einer jubelnden Menge empfangen wurde und von den einheimischen Bäuerinnen Blumen und Rosenwasser gespendet bekam. Jacques Koskas würde den auf ewig dankbaren Frauen ihr erstes Kaugummi schenken und sie mit der Jazzmusik vertraut machen, bevor er ganz Kurdistan, sein Versuchslabor, mit der Freud-Reich'schen Revolution beglücken wollte, die für die Region eine neue Ära des Wohlstands und Friedens einleiten werde.

Doch im türkischen Diyarbakir, seiner ersten Etappe, nahmen die Dinge eine andere Wendung.

Zunächst verlor er drei Tage damit, den letzten Dragoman aufzutun, der noch nicht von seinen Kollegen gebucht worden war. Die Dolmetscherin hieß Dilara und schien wie aus einer Gebirgsflanke gemeißelt: Sie war zwei Köpfe größer als er, hatte einen kantigen Kiefer, hagere Wangenknochen und ausgesprochen feine Gesichtszüge, die an den Beißer aus *Der Spion, der mich liebte* erinnerten. Sie trug die gigantischste Oberweite ganz Kleinasiens zur Schau, unter Unmengen von Wollfilz verborgene Taschen aus Fleisch und Fettgewebe, die Jacques nie fotografieren konnte, weil Dilara sich standhaft weigerte, einen französischen Journalisten ihre orientalische Schönheit verewigen zu lassen.

In ihrer Gegenwart fühlte Jacques sich in Sicherheit, doch die fromme Dilara, die sich um ihren Mann und das Gerede der Leute sorgte, weigerte sich, in der Öffentlichkeit das Wort an ihn zu richten. Natürlich kam es ebenso wenig in Frage, sich im Schlafzimmer oder der Wohnung des jeweils anderen aufzuhalten. Dilara hatte eine trickreiche Idee: Sie würde ihm helfen, ein Team zusammenzustellen, das ihn bis zur irakischen Grenze begleiten könnte – vier ihrer Vettern, zwei Mal Zwillinge, das A-Team: Afran wäre sein Chauffeur, Afrîn der Dolmetscher, Agah und

Agir die Leibwächter. Auf irakischer Seite würden sich Barnas und Barsaz, zwei weitere Mitglieder der weitverzweigten Familie, um ihn kümmern. Vor der Abreise verlangte Dilara, Jacques möge die Dienste des Clans bitte bar vergüten: ein paar zehntausend Dollar, eine läppische Summe, um die Jacques – schließlich stand seine Sicherheit auf dem Spiel, und er brannte darauf, sich in die Reportage seines Lebens zu stürzen – nicht hatte feilschen wollen. Er malte sich bereits aus, wie er, ein neuer Hemingway, als erster Journalist einen Fuß in das befreite Bagdad setzte.

Im blassrosa Morgengrauen starteten die fünf Männer in einem *R12* Richtung Irak. Afran, Afrîn, Agah und Agir begriffen, wes Geistes Kind ihr Förderer war, als er sie bat, einen kleinen Umweg über Urfa, die Stadt der Propheten, zu machen. Jacques wollte in der Geburtsstadt Abrahams Sarahs Grab besuchen.

Jacques' Kosmogonie war kompliziert. Dem Höchsten Wesen bewundernd zugetan und dankbar, dass er das Edelweiß, die Karotte und die Frau binnen einer Woche erschaffen hatte, nahm er es Ihm doch übel, sich so rasch verzogen und die Schlüssel zu seinem Garten dem Menschen gleich nach dem Sündenfall überlassen zu haben. Ein übler Streich, der ein paar unwichtige Katastrophen ausgelöst hatte. Jacques zweifelte. Der wahre Glaube wäre ihm zu anspruchsvoll und anstrengend gewesen. Hätte ihn zu der Herde genötigt, von der er sich doch gerade mit allen Mitteln abzugrenzen versuchte. Da er aber auch seiner Zweifel nicht ganz sicher war, rettete er sich in ein träges, beruhigendes Dazwischen, weder abtrünnig noch gläubig, vermeintlich vor dem göttlichen Zorn geschützt – denn wer weiß … Sicher auch vor der reinen Unterwerfung, nachdem er sich seit dem Offenbarungserlebnis in Le Lavandou in den Kopf gesetzt hatte, für die vierzig Generationen an Hausierern und Ärzten, die ihm vorangegangen waren, das Leben zu genießen. Und nicht zuletzt vor seinem Vater, ewiges wohlmeinendes Schreckgespenst, dessen Ratschläge er überhörte. Nie würde er ihm den Gefallen tun und ihm gleichen, so lachhaft, wie er war: ein guter Jude, ein treuer Synagogengänger, ein Mann mit Verantwortung, nie im Leben! Trotz seines Faibles für die sephardischen Schluckspechte hatte er die tunesischen Traditionen des Vaters komplett über Bord geworfen und sich der österreichisch-ungarischen Spielart zugewandt, die liberaler und emanzipatorischer war, synkretistisch wie das mexikanische Christentum und der persische Schiismus, kurzum, der nicht-jüdischsten – oder aber, weil universell und kosmopolitisch, der jüdischsten Variante überhaupt. Auf jeden Fall ein komplizierter Judaismus … Und, wie bei jedem richtigen Sohn Abrahams, ein den jeweiligen Umständen angepasster: Sobald Jacques sich auf unwegsamem Gelände befand, erflehte er den Schutz und das Erbarmen des Höchsten, ja versuchte, seinen guten Willen zu demonstrieren, indem er sich unvermittelt der Traditionen oder einer spektakulären Geste entsann. So auch in Urfa.

Als Jacques von dem Mausoleum zurückkehrte, vor dem er einen Kniefall getan hatte, schlug Afran, der Chauffeur, ihm einen kleinen Schlenker über das reizvolle Mardin vor, wo ihr Onkel Perwer Gastwirt sei. Jacques hatte keine Einwände, solange der Zwischenstopp nicht zu lange dauere. Doch gerade wurde Nowrooz gefeiert, und der alte Perwer weigerte sich, seine Neffen wieder gehen zu lassen: Ihre Tante habe den traditionellen Reis mit Kruste zubereitet, Lammspießchen mit Koriander und vor allem *ghotab*, das Neujahrsgebäck in Blütenform, das sie als Kinder so gemocht hätten. Jacques machte gute Miene zum bösen Spiel: Er fügte sich drein, einen *pantul* und den *malaki*, eine kragenlose Tunika, überzustreifen, er nahm an dem Festschmaus teil und tanzte im Kreis oder in der Reihe zu den Klängen von *dahol* und *zurna*, wobei er sich an den Schultern seiner Leibwächter festhielt.

So gingen die Tage ins Land. Und schließlich eine ganze Woche. Jacques hatte die fein ziselierten Minarette, die Kirchen der antiken Stadt reichlich über, ganz zu schweigen von den Legenden, die Perwer Abend für Abend den um ihn gescharten Neffen erzählte. Auch bei *La Turbine* wurde man langsam ungeduldig, und eines morgens rief Huguin über sein Satellitentelefon bei Perwer an und erwirkte die Freilassung von Jacques und seinen vier Komplizen.

Sie nahmen unmittelbar Kurs auf Obermesopotamien, ohne sich einen Halt am Michaelskloster, geschweige denn ein Mittagessen zu gönnen, und rasten an blühenden Tälern vorbei. Der Tigris trieb längs der mauerhohen Gipfel goldgesprenkelten Schlamm und überdimensionale Eiswürfel vor sich her. Die Straße lag wie ausgestorben da – merkwürdig, höchst merkwürdig –, und Afran, der Chauffeur, wurde zunehmend nervöser. Tatsächlich war Harbur, der letzte Grenzübergang zwischen der Türkei und dem Irak, gerade geschlossen worden. Doch noch war nicht alles verloren: Sobald es dunkel war, kontaktierten Afran, Afrîn,

Agah und Agir über Funk Barnas und Barsaz. Die irakischen Vettern schlugen vor, Jacques über holprige Wege und Minenfelder zu einer Höhle jenseits der Grenze zu fahren. Dort wollten sie ihn später wieder aufgabeln und zum nächstgelegenen Dorf bringen, das nur drei Tage Fußmarsch entfernt auf irakischem Gebiet lag und als Hochburg der Peschmerga galt. Die zusätzlichen zwölftausend Dollar, die Barnas und Barsaz dafür verlangten, vor allem aber die Aussicht, einem Bienenschwarm oder einer Schlange zu begegnen, hielten Jacques davon ab, dieses riskante Unternehmen zu wagen. Aus Kostengründen fuhr er am nächsten Morgen mit dem Bus nach Djarbakir zurück.

Seit dieser kläglichen Expedition war Jacques auf ausdrückliche Anordnung der Geschäftsführung von *La Turbine* bis auf Weiteres an den Boden genagelt.

Huguin ließ von seinem zerkauten Bleistift ab, um am Tisch wieder für Ruhe zu sorgen. Großmütig wandte er sich an Jacques:

»Da du uns heute mit deiner Anwesenheit beehrst, bitteschön, *the floor is yours*, wir sind ganz Ohr …«

Jacques räusperte sich und nahm einen großen Schluck Wasser. Er hatte eine kurze Ansprache vorbereitet.

»Liebe Kollegen, nächstes Jahr nimmt die Europäische Union ihr ehrgeizigstes Projekt in Angriff: die Erweiterung nach Mittel- und Osteuropa. Und *La Turbine* sollte diese frohe Wiedervereinigung zwischen Ost und West nach Jahrhunderten des Bruderzwists auf jeden Fall gebührend würdigen. In diesem barocken, nach einem Mittelpunkt strebenden Ganzen wird das prächtige Wien als natürliche Kreuzung zwischen Orient und Okzident wieder seinen einstigen Glanz finden. Die Metropole wird ihren Status als kaiserliche Megapolis zurückerobern und zu einem bedeutenden Zentrum, ja zum einzigen Dreh- und Angelpunkt der Globalisierung werden. Ganz genau, liebe Freunde und Kollegen: Die Achse der neuen Welt führt durch Wien! Sie ist die Wirtschaftshauptstadt des Donauraums, der unseren französischen Firmen so viel bedeutet, und vor den geschnitzten Türen der Banken drängt sich bereits die Elite der schlesischen Stahlproduzenten, die Crème de la Crème der rumänischen Informatiker, moldauische Schlosser, polnische Klempner, außerdem ...«

»Okay, Jacques«, unterbrach Huguin ihn, »das war jetzt eine hübsche Ansprache, aber *get to the point, please!*«

Jacques strich seine breiten Koteletten glatt.

»Gut. Kurz gesagt schlage ich vor, dass ich bis zum Jahresende etwas Zeit in Wien verbringe, um zu beschreiben, wie sich Österreich-Ungarn aus seiner Asche erhebt und erneut zum Nabel der europäischen Wirtschaft wird ...«

»Na super! Wieder eine deiner reaktionären Obsessionen, mit der wir die Auflage pushen können«, nörgelte der dicke Freddo.

»Schluss jetzt, Frédéric!«, rief Huguin. »Für Allende hast du grünes Licht. Du kannst gehen, und euch« – er wandte sich an die drei übrigen erschlafften Journalisten im Raum –, »brauche ich auch nicht mehr. Was dich betrifft, Jacques, mal sehen. Deine Idee ist originell, aber wir sollten sie noch genauer definieren.«

Huguin präsentierte ihm für den Fall der Fälle den Katalog mit seinen Anforderungen:

»Gründe für die fabelhafte Attraktivität Österreichs.«
»Steuerwesen in Kärnten.«
»Arbeitsrecht.«
»Aktienbeteiligung der Banken und Schuldenquote.«
»Geschichten über den Arbeitgeberverband.«
»Absoluter *top level.*«

»Du musst eben sehen, ob dich das interessiert«, schloss der Chefredakteur. »Und keine schrägen Pläne diesmal, Jacques, pass ja gut auf. Wie weit bist du mit deiner großen Geschichte über Saddams Waffen?«

Jacques Koskas versenkte seinen skandinavischen Kobrablick in die blassen Augen seines Chefs.

»Ich war so gut wie am Ziel, als einer meiner Informanten in seinem Hotelzimmer in Damaskus erhängt aufgefunden wurde. Ich glaube ehrlich gesagt nicht an die Selbstmordtheorie der syrischen Polizei. Insofern möchte ich dich bitten, diese Geschichte absolut vertraulich zu behandeln.«

8

Nach Monaten auf dem Abstellgleis bekam Jacques' Karriere bei der Zeitung nun wieder Aufrieb. Der große Aufschrei im Osten stellte ihm verlockende Expeditionen nach *Mitteleuropa* in Aussicht.

Drei Tage nach dem grünen Licht seines Chefs war Jacques noch immer so beschwingt, dass er auf Clémences Vorschlag einging, sie in die Vuillard-Ausstellung im Grand Palais zu begleiten. In den vergangenen Wochen hatten sich die beiden Turteltauben nur nach dem von ihm bestimmten *modus operandi* getroffen: Wenn Serena verhindert war, tauchte er betrunken und/oder bekifft, jedenfalls immer müde, bei Clémence auf. Er setzte sie auf die Sofakante und nötigte sie in einen enganliegenden Mohairpulli, um ihn allmählich hochzuschieben und im Halbdunkel ihre reichlich molligen Euter zu kneten. Wenn er genug Kraft hatte, ging er auf die Avancen der gelehrigen Eguisheimer Wirtschaftsexpertin ein und nahm sie mit angezogenen Knien, an ihre Zitzen geklammert wie ein Schiffbrüchiger an seinen Rettungsring.

Für ihren ersten Ausflug bei Tageslicht hatte Clémence sich, Wangen und Fingernägel feuerrot, in Schale geworfen. Hohe, sorgfältig polierte Reitstiefel reichten ihr bis zu den Oberschenkeln, die in schwarze Leggings gezwängt waren. Im Einklang mit dem aktuellen Herbsttrend »Strick ist schick« trug sie einen mausgrauen Pulli, der so lang wie breit war.

Nervös plapperte sie ohne Punkt und Komma. Für Jacques war es eine Tortur, sie über das Unergründliche und die Nabis schnattern zu hören, über den farblichen Radikalismus und die wilden Farben Vuillards! Sie wich ihm, der liebend gern alleine durch Ausstellungen streifte und seiner regen Phantasie freien Lauf ließ, keinen Zentimeter von der Seite und wartete in der dichtgedrängten Menge vor jedem Bild auf ihn.

Vor den Intérieurszenen bekamen Clémences Kommentare einen persönlicheren Anstrich: Diese Gemälde erinnerten sie an ihre Kindheit, als sie mit ihrer Mutter neben dem lauwarmen Ofen die Hosen ihrer Brüder und von Vetter Schäkele ausgebessert hatte. »Wir hatten genau die gleiche Tupfentapete«, raunte sie ihm mit ihrem leichten elsässischen Akzent zu, den sie nie ganz abgelegt hatte und der Jacques furchtbar auf die Nerven ging. Vor einem liegenden Akt wollte sie schon nach seiner Hand greifen, aber Jacques ließ ein Magenknurren vernehmen und entzog sich ihr im letzten Moment.

Als sie herauskamen, peitschten Windböen die umstehenden Kastanienbäume. Clémence wollte einen Kaffee trinken: »Das ist so ein schöner Nachmittag, Jacques, wir können uns doch nicht einfach trennen, nicht jetzt schon!« Doch leider hatte ihr Nachtschwärmer einen wichtigen Termin »bei einem Verlag«. Unter den dicken Schichten

Schminke wich alles Blut aus Clémences Gesicht, und aus ihren grauen Augen blitzte es panisch. Jacques hatte plötzlich Mitleid mit ihr. Die Rechnung war schnell gemacht: ein Kaffee, so groß das Opfer auch war, würde ihm einen Heulanfall vor einem japanischen Touristenbus ersparen, Serena war mit ihrem Vater in Marrakesch und der Termin »bei einem Verlag« bereits vergessen – freie Bahn also für ein kleines Päuschen.

Er hatte allerdings Angst, mit der Großhandelsbeauftragten im Schlepptau einen Kollegen von *La Turbine* zu treffen: Gelinde gesagt schmeichelte Clémence nicht gerade seiner Eitelkeit als Sephardenmännchen. Auch wenn Jacques seitenlang aus *Radetzkymarsch* zitieren konnte und sich als Mann ohne Eigenschaften begriff, blieb er ein erklärter Freund kupferfarbener Sexbomben, an deren Arm er gern auf den Grands Boulevards oder vor der Synagoge von S. herumstolzierte. Clémence aber war weder Farah Fawcett noch Jacqueline Bisset, die beiden Musen, auf deren Porträts der Götzenanbeter vor dem Schlafengehen regelmäßig einen Kuss drückte.

Als kleine Provinzlerin wollte Clémence gern im Flore ihren Kaffee trinken in der Hoffnung, dort Mick Jagger oder den Zukunftsforscher Alexandre Adler zu treffen. Kaum hatten sie bestellt, als Jacques eine vertraute Stimme hörte: »*Minchia* Jacques! Was machst du denn hier, ich dachte, du bist in Washington?!« Es war Claudio, blendend gelaunt, und zu Recht: an seiner Seite ein Wunder der Schöpfung aus Böhmen, eine gewisse Cecilia, die gerade zu einem Fotoshooting in Paris war. Jacques stammelte, nein, er sei nicht in Camp Davis, Condie Rice habe eine Fehlgeburt erlitten, die Reise habe verschoben werden müssen. Claudio brach in lautes Lachen aus und Cecilia war neugierig auf mehr – »*What's going on with Condie Rice? We love Condie Rice in the Czech Republic!*« –, während Clémence kein Wort sagte und mit geschürztem Mund ratlos dreinschaute. Claudio musterte sie, Jacques wiederum bewunderte das süße Frätzchen der Slawin, und sie wechselten ein paar Belanglosigkeiten über die Zufälle des Lebens. »Vergiss mich nicht, Jacques, okay?«, betonte der glückliche Trader und setzte sich ein paar Tische weiter zu Cecilia, die sich trotz der Einladung von Clémence geweigert hatte, neben ihr Platz zu nehmen.

Letztere widmete sich genüsslich ihrer heißen Schokolade mit Schlagsahne und ihrer Apfeltarte, ohne mit dem Geplapper aufzuhören. Auch sie hatte ihre Probleme bei *La Turbine*. Sie hatte über die Schwierigkeiten des Konzerns HVML recherchiert, das Luxus- und Papierwarenimperium, dessen Zahlen im dritten Quartal alles andere als rosig waren und deutlich unter den Erwartungen des Marktes lagen, mit stark rückläufigem Umsatz und Nettogewinn. Doch HVML war Hauptgesellschafter bei *La Turbine*. Ihr Artikel war nie veröffentlicht worden, und der Redaktionsleiter hatte sie zu einer »kleinen Richtigstellung« zitiert.

Jacques hörte nur halb hin. Clémences Nöte waren ihm herzlich egal, er war nicht der Richtige, um sich ihr Gejammer anzuhören, geschweige denn, sie zu trösten. Jedem seine Probleme! Sollte sie doch allein damit klarkommen, groß genug war sie ja, und andere schafften das schließlich auch. Nein, während Clémence ihm in leierndem Tonfall ihre Sorgen klagte, konnte er nicht umhin, regelmäßig zu Claudios Tisch hinüberzuspähen. Vom Flore schweifte er über Stockholm und Genf Richtung Monte-Carlo, geradewegs ins Frühjahr 1970, zu Brett Sinclair und Danny Wilde.

Jahrelang hatte Jacques in Endlosschleife die vierundzwanzig Folgen von *Die 2* geschaut. Ja, auf *Die 2* war Jacques sogar noch schärfer gewesen als auf *Mannix* mit seinen Split Screens. Wenn er selbst einmal groß wäre, würde sein Leben dem der beiden unwiderstehlichen Abenteurer gleichen. Genauer gesagt: Nur ein Leben wie das von Lord Sinclair und dem Geschäftsmann Danny Wilde verdiente es, gelebt zu werden: schnelles Geld und abenteuerliche Missionen, ständig wechselnde Frauen, Aston Martin V8 und Ferrari Dino, Seidentücher und Unvorhergesehenes. Und immer so weiter bis zum *happy end*. John Barry hätte die Filmmusik zu diesem Idyll komponieren sollen.

Doch nichts als Illusionen und Enttäuschungen! Claudio verkörperte genau jene perverse, kindische Weltanschauung, an die er noch immer glauben wollte. Claudio, dieser Schuft! Elegant wie Roger Moore, zungenfertig wie Tony Curtis. Er entging dem allgemeinen Stillstand und dem Verfall des Abendlandes, ritt auf der Welle und sprang von Liane zu Liane, von Vergnügen zu Vergnügen, ein sonniger, genießerischer Tarzan. Was war das Geheimnis dieses Götterlieblings?

Und was mochte er der himmlischen Cecilia bloß erzählen, dass sie an diesem trüben Tag so zum Lachen aufgelegt war? Claudio Sorbillo saß mit dem Rücken zu Jacques, der nur den eng an seinen mächtigen Schultern anliegenden Rollkragenpulli bewundern konnte. Er spielte mit den Schlüsseln seiner Ducati, gestikulierte ausholend mit den Armen, seine Hände hatten das Wort. Das Supermodel hing buchstäblich an seinen Lippen und zwirbelte immer wieder seine Haarspitzen: Sie hatte sichtlich angebissen.

»Hörst du mir überhaupt zu, Jacques?«, fragte Clémence.

»Natürlich! Was hast du gesagt? Ah ja, Bernard …«

»Nein, Bertrand.«

»Genau, dein Chefredak. Hat er wenigstens zu dir gehalten?«

»Von wegen! Er ist vor dem Redaktionschef eingeknickt. Der alte Idiot hat mir gesagt, ich könnte gern einen Artikel schreiben, wenn die HVML-Zahlen gut seien, ansonsten tue es auch eine einfache Kurzmeldung. Und Bertrand hat den Schwanz eingezogen! Du glaubst es nicht, *godfortami!*«

In diesem Moment griff Claudio nach Cecilias Hand. Er betrachtete sie eingehend und streichelte sie so behutsam wie den kostbarsten Edelstein. Dann beugte er sich über den Tisch und jetzt, jetzt, gab er ihr einen Zungenkuss! Im Flore, vor allen Leuten! Gerade so, als wären sie allein auf der Welt … Claudio, der Weltmeister.

»Arschloch!«, zischte Jacques.

»Echt, meinst du?«, fragte Clémence.

Jacques hatte es satt. Die Versuchung war einfach zu groß, Clémence die Kuchenkrümel zwischen ihren Zähnen und ihre unerträgliche Anwesenheit heimzuzahlen:

Er wurde unausstehlich und versetzte der Quasselstrippe, die noch immer an die Unabhängigkeit der französischen Medien glaubte, den Gnadenstoß. Sie solle endlich aufhören, sich etwas vorzumachen, in der Direktion seien eh alle feige und korrupt, alles Meister der Selbstzensur, zu der sie auch die Journalisten zwängen.

Inzwischen hatte Claudio sich neben Cecilia gesetzt. Er legte einen Arm um sie und küsste sie zärtlich in den Nacken.

»Wahrscheinlich hast du recht«, sagte Clémence nachdenklich. »Und da ist wirklich nichts zu machen?«

»Nein, absolut nichts«, erwiderte Jacques und hob die Augen zum Deckenstuck. »Du kannst ja versuchen, die Journalistengewerkschaft einzuschalten, wenn du Lust hast. Die schreiben dann eine Pressemitteilung, die niemand liest. Aber an dich werden sie sich bei der Direktion erinnern. Dieser Bumerang kann dich teuer zu stehen kommen, und niemand wird etwas für dich tun, du hast einfach nicht genug Rückendeckung in der Redaktion. Du bist ein Nobody, Clémence!«

Sie ließ ihren Kopf in die Schokolade hängen. Jacques hätte sie getröstet, wenn sie Cecilia gewesen wäre oder Sophie Marceau, die gerade ins Café kam: Für beide hätte Jacques Himmel und Erde in Bewegung gesetzt. Hätte unverzüglich einen Termin mit Trouvax, dem Redaktionschef, vereinbart, und auf den weichlichen Bertrand Druck ausgeübt. Er hätte eine Unterschriftensammlung für die Berufsethik in den französischen Medien gestartet, die Rotationspressen von *La Turbine* blockiert und, *last but not least*, um Huguin zu zitieren, einen Sitzstreik in der Avenue Montaigne organisiert und sich an die Gitter des Firmensitzes gekettet. Der Aufsichtsrat von HVML konnte von Glück sagen, dass bei *La Turbine* weder Sophie Marceau noch Cecilia für den Großhandel beauftragt waren.

9

»... zusammenfassend würde ich sagen, dass die Familienformen durch keinen spezifischen Phänotyp gekennzeichnet sind. Die den Cousins derselben Familie gemeinsamen Krankheitsphänotypen wirken eher homogen. Genetik- und/oder Umweltfaktoren, die Mitgliedern dieser Familien gemein sind, beeinflussen möglicherweise die Entwicklung einer Birdshot-Chorioretinopathie. Diese Arbeit ist die erste Etappe der Modellbildung für die genetische Anfälligkeit der Birdshot-Chorioretinopathie, die im Übrigen aufgrund der schwachen Verbreitung der Krankheit nur schwer einzuschätzen ist. Denkbar wäre jedoch ein multigenes Modell, in dem HLA-A29 das dominante Hauptgen wäre und in Verbindung steht mit höchstwahrscheinlich rezessiven und an eine Dysfunktion des Immunsystems geknüpften Genen. Ein zusätzlicher Umweltfaktor könnte bei genetisch prädisponierten Menschen zu einem Toleranzbruch mit einem retinalen Autoantigen führen ...«

Die Augenheilkunde hatte einen neuen Experten, die französische Medizin einen Schulmeister und die israelische Wissenschaft einen Magister. Einstimmig erkannte die Jury Guibor Zylberstein für seine Doktorarbeit die Bestnote zu.

Jacques, den der Applaus des spärlichen Publikums aus seiner Lähmung gerissen hatte, wohnte einem ungewohnten Ereignis in der Familiengeschichte bei: einem Grinsen des wortkargen Guibor im fahlen Saal der Université Paris Descartes, wo noch immer der Overheadprojektor surrte, der seinen Beitrag zu dem brillanten Vortrag geleistet hatte. Der kahle Schädel des Absolventen war vor Aufregung rosarot: Zylberstein war tüchtig ins Schwitzen gekommen, um in das medizinische Nirwana einzugehen, von dem aus er mithilfe von Laserstrahlen Keratitis und Katarakt ausrotten würde. Seit dem Tod seiner Eltern, die vor dem eigenen Haus von einem Turbo 205 überrollt worden waren, hatte der Waise auf eigene Faust seinen Weg gemacht. Nach seiner Volljährigkeit hatte es ihn nach Eretz Israel gezogen. Ein dreijähriger Militärdienst in der Golani-Brigade hatte ihn abgehärtet, und aus Jean-Rémi war Guibor, der Starke, geworden. Danach begann er seine medizinische Ausbildung an der Rambam-Klinik in Haifa, deren sechsunddreißig Abteilungen, neun Forschungsinstitute, sechs Labors und sogar einen Großteil der tausend Betten er im Schlaf kannte. Er hatte nur eine Schwäche: eine leichte Form von Narkolepsie, die er hin und wieder auf Untersuchungstischen oder in unbelegten Krankenhausbetten auslebte. In einem dieser Betten lernte er seine Liebste Céleste Koskas, bald schon Ruth genannt, kennen.

Guibor nippte mittlerweile entspannt an einem Tomatensaft – seit seiner Hochzeit rührte er keinen Alkohol mehr an. Ruth ließ ihn nicht aus den Augen, und ausnahmsweise war mal keine Spannung zwischen ihnen zu spüren. Jacques Senior und Claire Koskas hielten Bania und Chani an der Hand, die sich, vielleicht unter dem Eindruck des feierlichen Vormittags oder aber unter elterlicher Drogengabe, erstaunlich zahm verhielten. Ezechiel stopfte sich belegte Häppchen in die Taschen seines an den Ellbogen speckig schimmernden Gehrocks, der früher einmal Jacques Senior gehört hatte. Als eine antillische Krankenschwester ihm eine Tupperdose brachte, fiel der alte Satyr ihr um den Hals. Jacques war auf 180. Erstens hatte er von den Ausführungen seines Schwagers kein Wort begriffen. Zweitens hatte ihm am Vortag eine E-Mail von Hugo Huguin beschieden, dass er aus Kostengründen nicht vor Ende des Jahres nach Wien reisen dürfe.

Die wunderbare Familieneintracht zerschellte an der Wahl des Restaurants für das anschließende Festmahl. Ezechiel schlug vor, ins La Moule Rouge zu gehen, donnerstags bereite Daydou, der Koch, dort immer *akoud* zu, Kuttelfrikassee mit Kümmel, und *pkaila*, frittierten Spinat, der so lange eingekocht wurde, bis die Sauce eine ölige Konsistenz hatte. Jacques Senior lief bereits das Wasser im Mund zusammen, aber er hatte nicht bedacht, wie strikt Guibor sein konnte: La Moule Rouge sei am Schabatt geöffnet und mithin nicht einwandfrei koscher. Er bevorzuge Les Ailes, von den Großrabbinern mit der Goldenen Haube 5764 ausgezeichnet. Der bald Achtzigjährige konnte bei seinen Vorfahren schwören, dass er zuhause nicht in Sünde aß, ja, dass es ihm, wenn Guibor ihm weiter Paroli biete, schwer zusetzen würde, in seinem Alter, *ya rabbi* – es half alles nichts: Doktor Zylberstein blieb unbeugsam. Entweder Les Ailes oder gar nichts, schließlich müsse man den Kleinen ein Vorbild sein. Ezechiel begann zu schmollen, Batia und Chania verabschiedeten sich aus ihrem medikalisierten Lähmungszustand und Ruth, deren Hochsteckfrisur verrutscht war, drohte Guibor mit einer kleinen Aussprache. Das Fest war im Eimer.

Jacques Senior versuchte, die Stimmung zu retten. Während die Koskas in einem peinlichen Schweigen an Lammwürstchen und Kümmelmöhren knabberten, stand er auf, den Schnurrbart in Habachtstellung, und hob sein Glas mit Grenadine. Er trank auf Guibor, auf die Zylbersteins, die »dort, wo sie jetzt sind, stolz und glücklich auf ihn sind«, und schließlich auf das immer neue Vergnügen, im »Kreise der Familie« zusammenzukommen. Dann sang er ein opportunistisches Loblied auf die Arbeit, die Mutter aller Tugenden, auf Beständigkeit und Gelassenheit, Mut und Ausdauer, auf Verantwortungssinn und Selbsthingabe, all jene Werte, die uns erst zu wirklichen *Menschen* machten und dem Leben einen Sinn verliehen. Er hielt eine feierliche Ansprache mit stalinistischen Einschlägen (à la *perekowka*), was für den unglücklichen Kleinspekulanten gelinde gesagt der Gipfel war. »Ein Tag, an dem sich nichts ereignet, ist verloren. *Mi hesse el jamra kane il afasse aleyha*: Nur wer über die Glut läuft, spürt sie auch. Ihr müsst schuften, Kinder, wie die Verrückten, kraftvoll sein wie die Löwen, krempelt die Ärmel hoch, Brust raus, packt den Stier bei den Hörnern, das Wasser, die Seele der Oase, ist nicht mehr fern!«, schloss er, stolz auf seine sowjetisch-jüdisch-tunesischen Aphorismen. Jacques wich seinem durchdringenden Blick aus und stopfte Batia den Mund mit einem Stück roter Beete.

Jacques Senior war in seinen Sohn vernarrt. Ihm, der die Nöte Tausender von Frauen erriet, während er ihren Unterleib abhorchte, war sein Häschen allerdings mittlerweile ein Rätsel. Wie hatte aus einem so folgsamen und fleißigen Knaben ein derart phlegmatischer und unambitionierter Mann werden können, dessen einziger Karriereplan darin bestand, durch Pommern und Kurland zu stromern? Der vielversprechende Flügelstürmer, vom Präsidenten des AS Menora einst »Doppellunge« gerufen, rauchte mittlerweile zwei Päckchen rote Marlboro pro Tag. Welch entsetzlicher Fluch hatte ihn in einen *aficionado* iberischer Schinken und bretonischer Austern verwandelt, wo doch seine Bar Mitzwa so vorbildlich gewesen war und er – mit gerade mal dreizehn! – eine famose, mit Zitaten von Levinas und Moses Maimonides gespickte Rede über die Teffilin gehalten und an die Kohärenz der lebendigen Kräfte des Menschen appelliert hatte? Welche böse Fee hatte sich über die Wiege des kleinen Jacques gebeugt, um den Lauf seines fabelhaften Schicksals zu ändern?

Dabei waren Claire und er nicht knauserig gewesen: Nachhilfestunden, Schienbeinschoner aus elastischem Schaumstoff, australisches Au-pair-Mädchen, kleine Amphibienwagen, Sprachschulen in Polen und Ungarn, Zigeunerschlaghosen, die sie für ein Vermögen auf dem Markt erstanden … Nichts war ihnen für Jacques zu teuer gewesen, vor allem seiner Mutter nicht. Er hatte alles, um ein »totaler Mensch«, ein neuzeitlicher Cicero zu werden. Mit dreißig hätte er eigentlich eine Familie gegründet haben, in eine freiwillige Rentenversicherung einzahlen und eine Lebensversicherung unterschreiben sollen. Doch je mehr Zeit ins Land ging, desto unergründlicher schien ihr Sprössling, wie von einer mysteriösen Schwermut befallen. Ein Blick auf die Leichenbittermiene des langen Lulatschs, der mit seiner zu kurzen karierten Krawatte wie ein puerto-ricanischer Zuhälter wirkte, und schon war klar, dass etwas nicht stimmte.

Jacques Senior, der »von der Hand in den Mund gelebt hatte«, um einer der bedeutendsten Mammologen aller Zeiten zu werden, war sein Verhalten ein Dorn im Auge.

»Du siehst wirklich elend aus, Jacques«, sagte er, sobald er wieder saß. »Claire! Hast du gesehen, was für Tränensäcke dein Sohn hat? Und diese Rosazea im Gesicht! Das ist der Alkohol! Darf ich dich etwas fragen? Was ist los mit dir, mein Sohn? Freust du dich denn gar nicht, uns zu sehen? Warum machst du immer ein Gesicht wie drei Tage Regenwetter, wenn wir uns treffen?«

Jacques machte seine gescheiterten Wienpläne geltend, die Spitze eines Eisbergs aus Frustrationen und Widersprüchen, die am Familientisch auf keinen Fall ausgebreitet werden sollten.

»Das meinst du nicht ernst, oder?«, schimpfte sein Vater. »Dein Chef hat schließlich nicht ›nein‹ gesagt, nur ›später‹. Das ist doch kein Drama. Jedenfalls kein Grund, so ein Gesicht zu machen! Als ich damals im Herbst in der dritten Klasse das Mittelmeer überquert habe, ohne einen Dirham in der Tasche, hatte ich eine eiserne Moral, ich wollte die ganze Welt erobern. Und so bin ich mit dem Messer zwischen den Zähnen über die blauen Fluten geritten …«

Jacques Senior begann mit seiner Lieblingsfamiliengeschichte, die er schon tausendmal zum Besten gegeben hatte. Er nahm Ezechiel zum Zeugen, beschrieb das Elend in Nabeul-sur-Mer, die Schicksalsschläge, den Tod des Vaters, die Krankheit der Mutter, die Bizerte-Krise, den überstürzten Aufbruch aus seinem geliebten Tunesien, dann die Sozialwohnungen am Fluss in S., wo er alte Petroleumlampen und Botijos hortete … Schließlich machte er Jacques ein verlockendes Angebot: einen Vortrag beim Verein der israelitischen Ärzte im Elsass. Letzten Monat sei Elie Wiesel da gewesen, warum also nicht er?

»Das wäre ein gutes Sprungbrett …«

»Kommt gar nicht in Frage, Papa. Ich vergleiche mich – noch nicht – mit Elie Wiesel, meine herausragenden Qualitäten in Ehren.«

»Ja, Bescheidenheit zum Beispiel«, spöttelte Ruth.

»Halt die Klappe, Céleste, gib lieber deinen Mädels was zu essen«, erwiderte Jacques.

»Natürlich bist du nicht Wiesel«, fuhr sein Vater fort, »aber du könntest doch bei uns über …«

»Lass es gut sein, Papa, ich hab nichts zu sagen.«

»Dein Freund Gabriel wird übrigens an Chanukka als Redner bei uns zu Gast sein …«

»Gabriel ist großartig, der tanzt auf allen Hochzeiten, na dann viel Vergnügen«, sagte Jacques pikiert.

»Ja und? Es funktioniert doch. Vor dem Flug heute Morgen haben wir auf Europe 1 noch einen Kommentar von ihm zu den Anschlägen auf die Synagogen in der Türkei gehört. Er war wirklich wieder gut …«

»Ja, sobald es irgendwo ein Massaker zu kommentieren gibt, ist er zur Stelle.«

»Wie auch immer, neulich haben seine Eltern uns erzählt, dass er bald heiratet. Wusstest du das?«

Jacques nickte und seufzte bei dem Gedanken an die gefährliche Wendung, die das Gespräch zu nehmen drohte: wie wunderbar doch eine jüdische Hochzeit mit all den Traditionen sei, wie herzerwärmend ein trautes Heim, die Nachkommenschaft, die Transzendenz, die Weitergabe an die künftigen Generationen nach 5764 Jahren voller Leid, Kämpfe und Kultur … Er war umzingelt.

Eine Gräte vom Zackenbarsch, die in Ezechiels Kropf gerutscht war, ersparte ihm die Tortur. Der Graubart hustete und fluchte, was das Zeug hielt. Wohlbehalten, aber purpurrot schimpfte er auf das tückische Fisch-Couscous von Les Ailes und eilte seinem Großneffen nach amerikanischer Manier vorsorglich zur Hilfe. Mit Schaum vor dem Mund faselte er, er solle sich vor der Ehe hüten: Seine ersten beiden Frauen verlangten unverschämte Unterhaltszahlungen von ihm, nur der Unfalltod der dritten habe ihn vor dem Ruin bewahrt. Am glücklichsten sei er gewesen, als er in den 1950er Jahren in Belleville mit einer brasilianischen Tänzerin in wilder Ehe gelebt habe: »Nur keine Eile, Jacques, glaub deinem alten Onkel, überleg es dir gut, bevor du in den Hafen der Ehe einläufst!«

Der Koskas'sche Hang zur Monomanie äußerte sich bei Ezechiel in einer Fixierung auf das Steuersystem. Wenn er im Frühjahr seine Einkommensteuererklärung ausfüllen musste, ging man ihm besser aus dem Weg. Er schäumte vor Wut, wetterte gegen unausstehliche Bürohengste, astronomische Dienstreisekosten, gegen die Misswirtschaft der Regierung, die Garden-Party am 14. Juli, den Mutterschaftsurlaub, gegen France Télévision und Radio France, gegen Unikliniken, aufmüpfige Lehrer, Langzeitarbeitslose und Eisenbahner – kurz, gegen alle Faulenzer der Republik, die sich auf seine Kosten den Bauch vollschlugen. Schimpfend ließ er sich über seine Fluchtpläne in eine Schweizer Pfahlbautensiedlung aus. Als selbst ernannter Caudillo des Zehnten verlangte Ezechiel von der Familie Unmengen an Rechnungen über alles mögliche, horrende Kosten, die er systematisch von seinen Einkünften abzog: Was der Ewige ihm zusprach, sollte der Staat ihm nicht nehmen, so Ezechiels mystische Gleichung.

Von allen Abgaben hasste *El Fiscalititio*, wie Jacques und Céleste ihn nannten, die Vermögenssteuer am meisten. Wiederholt hatte er Jacques zu überzeugen versucht, dagegen bei *La Turbine* eine Pressekampagne zu starten. Unbeirrt hoffte der Greis auf eine ausgewachsene Intrige gegen den »französischen Irrweg«, der auch in Les Ailes wieder auf den Tisch kam. Jacques schob seine Teilzeitstelle vor, um – leider – ein weiteres Mal abzulehnen, versprach aber, das Thema bei seinen Kollegen anzusprechen.

Doch Ezechiel ließ sich nicht für dumm verkaufen und geriet noch mehr in Rage.

»Jacquot, dein Sohn hat *ajin ha râ*, den bösen Blick, er ist nicht normal! Und seine debile Leidenschaft für die Ostgoten! Alles nur Wind! Was bringen ihm schon die ganzen Bücher, die er gelesen hat, die ganzen Reisen? *Walou!* Rein gar nichts! Mit dieser neuen Generation steuern wir direkt in die Katastrophe …«

Um den Fischkrümel spuckenden Onkel zu beschwichtigen, ersuchte Jacques Senior seinen Jacques um einen kleinen Gefallen: Er habe doch bei *La Turbine* sicher Beziehungen …

»Ich glaub es nicht!«, rief Ruth. »Wir sind hier, um auf Guibors Doktorprüfung anzustoßen, und jetzt reden wir schon seit einer Stunde nur über Jacques, wie immer übrigens. Jacques sieht elend aus, Jacques ist traurig, Jacques könnte dieses schreiben oder jenes tun …«

»Ich hab jedenfalls nicht damit angefangen!«, verteidigte sich der Angeklagte. »Redet lieber über Harnwegsinfektionen und lasst mich einfach in Ruhe!«

»Man kann die Pferde zur Tränke führen, saufen müssen sie selbst«, erklärte Ezechiel und säuberte sich die Zähne mit den Fingern.

Nun griff auch Claire Koskas ein:

»Lasst Jacques in Frieden, Ihr seht doch, dass er völlig neben sich steht.«

»Ach, der arme Kleine, Mamas Liebling!«, stöhnte Ruth.

Mit einem Satz war Jacques in seinem Regenmantel und knallte die Restauranttür hinter sich zu.

10

Sturmwarnung: Serena Bensoussan war *back in town*. Die Abende mit der Suppenschüssel vor *Sex and the City*, mit Haschisch betäubt, um den Exfreund zu vergessen und sich wieder auf die eigene Menschlichkeit zu besinnen, waren ein für alle Mal vorbei. Die Tigerin, die sich auf Coaching und Leadership Development spezialisiert hatte, war inzwischen jeden Abend im kleinen Schwarzen unterwegs, euphorisch gestimmt und fest davon überzeugt, dass Beischlaf mit Vaginalorgasmus für die Figur, das seelische Gleichgewicht, die Qualität der emotionalen Beziehung, den Stoffwechsel und die Ausschaltung von Krebsrisiken das Beste sei. In der Maisonettewohnung Avenue Mozart musste es hoch hergehen, dachte Jacques, während er auf das Restaurant Le Fumoir zustrebte, wo Serena ihn hinzitiert hatte, um ihm ihre ehemaligen Lieblingskollegen von EuroTTB vorzustellen. Ach, Serena und ihr gut gepolsterter Hintern, diese Marrakesch-Bonbonniere, die sie mit Hohlkreuz und zusammengepressten Oberschenkeln so perfekt zu wölben und um seinen Mast zu winden verstand, dass er hätte ertrinken wollen.

Sobald er die geschminkten Samtaugen der Amazone

und die in ihre Clubsessel gefläzten Freunde mit ihren Mojitos erblickte, wusste er, dass ihm ein unersprießlicher Abend bevorstand. Der Held des Abends war ein gewisser Patrice. Er hatte gerade den Zuschlag für das Nespresso-Budget der Geld- und Kapselmaschine bekommen und kultivierte ein lässiges Understatement. Ohne Jeff und Marine, ebenfalls anwesend, hätte er gar nichts ausrichten können, die Agentur sei ihnen zu großem Dank verpflichtet. Ein echter Killer, dieser Patrice: Mit Unterstützung einiger freischaffender Künstler hatte er mitten in einer Livesendung vom Filmfestival in Cannes eine Minidrohne über das Fernsehpodium von Canal Plus geschickt. Sprachlos hörte Jacques ihn erzählen, welches Mega-Chaos das Tarnkappenflugzeug verursacht hätte, absolut geil sei es gewesen, ein irrer Hype! Kurzum, Patrice war bei EuroTTB die Karriereleiter hochgefallen. Als Chef für Sondereinsätze in Frankreich und Südamerika verdiente er ein Vermögen und scharte ein Kreativteam um sich, das seinem Genie komplett zur Verfügung stand. »Noch einer, der seinen Sessel nach der Geschichte gedreht hat«, dachte Jacques bei sich. Er hatte ihn schon auf den ersten Blick nicht ausstehen können, mit diesem Dreitagebart, seinen New-Balance-Sneakern, dem Kapuzenshirt und seinen glitzernden Augen, vielleicht aber auch weil seine »Tussi« so »superknackig« war. Jacques Senior hingegen hätte Patrice sicher gefallen: Er hatte am laufenden Band weltumspannende Pläne, zum Beispiel diesen Spot für eine deutsche Spraydose, den er bald mit à la Marie-Antoinette geschminkten Pornostars in Argentinien drehen würde.

Jacques raunte der Tigerin zu:

»Es ist schon ganz schön spät, gehen wir?«

»Kommt gar nicht in Frage!«, fauchte sie. »Ich amüsiere mich hier bestens, und du hast den ganzen Abend lang den Mund nicht aufgekriegt. Dabei sind die Leute echt richtig cool, sonst bist du doch auch eher gesprächig, oder?«

Sie zeigte ihm die kalte Schulter und redete mit ihrer Nachbarin weiter. Gezwungen, ein paar Worte mit Patrice zu wechseln, tischte Jacques ihm das Übliche auf, damit seinem Gegenüber ein für alle Mal die Lust verging:

»Ja, *La Turbine*, nicht einfach, der Reporter-Beruf, der wirtschaftliche Wettbewerb oder die Fortsetzung des Krieges mit anderen Mitteln ...«

In guter Haudegen-Manier stellte er den Kragen seines gestreiften Hemds hoch und flüsterte vertraulich, er müsse in geheimer Mission nach Wien, aber ...

»Mensch, da hast du ja nochmal Glück gehabt«, unterbrach ihn der Werbefuzzi. »Die Österreicher sind superantisemitisch, schlimmer als die Deutschen, eher wie die Polen und die Algerier, voll gruselig, der Super-GAU, da hast du echt Glück gehabt ...«

Idiot! Aber wie hätte er ahnen sollen, dass Wien für Jacques die hohe Kunst des vorläufigen Kompromisses symbolisierte: Mit seiner wackligen Kohabitation unlösbarer Konflikte hatte Österreich-Ungarn bis ins letzte Jahrhundert überdauert. Jacques sprach über Musil, über Kakanien und seinen neunzigjährigen Herrscher, dessen Geburtstag in zwanzig Sprachen gefeiert wurde, mit Freudenfeuern über den Bergmassiven des riesigen Reichs, einem Land der Genies und der von Post- und Telegraphenbeamten stolz zur Schau getragenen Backenbärte … Er zollte Franz-Joseph seinen Respekt, dem Künstlerkaiser des galanten Europas, *Kaiser* von Österreich, König von Ungarn und Böhmen, König von Lombardo-Venetien, von Dalmatien, Kroatien, Slowenien, Illyrien, Galizien und Lodomerien, Großherzog der Toskana, König von Jerusalem und Herzog von Auschwitz, Hüter der bürgerlichen Kultur, der Ideale von Recht, Pflicht, Moral und Schönheit. Franz-Joseph, Garant für die Unbeweglichkeit des Reichs, dem fortschrittlichsten Staat der Weltgeschichte, dessen tägliche Widersprüche er durch die beständige Glättung aller Ecken und Kanten verwaltete, mit dem einzigen Ziel, seinem Land den Rang als vorletzte Großmacht zu sichern …

Derart virtuos das Provisorische hinauszuzögern und jede Entscheidung zu umgehen, die das Gleichgewicht gekippt und alle Spaltungen beseitigt hätte, war eine wahre Lebenskunst. Jacques lavierte in einem Kosmos der Unentschiedenheiten und Ausweichmanöver, er verweigerte sich der Festlegung auf ein endgültiges Ganzes: ein Österreich-Ungarn in Reinform, eine Miniatur der habsburgischen Widersprüche, ein ständig gefährdetes, wankendes Reich. Nichts anderes letztlich als ein Tod auf Bewährung. Denn, so schloss er mit einem neuerlichen Musil-Zitat, in Österreich handelt man immer anders, als man denkt, oder denkt immer anders, als man handelt.

Der Werbefuzzi runzelte die Stirn.

»Mensch, du bist sowas von plump«, sagte Serena.

»Und du stockbesoffen.«

»Halt doch einfach deine große Klappe, Koskas, nach

außen drischst du große Phrasen, aber eigentlich bist du nur ein verklemmter Bauerntrampel!«

»He, mach mal halblang, Bensoussan, hab dich nicht so. Komm, wir gehen, dann siehst du, was der Bauerntrampel für dich auf Lager hat!«

»*Laber, laber, laber* ...«

»Wie schön du doch bist ...«, tönte Jacques und nahm sie beim Arm. »Scherz beiseite, Serena, zieh deinen Pelz an und *vamos*, ich bring dich in dein 16. Arrondissement, du kannst ja kaum noch aufrecht stehen.«

Unter dem eisigen Regen in der Rue de Rivoli mussten sich die beiden Liebenden nur rund zwanzig Minuten die Beine nach einem Taxi in den Bauch stehen. Dann schmiegte Serena sich an Jacques Schulter, während der Chauffeur auf Bengali in sein Handy brüllte. Die Tigerin hatte recht: Jacques war unschlagbar, solange er über die sexuelle Revolution und aphrodisierende Rezepte dozierte, aber für jemanden, der so viel, ja ständig, nur an das Eine dachte, hätte er weiß Gott um Klassen besser sein können. Jacques war bei ihr noch nie zur Höchstform aufgelaufen, agierte eher unbeholfen, fast verschreckt, mit der dämlichen Clémence war er viel entspannter – völlig absurd. Im Taxi schwor er sich, heute Abend seinen Mann zu stehen, es mal richtig »krachen zu lassen«, wie sein Vater sagte, und legte der angesäuselten Sephardin energisch eine Hand auf den Oberschenkel.

Nach einem zehnminütigen Nickerchen war Serena wieder taufrisch. Kaum in ihrer Maisonettewohnung, riss sie sich die Reißverschlussjacke vom Leib, zwitscherte einen weiteren Wodka und wirbelte zu *Miura* von Metro

Area durch die Gegend. Dann kreischte sie »Coca-Cola« und zog auf einem kleinen Art-Déco-Taschenspiegel ein paar weiße Linien. Sie reichte den Strohhalm Jacques, der bis auf die Andeutung eines Prickelns an der Nasenschleimhaut und einen leicht bitteren Geschmack im Mund nichts spürte. Die Tigerin ihrerseits hatte schon alle Zügel sausen lassen: Sie küsste ihn ungewohnt stürmisch, kniete sich vor ihn, streute ein bisschen Pulver auf seinen Ständer und leckte ihn gierig.

In dieser Nacht war Jacques Koskas seiner Aufgabe gewachsen. Ebenso entschlossen wie enthemmt packte er Serena Bensoussans unkeusche Lenden und nahm sie nach allen Regeln der Kunst: *adagio, andante, allegro molto vivace, allegro energico, molto appassionato*! Eine Symphonie im Takt eines beängstigenden Geröchels: Ausnahmsweise kamen Serena und Jacques mal zusammen.

11

Das Jahresende 2003 wurde von einer Abfolge unseliger Ereignisse geprägt. Da Cosmo zur Biennale in Sao Paulo und Serena auf die Malediven gefahren waren, beschloss Jacques trotz Clémences verlockender Einladung, mit ihren Brüdern und Vetter Schäkele in Eguisheim gemeinsam Weihnachten zu verbringen, nach S. zu fahren. Am 23. Dezember feierten seine Eltern und Ezechiel in Bausch und Bogen seinen dreißigsten Geburtstag: zwei Bücher – *Adam oder das Geheimnis des Anfangs* von Elie Wiesel und *Die Völker Mitteleuropas* – sowie ein mit Zauberkerzen bestückter Schokoladenkuchen. Sicher hatten Brett Sinclair und Danny Wilde ihren Dreißigsten weniger glanzvoll begangen. Am Tag vor Weihnachten wurde bei den Koskas nach Einbruch der Dunkelheit weitergefeiert. Wie von der Tradition vorgeschrieben, zündeten sie die Kerzen an und sangen die Chanukka-Lieder, bevor sie Kreisel spielten und sich an Kartoffelpuffern satt aßen. Gegen dreiundzwanzig Uhr, später als gewöhnlich, verschwanden alle bis auf Jacques im Bett. Als der Kuckuck dreimal zu Mitternacht rief, überkam ihn eine plötzliche Schwermut. Aus einem Dachfenster auf dem

Speicher betrachtete er die herabtrudelnden Schneeflocken und die glitzernden Fassaden ringsum. Allein das Haus vom Pummelchen lag im Dunkeln, mosaische Insel in einem Ozean der Guten. Es herrschte Frieden, ein Hund bellte, und Jacques Koskas musste niesen.

Weihnachten hatte ihn immer fasziniert. Als Kind war er ab Mitte November hochgestimmt durch die Stadt spaziert, die ihn in ihrem mittelalterlichen Aussehen an seine Playmobilburg erinnert hatte. Er stopfte sich mit Marshmallows voll und sog den verkohlten Geruch gerösteter Maroni ein. Er mochte die freudige Anspannung der Tage vor dem Fest und das helle Geklapper der Damenstiefel zwischen den Regalen der Warenhäuser. Der kleine Jacques träumte davon, unter einem im Schein des Kaminfeuers glitzernden Tannenbaum zu spielen. Davon, dass sich seine Familie um fettglänzende Puten und Truthähne, um eine riesige Käseplatte und die erlesensten Weine und Speisen scharte; dass sie als würdige Leser des *Figaro Magazine* zum Aperitif das Weihnachtsoratorium oder *White Christmas* von Frank Sinatra hörten. Stattdessen berauschte er sich auf dem Klo an den Fotos aus *Cuisine actuelle*, bevor er in die Talmudschule rannte. Weihnachten als Fest der Sinne – das war sein glühendster Wunsch.

Lange boten die Scholems ihm einen jüdisch-heidnischen Ersatz. Es gab zwar keinen Aquavit, dafür aber Sherry, keine Bach-Kantaten, sondern bayrische Volkslieder im deutschen Fernsehen, keinen Tannenbaum, sondern Gingko- oder Ilexzweige. Er hatte noch das Geraschel des dicken Hinterns seiner Großmutter im Ohr, wenn sie um das goldgerahmte Geschirr aus Limoges-

Porzellan von Raynaud – ihr kostbarstes – kleine Sternchen streute. Dann versteckten sich Jacques und Céleste auf dem stillen Örtchen, während Väterchen Chanukka ihre Geschenke neben den brennenden Leuchter legte … Doch seit dem Tod der Scholems hatten die Koskas diese götzendienerischen Bräuche verworfen. Alle, sogar seine Mutter, machten sich über seine Marotte lustig, und sein Vater wiederholte, wie schön es doch wäre, wenn sein Sohn die jüdischen Feste ebenso inbrünstig feiern würde! Zu Jacques' großem Kummer war Weihnachten den Koskas, diesen jüdischen Mormonen, herzlich egal. Er musste dringend eine katholische Leopardin finden, deren Eltern ihn zum nächsten Weihnachtsfest einladen würden.

Zwischen den Jahren langweilte er sich zu Tode, seine Eltern arbeiteten, und Ezechiel wichste vor boerse-online.de. Kevin und Jean-Sébastien, seine ehemaligen Schulfreunde, die aus dem Fachwerkkaff nie herausgekommen waren, wollte er nicht mehr sehen. Nach ihrer Heirat mit Marie oder Corinne, ihren ersten Freundinnen, mit denen sie sich verschuldet hatten, um ein Einfamilienhaus für einen Stall voll Kinder zu kaufen, waren die früheren Super-Asse Beamte im Conseil régional geworden. Jacques deprimierte der Gedanke an ihre geregelten, rein funktionellen Existenzen: eine lebenslange Freiheitsstrafe, verhängt von der familiären Situation und der Angst vor dem Verwaltungsdirektor. Er malte sich aus, wie sie Guns n' Roses hörten und, stabil und schicksalsergeben, vor jeder Form von Selbstbestimmtheit zurückschreckten. In ihrer Gesellschaft hatte Jacques das Gefühl, ein Außenseiter oder eine Jahrmarktsattraktion zu sein. Ein Aussätziger.

Dabei sollte das Leben doch ein großer Seehafen sein. In Gedanken versunken, lief Jacques allein am verschneiten Illufer entlang. Die bedächtig vorbeitippelnden alten Pärchen erinnerten ihn an seine Großeltern, die Scholems, die ihn besänftigten und vor den Unbilden des Lebens beschützten. Sein Vater hingegen hatte die Gabe, seine Nerven zu strapazieren. Sogar heute noch, wenn sie sich am Bahnhof trafen, warnte Jacques Senior ihn vor einem plötzlichen Bandscheibenvorfall, wenn er nicht die Beine anwinkelte, um seine Tasche im Kofferraum des abscheulichen Renault Mégane zu verstauen. Oder er schimpfte mit ihm, weil er seinen Schal zu lose gebunden hatte. Wenig später hinderte er ihn daran, einen dritten Flammkuchen zu verdrücken: eine unausweichliche Bedrohung für Cholesterin, verstopfte Herzkranzgefäße, Herzinfarkt und andere gesundheitliche Katastrophen. Das ihn auf Schritt und Tritt verfolgende Vorsorgeprinzip, seine beständige Infantilisierung, die Klopapierrollen und sterilen Kompressen, die sein Vater ihm heimlich ins Gepäck steckte, machten ihn wahnsinnig. Dementsprechend führte sich Jacques wie ein Teenager auf: Er schrie herum oder stürmte in sein Zimmer. Im Allgemeinen wählte sein Vater genau diesen Moment, um ihm den Gnadenstoß zu versetzen: die baldmögliche Gründung einer jüdischen Familie. Verglichen mit Jacques' künftiger Hochzeit unter der *Chuppa* der Synagoge von S. waren die Erderwärmung, das Treiben von Mullah Omar oder der Turbokapitalismus Peanuts. Sein Vater hatte die kühnsten Tricks parat, um die leidige Frage anzusprechen. So baute er sich, Jacques trank gerade in Morgenmantel und Seidenpantoffeln im Wohnzimmer seinen Tee, am 26. Dezember 2003 auf einmal im weißen Kittel vor ihm auf und erzählte ihm von der Affäre zwischen Henry Kissinger und Jill Saint John, dem Bondgirl aus *Diamantenfieber*.

»Sie ist eine geborene Oppenheim, wenn du weißt, was ich meine. Hättest du abends im Bett nicht gern eine Ex-Miss Oppenheim, die sich wie ein Kätzchen an dich schmiegt? Würdest du nicht gern ein paar hübsche Kinder mit ihr fabrizieren, mit denen wir Rosh Hashanah feiern könnten? Weißt du, es ist wirklich furchtbar, alleine alt zu werden, von allen verlassen, Mama und ich leben schließlich nicht ewig … Im Talmud steht: Ein alleinstehender Mann ist es nicht wert, der Menschheit anzugehören.« Es folgten diverse Sarkasmen und Beleidigungen, bis Claire Koskas in letzter Minute eingriff.

Wie konnte Jacques diesem Teufelskreis entkommen? Warum ließ ihn der Senior nicht einfach in Frieden? Wie sollte er sich diesen Mann vom Leib halten, den seine zahllosen, rund um die Uhr von ihm profitierenden Patientinnen »Vati« nannten, weil der Dämon ihn verschont hatte? Ja, hatte die Schlange ihn tatsächlich verschont? Empfand er nie das geringste Begehren für eine zweiundzwanzigjährige Studentin im Unterhöschen oder für eine elegante englische Lady aus dem Europarat? War der Blick in ihre Vagina wirklich genauso aufregend wie – angeblich – die Untersuchung ihrer Fußsohlen oder eines Schweinemagens? Mein Gott, meditierte Jacques, aus welchem Holz war dieser Vater geschnitzt? Und wenn er eine Patientin in der Lederwarenabteilung der Nouvelles Galeries traf, dachte er dann nie an ihr Intimstes, an das süßliche Aroma, das ihrer gestärkten Unterwäsche entströmte? Wie konnte er seine Frau, Jacques' Mutter, noch begehren? Jacques war das alles schleierhaft! Auf derlei Fragen zuckte Jacques Senior mit den Schultern und titulierte ihn als unreif oder dummen Rotzbengel, der nichts, aber auch gar nichts von der Realität verstand.

Je mehr Zeit verging, desto komplizierter wurden die Dinge. Dabei war Jacques an seinem ersten Arbeitstag bei *La Turbine* so glücklich gewesen, so stolz darauf, Journalist zu sein … An dem Mittwoch, als sein erster Artikel veröffentlicht wurde, hatten Cosmo und er den Zeitungskiosk am Metroausgang Les Halles leergekauft. Er erinnerte sich an das Adrenalin seiner ersten Reportagen. Ein einziges Wort von Hugo Huguin, und er kletterte in den erstbesten Zug Richtung Tundra für eine Begegnung mit den letzten Chasaren. Drei Jahre später empfand er nur noch Langeweile und Verbitterung. Man hatte ihm die Flügel gestutzt, er hatte Pech gehabt. Mit der Liebe verhielt es sich ähnlich. Seine Geliebten waren bloß als Zeitvertreib, bestenfalls als Zerstreuung gut – ja, wollen die Menschen nicht zerstreut werden, seitdem die Gelehrten sie aus den Kirchen vertrieben haben? Kostspielige Zerstreuungen allerdings: Serena Bensoussan, die *Jewish French Princess (JFP)*, machte keinerlei Anstalten, ihr Portemonnaie hervorzuholen, wenn die Rechnung kam.

Jacques fühlte sich unverstanden, anders. Doch im kommenden Jahr sollte sich einiges ändern. Zunächst einmal würde er eine unverhoffte Begegnung machen, er würde jenen Schwindel empfinden, wenn sich das Begehren auf den ersten Blick entzündet, wenn einen allein bei der flüchtigen Berührung eines Knöchels eine Gänsehaut überkommt; wenn die Chemie agiert, unwiderstehlich. Ja, Jacques Koskas würde bald der Liebe begegnen, davon war er überzeugt.

Clémences' zahlreiche Anrufe unterbrachen seine Betrachtungen. Sogar aus der Entfernung ging ihm die wollüstige Wirtschaftsexpertin auf die Nerven. Er würde bald mit ihr abrechnen, aber bis dahin durfte sie ihm durchaus noch ein paar Gefälligkeiten erweisen. Schließlich fing der Winter gerade erst an. Von Clémence schaltete Jacques' Gehirn rasch auf die Tigerin um. Von ihr hatte er in der ganzen Woche nur eine SMS bekommen, und ihr Handy war ständig ausgeschaltet. Allein der Gedanke an Serena bewirkte eine Testosteronentladung. Er sah sie nackt vor sich, wie sie restlos enthemmt über seinem Gesicht hockte. Seine Festplatte wurde plötzlich von erotischen Pop-up-Fenstern überrollt. Solche Hormonschübe waren ihm vertraut, aber in jenen Weihnachtsferien erreichten sie absolute Gipfelwerte. Und keine Muschi am Horizont, um Abhilfe zu schaffen. Er starrte die Passantinnen an, blieb selig grinsend vor den *Marie-Claire*-Werbungen stehen und speicherte ein paar Silhouetten für seine nächtlichen Streicheleinheiten ab … Dann bahnte er sich wie ein Automat einen Weg durch all die Trottel, die zu Millionen die Weihnachtshauptstadt entdecken wollten, und blieb in der Grand-Rue vor der Boutique Marie-Louise stehen. Die ersten beiden Tage begnügte er sich damit, vor dem Schaufenster, wo gewisse Körbchen mit seinen Lieblingsinitialen DD, E, F, G, H und HH – HH! – baumelten, Wache zu schieben. Am dritten Tag ging er hinein. Er wurde mit ausgesuchter Höflichkeit empfangen, man ließ ihn kostbare Seidennachthemden und überdimensionale Büstenhalter befühlen. »Der Herr scheint sich auszukennen. Für Ihre Frau?« Am vierten Tag begann der Herr aufs Neue und stellte sich so, dass er den Spiegel in der Umkleidekabine seitlich im Blick hatte. Am fünften Tag untersagte ihm Marie-Louise, eine Kämpfernatur, den Zugang zu ihrem Laden. »Kerle wie Sie kennen wir, die haben wir hier jeden Tag. Wenn Sie noch einmal wiederkommen, rufe ich die Polizei!«

12

Das Gnadenjahr 2003 hatte sich sang- und klanglos verabschiedet, und das folgende begann unter keinen besseren Vorzeichen. Am 22. Januar wurde Jacques' Schicksal besiegelt. In seiner Nachtschicht sollte er die Abschlusszahlen von der Wall Street auf die Titelseite setzen, etwas, was jeder, sogar ein (entfernter) Jünger Henry Kissingers, tun konnte. Doch statt einen leichten Rückgang des Dow Jones von 0,52 Prozent zu verzeichnen, notierte er einen ernsthaften Verfall von 5,2 Prozent. Am folgenden Tag zerfloss er vor Huguin, der ihn gleich nach seiner Rückkehr von der Fußpflege herbeizitiert hatte, in Entschuldigungen, nicht ohne darauf hinzuweisen, dass er bis auf ein Komma alles richtig gemacht habe. Doch zu spät: Seit sieben Uhr morgens wurde die Telefonzentrale von panischen, einen Börsencrash fürchtenden Kleinaktionären bestürmt. Tausende von Lesern hatten ihr Abo gekündigt.

H. H.! Hugo Huguin geiferte vor Wut:

»Schluss jetzt mit deiner Schlamperei, deinen Künstlerallüren und deinem Pseudokonformismus, Jacques! Ich hab eine Engelsgeduld mit dir gehabt, ich hab dich gefördert und bin deinetwegen sogar mit Trouvaux aneinandergeraten. Aber diesmal bist du zu weit gegangen. Du bekommst eine Abmahnung für grobes Verschulden. Das ist deine letzte Chance, Jacques. Hast du mich verstanden?«

»Ja, ja, du hast ja recht«, pflichtete Jacques ihm fast erschrocken bei (na prima, jetzt bekomme ich den ganzen Frust wegen seiner Frau, seines Bankberaters und seiner Kinder ab, und das alles wegen eines blödsinnigen Kommas). »Kann ich jetzt gehen?«

»Sonst noch was? Du bleibst gefälligst sitzen, ich bin noch lange nicht fertig. Ich kenne Dédé seit fünfzehn Jahren. Stell dir vor, auch ich trinke morgens meinen Kaffee im Paris-Bourse. Allerdings um acht, wenn du noch am Pennen bist. Und du weißt, Dédé hat ein lockeres Mundwerk und erzählt mir von dir. Ich sage dir eins: Wir bezahlen dich nicht, damit du dort jeden Tag von zehn bis zwölf *L'Équipe* liest … Übrigens, hast du das mit David Kay schon gehört?«

»Nein, wer ist denn das?«

Hugo Huguin wühlte in einer Schublade und förderte eine dicke Akte zutage.

»Echt, der Name sagt dir nichts? Das ist aber höchst bedauerlich, Jacques. Also: David Kay war der Leiter der Iraq Survey Group, ja, diese Kommission, die von deinem Freund George W. Bush beauftragt war, Saddam Husseins Massenvernichtungswaffen ausfindig zu machen. Genau wie du! Stell dir vor, er hat gerade gekündigt, weil es unmöglich war, den kleinsten materiellen Beweis für ein solches Programm zu finden, und es nie irgendwelche Waffen gegeben hat. Guck mal, ich hab dir die Pressemeldung ausgedruckt. Ist wirklich nicht dein Glückstag heute.«

Jacques sagte kein Wort. Sein Rollkragenpulli kratzte furchtbar. Da ihm nichts anderes einfiel, fragte er schließlich, ob er wie geplant in der kommenden Woche nach Wien fahren werde.

»Wie bitte? Nirgends fährst du hin! Hör endlich auf, die Leute zu verarschen. Ab sofort wirst du dich anständig benehmen, die Klappe halten und tun, was man dir sagt. Du wirst endlich mal richtig arbeiten, Jacques, glaub mir, das ist mir ein persönliches Anliegen. Du sitzt hier auf dem Schleudersitz, und ich hab den Finger am Auslöser, ich brauch nur abzudrücken, dann kannst du woanders herumkaspern. Okay?«

Okay.

Es war nicht zu vermeiden: Jacques musste klein beigeben. Im Winter 2004 sollte sein Langzeiturlaub bei *La Turbine* eine neue Wendung nehmen. Er boykottierte das Paris-Bourse und beteiligte sich an den Redaktions- und Vorbereitungssitzungen, an ärztlichen Untersuchungen, Themenseminaren, Tagungen für den Hauptaktionär und an einem x-ten Relaunch, weil die Verkaufszahlen in den Keller purzelten. Trotz der Spötteleien des dicken Freddo aß er in der Kantine Eier mit Mayonnaise und füllte, ohne aufzumucken, sein tägliches Seitendrittel. Für die Immobilien-Sondernummer, in der sämtliche Städte und Stadtviertel einzeln durchkämmt wurden, holte er bei Dutzenden von Notaren Informationen ein. Er verbrachte Stunden mit dem Rektor der Académie de Versailles, um das beste

Gymnasium Frankreichs ausfindig zu machen. Er koordinierte eine Horde von Freelancern, die er für das Spezialheft »Terroir-Weine« ins Jura und Bordelais ausschwirren ließ, und kannte sich bald bestens mit den Angestelltengehältern aus.

Trotz seiner Essensmarken, der Ferienschecks und eines Schwimmbad-Abos zum halben Preis war Jacques missgelaunt. Er katzbuckelte und klammerte sich an seinen wurmstichigen Ast, weil er in jenen für die Pariser Presse mageren Zeiten Angst vor der Arbeitslosigkeit hatte. Wie praktisch alle nahm er Beruhigungsmittel und wartete auf den gesellschaftlichen Big Bang.

Auch Clémence stand unter Lexomil. Seit der HVLM-Geschichte war sie sichtlich angeknackst. Sie war in dem riesigen, menschenverachtenden Paris sich selbst überlassen und hatte das Gefühl, auf der falschen Spur zu sein. Sie war auf der Suche »nach sich selbst«, aber je mehr sie suchte, desto weiter verirrte sie sich. Mal wollte sie in einer Krankenstation in Afrika arbeiten, mal lieber in einem indischen Aschram zur Ruhe kommen … Oder sollte sie womöglich zurück nach Eguisheim, wo Schäkele für den Weinberg eine Buchhalterin brauchte? Clémence stopfte sich mit Süßigkeiten voll, die sie regelmäßig erbrach, und fühlte sich bei *La Turbine* immer unwohler, je radikaler sie wurde, als wären die westliche Welt und das »System« an ihren Schwierigkeiten schuld. Die Erderwärmung war ihre fixe Idee: Sie benutzte nur noch Kompaktleuchtstofflampen, schaltete im Winter ihren Kühlschrank aus und vermied es konsequent, in ein Auto zu steigen.

Clémence bombardierte Jacques mit militanten E-mails

und schlug ihm vor, sie zu Vorträgen zu begleiten, wo sich der Widerstand gegen die »grauenhafte Hochstapelei« formierte. Doch je mehr sie über die Machenschaften des amerikanischen Vampirs und die süße Rache des 11. Septembers achtundzwanzig Jahre nach der Hinrichtung Allendes dozierte, desto schlechter stand es um Jacques' Libido. Eines Tages, nach einem Selbstmordattentat in Tel-Aviv, eskalierte die Situation. Clémence verurteilte Israel als westliche Wucherung, die die glückliche Einheit im Mittleren Osten zerstört habe.

»Erklär mir doch bitte, wie sich dein Opfervolk in eine Nation von Henkern verwandeln konnte«, insistierte sie.

»Clémence!«, brüllte er. »Irak, Afghanistan, die NASDAQ, meine Vespa, Neonröhren und GVOs – das geht mir alles schon dermaßen auf den Senkel, lass jetzt bloß den Konflikt zwischen Israel und Palästina aus dem Spiel! Ich bin doch nicht der israelische Botschafter in Frankreich!«

Es war nicht das erste Mal, dass man ihn mit den jüdischen Siedlungen im Westjordanland und den Überfallkommandos des Tsahal im Gazastreifen behelligte. Alles nur, weil er Jude war! Er machte Clémence ja auch nicht dafür verantwortlich, dass der Papst Kondome verteufelte, oder den arabischen Gemüsehändler unten im Haus dafür, dass Frauen in Saudi-Arabien nicht Rollschuh laufen durften! Sollte man ihn mit dem Konflikt im Mittleren Osten doch bloß in Ruhe lassen, er hatte wahrlich andere Sorgen.

»Und überhaupt, was weißt du schon über Israelis und Palästinenser?«, rief er hitzig. »Du warst noch nie im Leben in Tel-Aviv oder in Ramallah. Deine Kolonialismus-

Theorien sind einfach nur Mist, den man dir in den Kopf gepflanzt hat und den du jetzt brav wiederkäust. Steck sie dir doch sonst wohin – und dein schlechtes Westler-Gewissen gleich dazu! Und wenn du die Araber so magst, ja, dann reden wir doch mal über die Araber, aber über die, die in Frankreich leben, unten bei dir im Haus, nicht über die Araber in fünftausend Kilometern Entfernung, die guten Wilden, die du dir da zusammenphantasierst. Warum werden die Araber in Frankreich denn so schlecht behandelt? Weißt du das? Warum gibt es so viele Müllmänner und so wenige Abgeordnete und Fernsehmoderatoren? Und wie viele Araber arbeiten bei *La Turbine*? Komm schon, Clémence, kehr erstmal vor der eigenen Tür, vergnüg dich auf dem Blog von *Libé*, wenn du willst, aber lass mich damit in Ruhe, okay?«

Sie war sprachlos. Ihre Augen klimperten, ein paar Tränen quollen hervor. Sie entschuldigte sich, wollte sich in seine Arme schmiegen, aber er wich zurück.

»Hör zu, Clémence, lassen wir's dabei! Ich kann dir nicht geben, was du brauchst. In keiner Hinsicht. Ich mach mich vom Acker, das ist für alle besser so.«

Zwei Wochen später, Anfang April, setzte auch Serena die Segel.

Seit ihrer Rückkehr von den Malediven hatte sich ihre Beziehung verschlechtert. Am Strand von Biyadhoo hatte ihr Vater sie davon überzeugt, dass die Juden in ihr Verderben rannten, wenn sie nicht zu Israel stünden: Die assimilierten Aschkenasim hätten sich wie Lämmer zur Schlachtbank führen lassen, die Sephardim aber würden sechzig Jahre später Widerstand leisten! Es galt, den jüdischen Staat zu verteidigen: um jeden Preis und egal, was er unternahm.

Selbstmordattentate und Verschwörungstheorien, die Unterhandlungen der Al-Qaida-Statisten in ihrem pakistanischen Studio, die Vorwürfe von Ritualmorden, die Brandstiftungen, Fahrzeugattentate, Graffiti, Friedhofschändungen und – echte und fingierte – Aggressionen … Aus diesem apokalyptischen Mosaik schloss Serena Bensoussan, dass Frankreich antisemitisch sei – und bald wohl auch Europa, die Welt und das ganze Sonnensystem.

Die Tigerin kapselte sich mit ihren Gesinnungsgenossen ab. »Die anderen können das einfach nicht verstehen«, proklamierte sie mit der Zeit immer deprimierter, wenn sie sich beim As du Falafel trafen. Von Jacques erhoffte Serena sich Verständnis und aktiven Beistand: Teilte er nicht das gleiche tragische Schicksal? War nicht auch er mit dem Gift der allgemeinen Desinformation infiziert, mit dem Antizionismus des Quai d'Orsay und der anderen *Gois*, die mit ihm arbeiteten?

Jacques wehrte sich. Die Koskas und Scholems hatten schließlich neunzehn Jahrhunderte gebraucht, um ihre Spitzhüte endlich abzuwerfen – da schien ihm die Rückkehr ins Ghetto ein bisschen überstürzt. Statt für eine selbstauferlegte Sperrstunde kämpfte man doch besser für eine offene Gesellschaft oder einen altmodischen Kosmopolitismus und hielt sich daran, auch wenn das Klima sich gewandelt hatte und von Tag zu Tag angespannter wurde …

Die Exkurse der Tigerin befeuerten seine Libido. Je länger ihre Liste antisemitischer Verschwörungen, desto größer seine Lust.

Er besuchte sie an einem schwül-feuchten Abend, als sie gerade mit Cindy, einer frisch aus Houston eingetroffenen Freundin, genüsslich Champagner trank; aus den Lautsprechern krächzte Al Green. Die Amerikanerin war Immobilienmaklerin, und ihre Geschäfte liefen glänzend: In Texas kaufte jeder sein Eigenheim, sogar eine Putzfrau mit zehn Dollar Stundenlohn konnte einen Kredit aufnehmen und Eigentümerin werden. *Cheers!* Jacques rauchte schweigend in seinem Barcelona-Sessel und ließ den Blick nicht von diesem Geschöpf. Objektiv betrachtet war Cindy zwar nicht schön, aber ihre prallen Lippen wirkten anziehend auf ihn, und der Glanz ihrer wässrigen Augen machte einen ausgesprochen entgegenkommenden Eindruck. In ihren Haaren steckte eine Granatblüte in der Farbe ihres Pullis mit V-Ausschnitt, der ihre Alabasterbrust mehr schlecht als recht verhüllte.

Ihr Alkoholkonsum war genauso eindrucksvoll wie der der Tigerin, und Serena bat Jacques, eine weitere Flasche zu entkorken. Die beiden Freundinnen glitten auf dem weißen Sofa langsam aufeinander zu, während ihre Finger sich in dem Schälchen mit Himbeeren streiften. Sie kicherten – Cindy hatte ein klangvolles, ausgelassenes Lachen.

Es war sehr heiß, und als Cindy sich mit ihrem Pulli Luft zufechelte, kamen flüchtig zwei reizende Kugeln zum Vorschein.

»Du bist wirklich supersexy«, traute sich die Gastgeberin vor.

Das Puppengesicht der Amerikanerin wurde purpurrot.

»*You, you like my cleavage?*«

»*I love it, Cindy*«, gurrte Serena.

Sie erstarrten und schoben lustvoll ihre Gesichter aufeinander zu. Cindy entblößte eine frisch zurechtoperierte Brust und die Tigerin ihre aufgeblähten hellbraunen Brustwarzen, zwischen denen eine Jasminkette baumelte. Ihr nervöser Mund bearbeitete inzwischen den Oberkörper ihrer Bekannten, die erstickte Schreie ausstieß. Im Handumdrehen waren Serena und Cindy nackt.

Und was zum Teufel machte Jacques Koskas? Er war an seinen Sessel geschmiedet, sein Herz klopfte zum Zerspringen. Ebenso erfreut wie verwirrt betrachtete er die sapphischen Liebkosungen der beiden Damen. Er zögerte, sich einzumischen, obwohl hier seine größte Wunschvorstellung Wirklichkeit wurde: ineinander verschlungene Körper, zwei Zungen, vier Pobacken, acht Gliedmaßen, zwanzig Finger, hunderte Kombinationen, und er mittendrin als Achse des Bösen …

Mit feuchten Händen griff er jeweils nach einer Brust. Es gelang ihm, Cindy zu küssen, aber Serena drängte ihn ab. »Finger weg, Jacques, spiel woanders«, befahl sie ihm, und die Amerikanerin widmete sich wieder dem Mund ihrer Geliebten. Jacques versuchte nun, den Hintern der Bensoussan zu fassen zu bekommen, aber sie schlug aus und verschwand in dem rötlich beschatteten Wäldchen ihrer ehemaligen *College*-Freundin.

Jacques stand im Abseits. Und zwar endgültig, wie ihm am folgenden Tag eine SMS von Serena bestätigen sollte. *Danke für alles, Jacques, und viel Glück!* Die Tigerin hatte ihren Weg gefunden.

»Na schön, Serena, dir auch viel Glück«, brummte Jacques, als er ihre Nachricht las. Um ihren fabelhaften Hintern à la J. Lo würde es ihm leidtun, aber er war auch nicht unglücklich, diese Nervensäge loszuwerden. Er hatte genug von solchen manisch-depressiven Frauen! Es war an der Zeit, sich auf die Suche nach der Leopardin zu konzentrieren.

Vier Wochen später hatte seine Suche noch immer nichts ergeben: Yasmina, die Telefonistin bei *La Turbine*, Micheline, seine Bäckerin in der Rue Montmartre, Fatima, seine portugiesische Putzfrau, und Charlotte, seine Ex – Kennnummer 327 – alle hatten seine Avancen zurückgewiesen. Clémence und Serena hatten sich nie wieder gemeldet. Seine Kollegin aß mittags sogar oft mit Hugo Huguin und dem dicken Freddo, dem sie ihre katastrophale Affäre gestanden zu haben schien. Maud wiederum war zum Fürchten: Zwei Stunden vor ihrem Wiedersehen in einem Privatsalon der Poule au Pot hatte ihm die bretonische Gruppensexanhängerin am Telefon die Geschichte von Kaiserin Theodora erzählt, einer ehemaligen Hetäre und Tochter eines Bärenwärters, die sich mit gespreizten Beinen vor den tobenden Massen in Byzanz räkelte, während Gänse ihr Gerstenkörner von der Scham pickten. Jacques hatte eine akute Vogelgrippe vorgeschützt, um zuhause bleiben zu können. Am darauffolgenden Wochenende hatte sie ihm erneut eine obszöne Geflügelgeschichte getextet: *Wenn ein Mann einen Vogel penetriert und ihn beim Orgasmus erwürgt, verstärkt das seine Lust, weil sich der Schließmuskel des Tieres zusammenzieht. Komm und kneble mich, oller Truthahn!* Jacques flüchtete zu Cosmo aus Angst, der geistesgestörten Zoophilen über den Weg zu laufen.

In Paris war der Frühling zurückgekehrt. Jacques hörte The Doors, voll im Saft stehend und auf sämtliche Reizbotschaften überreagierend. Wie ein Löwe im Käfig ging er in seiner Wohnung auf und ab, zum großen Verdruss der Roberts, deren Krokusbeete morgens mit Kippen übersät waren. In den Parks, unter den Bushaltestellen und in den Betriebsräten tummelten sich Eichhörnchen, Galane, Angestellte, Hilfsarbeiter, Schwule und Lesben. Die ganze Stadt tobte sich aus, nur Jacques Koskas nicht, der prüde Libertin. Er wurde rasend, so sehr juckte es ihn zwischenzeitlich in der Armbeuge und manchmal auch im Schritt. Und das in Zeiten der Edelpornos und der Rückkehr der Schwalben: Er musste dringend einen großen Coup landen.

Am 8. Mai 2004 kam ihm eine geniale Idee. Huguin hatte ihm anlässlich des achtzigsten Jahrestags der Deutschen Inflation eine Vintage-Strafarbeit aufgebrummt. In dem menschenleeren Großraumbüro hörte Jacques dem Singsang von Marlene Dietrich zu und träumte vom Berlin der 1920er Jahre, von opiumsüchtigen Herzoginnen, von moralischem Bankrott und experimentellem Verfall. Plötzlich begriff er. Er begriff, dass ein Zusammenhang bestand zwischen dem Preis des Geldes und der Freiheit der Sitten. Die Inflation brachte den Massen die sexuelle Erlösung! Wenn das Geld nichts wert war, wenn sein Wert stündlich zusammenschmolz, verhökerte der Pöbel seine Wollstrümpfe und frönte uneingeschränkt seiner Lust. Nie wurde so viel gevögelt wie in Zeiten der Inflation! Deutschland während der Weimarer Republik! Die westliche Welt in den 1970er Jahren! Russland in den 1990ern! Kurz: das exakte Gegenteil der Eurozone im Jahr 2004.

Seine sexuelle Misere hatte keine andere Erklärung. Er stieß sich an Sparquoten-Rekorden und an der Sparpolitik der Zentralbanken. Doch seine neue Mission wäre höchst inspirierend: Der Wind der Geschichte würde sich wenden, und er könnte der Freud-Reich'schen Revolution zum Durchbruch verhelfen. Jacques Koskas würde gegen die okkulten Kräfte kämpfen, die die Inflation unter Kontrolle hielten, und die für seine Askese verantwortlichen Privatiers ruinieren. Ja, er würde die Grundfesten der gesellschaftlichen Ordnung zum Wanken bringen: ein Revolutionär des Alkovens, der erste universelle *libertador* des 21. Jahrhunderts.

Mit bebendem Herzen und trockenem Mund verfasste er eine Woche später folgende Epistel an Hugo Chavez:

Jacques Koskas
Experte für internationale Beziehungen
und antike Aromen
hochverdienter Journalist bei La Turbine *in Paris*
Vereidigter Reporter

An Staatspräsident Hugo Chavez
Miraflores-Palast
1040 Caracas
Bolivarische Republik Venezuela

Paris, den 15. Mai 2004

Werter Herr Staatspräsident,
Hochverehrter Hugo Chavez,

ich schicke Ihnen dieses Sendschreiben, um Ihnen meine ganze Bewunderung auszusprechen. Sie haben ein titanenhaftes, herrliches Werk vollbracht. Bald werden Sie in das Pantheon der Helden Ihres Subkontinents eingehen, den Generälen José de San Martin und José de Sucre, dem Comandante Che Guevara und dem großartigen Simon Bolivar, El libertador, ebenbürtig.

Als Gestirn des Morgens und Sohn der Aurora haben Sie Analphabetismus sowie Geschlechtskrankheiten ausgemerzt und die Ungleichheiten in einem einst vom Nepotismus zerfressenen Land besiegt. Den benachteiligten Brüdern haben Sie ihre Würde zurückgegeben: Mit Ihrer imposanten moralischen Größe haben Sie Ihrer Nation den ethischen Sinn des Lebens geschenkt. Sie haben Venezuela zu einem sicheren Land gemacht, zu einer Schweiz Südamerikas. Seien Sie gelobt, Hugo Chavez, Vorreiter der gesellschaftlichen Veränderung! Als Zauberer der Worte begeistern Sie Ihr Volk mit medialer Omnipräsenz. Dandy des Orinoco, Ihre roten Trainingsanzüge unterstreichen Ihre verheerende Männlichkeit und dunkle Haut. Ihre Neigung, Ihre Vorrechte mit Ihren Brüdern, Eltern und ehemaligen Kameraden aus der Garnison oder dem Gefängnis zu teilen, ehrt Sie. »Bewundernswert«, würden mein Vater und mein Großonkel Ezechiel sagen, gutmütige und clanbewusste Männer, die Sie nicht minder verehren.

Und doch, verehrter Hugo Chavez, bleiben Sie auf der Hut! Der Kapitalismus, jener den Menschen verschlingende Strom, ist unersättlich. Der Imperialismus grollt, und die Volksfeinde werden Ihnen keine Ruhe lassen. Presidente! *Sie müssen Ihre Reformen beschleunigen, um die Kräfte des Bösen auf immer niederzuschlagen.*

Diesen großen Satz nach vorn kann Ihnen nur eine gigantische Erhöhung der Ölpreise ermöglichen. Ich elendes Geschmeiß wage Ihnen den Vorschlag zu unterbreiten, den Rohölpreis zu vervierfachen. Der Westen verschmutzt die Umwelt, er beutet aus und zerstört, dafür soll er nun endlich den gerechten Preis zahlen! Die OPEC steht Ihnen künftig zu Diensten: König Fahd von Saudi-Arabien ist ein impotenter Greis, der Perser Khatami ein Papiertiger, die Golfmonarchien Zwerge und der neue Irak fördert nichts zutage! Die fiebrige Menschheit wartet auf Ihren nächsten Geniestreich wie der Bettler auf das Almosen.

Lieber Hugo Chavez, nur eine winzige Geste, und bald wird eine andere Welt erstehen können. Sie werden über die Mächte der Finsternis triumphieren. Von Alaska bis Feuerland wird Ihr Ruhm mit den Jahrhunderten wachsen, so wie der Schatten mit der untergehenden Sonne.

Ihr ergebenster Jacques Koskas

Bald wollte er sich an Alain Robbe-Grillet wenden. Der pornographische Romanschriftsteller zählte zu den besten Freunden von Jean-Claude Trichet und würde den Präsidenten der EZB davon überzeugen können, seine straffe Geldpolitik zu lockern.

13

Mit ökonometrischen Wunschträumen begann Jacques Koskas' *summer of love*. Diesmal ergaben sich die Frauen ohne jeden Widerstand. Als Botschafter der neuen Zeiten hatte Jacques Koskas einen wachen Blick und ein neues Selbstvertrauen entwickelt. Seine monetaristischen und ernährungswissenschaftlichen Hirngespinste verdrehten den jungen Au-pair-Mädchen, insbesondere den Engländerinnen, die von Kindheit an stark unter der neoliberalen Disziplin zu leiden gehabt hatten, den Kopf. Auch bei Martine, der unermüdlichen, weitschweifigen Sommerpraktikantin bei *La Turbine*, fanden sie Anklang, was gleichfalls auf Clémence übersprang, die deutlich entspannter von einer Kur in der Bretagne zurückkam. Mit ihrem Flair von Freiheit bezauberten sie Hsi-Wang-Mu, eine chinesische Industriespionin, die in der Buchhaltung bei Renault lernte und so zart war, dass Jacques sie Minox getauft hatte. Er hatte sie am Lido von Paris Plages mit den Reizen des Anislikörs vertraut gemacht, und Minox emanzipierte sich, restlos hin und weg vom Pariser Charme ihres sommerlichen Gefährten.

Von diesen Eroberungen war zwar keine die Leopardin

seiner Träume, doch das rasche Liebeskarussell beflügelte ihn. Er trank sich um den Verstand und machte sämtliche Clubs unsicher, bevor er für ein paar Stunden auf dem Sofa bei Clémence oder zwischen den Laken von Minox einschlief: Das Leben schillerte. Und der Tau war noch nicht getrocknet, als Jacques, halb Mensch, halb Roboter, auf seiner Vespa bereits einem anstrengenden Arbeitstag entgegenfuhr.

Den ganzen Sommer lang bewältigte er unter der Oberaufsicht Hugo Hugins, der ihn fernüberwachte, einen kolossalen Arbeitsberg. Das Tagesgeschehen im Juli und August 2004 war von einer seltenen Intensität: der Tod Jean Lefebvres; Ariel Sharon, der die Juden Frankreichs zur Emigration aufrief, der Befall Mauretaniens durch Wüstenheuschrecken, der Beitritt Litauens zum Europäischen Arzneibuch, ein Reaktorunfall in Japan, die Messe von Johannes Paul II. in Lourdes, der Beginn der Regentschaft von Alois von und zu Liechtenstein sowie der erste Tag der Software-Freiheit.

Am Sonntag, den 5. September, laut Anzeige Punkt 19 Uhr 30, hielten Gabriel und Delphine mit zitternden Knien zu *Hello* von Lionel Richie Einzug. Sie wirbelten vor ihren Gästen umher, der akademischen und rabbinischen Crème de la Crème von S., Pummelchens Nomenklatura: darunter der bucklige Schapiro, Zizou Dahan, der Präsident auf Lebenszeit des AS Menora sowie Jacques Senior und Claire Koskas. Hübsch zurechtgemacht, umringten sie alle das sephardische Paar, welches das Wunder der Liebe am Leben erhielt. *Mazel tov und siman tov, mazel tov und siman tov …* Sobald die kubanische Big Band aufspielte, stürzten die Gäste auf die Tanzfläche und begannen mit ihrem Hundereigen, der den bewährten Charme jüdischer Hochzeiten ausmacht. Gabriel und Delphine wurden auf Stühlen oder auf den Schultern der robustesten Festgäste im Triumph getragen.

Etwas abseits kippte sich Jacques etliche Wodka-Jet 27, mit denen er schon seit dem Empfang bei Delphines Eltern am früheren Nachmittag gurgelte, hinter die Binde. Er hatte die Bekanntschaft von Annick gemacht, einer alleinstehenden Tante der Braut, die mit dem Motorrad aus Nancy angereist war, wo sie einen Laden mit edlen Weinen und Spirituosen betrieb. Sie hatte einen Kussmund und ein für eine Frau aus dem Département de Constantine unerhört bewegliches Hinterteil, und sie erzählte ihm, dass sie siebenmal täglich den Namen des Ewigen lobe, so sehr liebe sie das Leben. Beim Anblick der Energie, mit der sie ihre Gliedmaßen verrenkte wie eine Kasatschok-Tänzerin beschloss Jacques, den Abend auf ihre Eroberung zu verwenden. Er würde dieser allzu unschuldigen Hochzeit eine Prise Rumba, eine Messerspitze Paprika und die richtige Dosis Wollust hinzufügen.

Annick zeigte sich für seine Nummer als Erotik-Clown durchaus empfänglich. Als das Orchester einen Standard der Bee Gees spielte, rieb sie ihren durchtränkten Körper an Jacques' und ließ zwei weitere Knöpfe von ihrer Bluse platzen, bevor sie zu *Hot Stuff* von Donna Summer umherwirbelte.

Die pure Schändung! Ihr kleines Spielchen empörte die

religiösen Würdenträger: Der Großrabbiner Zadoc Ginsberg, obgleich blind und als liberal geltend, forderte Jacques Senior auf, einzuschreiten. Doch dessen Sohn war inzwischen außer Kontrolle. Nach einem feurigen Tango verfiel er ins Obszöne und betatschte zu den akustischen Gitarrenklängen der *haTikwa* vor aller Augen den Hintern der Matrone, während die weinroten Kellner die Hochzeitstorte brachten. Die Rabbiner machten sich aus dem Staub, und Jacques hatte die glückliche Idee, *just in time* zusammenzubrechen: Jean-Shmuel, ein Vetter von Gabriel und ehemaliger Rugby-Spieler, war drauf und dran, ihm an die Gurgel zu springen.

Ein paar Tage später lag noch immer ein Schatten über Jacques' Gesicht. Kleine Pusteln auf den Unterarmen, dem Oberkörper und wohl auch woanders machten ihm das Leben schwer. »Überanstrengung«, lautete Cosmos Diagnose, der schlank und spritzig von einem zweimonatigen Almaufenthalt in Sils Maria zurückkam. Er hatte sich in Sophie, eine junge asthmatische Designerin aus Zürich verguckt, die sich bereits für das kommende Wochenende angekündigt hatte.

»Hör mal, Jacques, jetzt hängst du schon seit Monaten bei Paris Plages. Du solltest endlich kürzertreten. Fahr aufs Land, in die Berge, ans Meer, was weiß ich, aber erhol dich ein bisschen!«

Jacques hatte nicht die Absicht, in einem Kurort seine Wässerchen zu trinken. Auf der Suche nach neuen Liebesabenteuern und Widrigkeiten flog er kurzentschlossen in die Vereinigten Staaten. Womöglich versteckte sich die

Leopardin ja in New York, wo er bei dem inzwischen wieder zurückgekehrten Claudio wohnen würde.

***

Hier beginnt mein amerikanisches Reisetagebuch. Falls mir etwas zustoßen sollte, bitte ich es meinem Freund Cosmo Levitan anzuvertrauen, dessen Adresse auf der letzten Seite dieses Hefts steht. Eine Belohnung ist nicht zu erwarten.

New York, 18. September 2004

New York gefällt mir. Ich futtere wie ein Scheunendrescher, morgens in aller Frühe schon Berge von Eiern, und spaziere anschließend mit offenen Augen und wachen Sinnen durch die Gegend. Wie ein kleiner Junge beobachte ich stundenlang die raketenartig vorbeiflitzenden Autos des NYPC und die mit Steroiden aufgepumpten Feuerwehrwagen. Gestern, am Fuß der Freiheitsstatue, habe ich bedauert, dass die Scholems und Koskas ihr Glück nicht in Amerika versucht haben. Wenn ich in Brooklyn geboren worden wäre und nicht einen Steinwurf weit vom Europarat und der Synagoge des Friedens, hätte ich Großes leisten können! Zu dämlich, diese Vorfahren. Eines Tages würde ich gern ins Village oder nach Chelsea ziehen.

Mit Claudio *tutto a posto*: Seit meiner Ankunft haben wir uns kaum gesehen. Am ersten Abend waren wir beim Nachbarschaftsfest in seiner Straße – sehr amerikanisch, alle wahnsinnig höflich, wahnsinnig nett und furchtbar langweilig – und der Haifisch hatte es sofort auf Kate abgesehen, eine neuenglische Schönheit, die einen Block weiter wohnt. Natürlich hat er sie ruck, zuck um den Finger gewickelt, und seither verbringt er jede Nacht bei ihr. Ich sitze also in aller Ruhe in seiner schönen Wohnung direkt am Central Park. Aber es war nicht immer einfach: Bei Claudio lebt Kokoschka. Hunde ertrage ich nur, wenn sie nicht größer sind als ein Schuh: Falls es zu einem finalen Kampf kommt, bin ich wenigstens sicher, ihn zu gewinnen. Aber Pech gehabt, Koko ist ein Mischling, der mit riesigen Zähnen und einer Zunge, die mindestens so schaumig ist wie die von Clémence, an mir hochspringt. Am Abend, als Claudio Kate kennengelernt hat, habe ich mich nicht getraut, allein in die Wohnung hochzugehen. Ich habe den Pförtner gebeten, mich zu begleiten, aber er hat sich geweigert, weil er mich nicht kannte und Claudio ihm nichts gesagt hatte, und natürlich hatte ich meinen Ausweis nicht dabei … Ich habe die Nacht auf den Treppenstufen des gegenüberliegenden Gebäudes verbracht und mir eine Erkältung geholt, mein Ekzem juckte furchtbar und Claudio, dieser Idiot, blieb absolut unerreichbar. Gegen fünf Uhr morgens hat er mich mehr oder weniger leblos vorgefunden. Danach habe ich aus dem Fenster in den Nachbargarten gepinkelt, weil ich Angst hatte, aufs Klo zu gehen, wo der Köter sein Unwesen trieb. Aber seit Koko ebenfalls zu Kate gezogen ist, bin ich der König der Welt.

Heute Morgen jedoch eine schlechte Nachricht: Russ Meyer ist tot. Ohne es zu wissen, verliert Amerika mit ihm einen Meister der Filmkunst. Doch die undankbare Supermacht hat weder ihre Flaggen auf Halbmast gesetzt noch ihre Sirenen ertönen lassen.

Ich, lieber Russ, werde Dich allerdings nie vergessen. Ich habe das *Kaddisch* für Dich rezitiert und werde Deine Nachfolge antreten. Ich war seit meiner Ankunft ausgesprochen ruhig, aber jetzt, wo Du nicht mehr bist, stehe ich unter Handlungszwang, ich brauche frische Beute, und zwar schnell. Also bin ich bis Harlem gefahren und habe mir ein paar dicke Ärsche angeschaut, dann wieder runter nach Downtown, wo ich plötzlich vor einem Klamottenladen an der Ecke Spring und Greene stehen bleiben musste. Mit zuckendem Herzen und Schwanz ging ich hinein und probierte irgendetwas an, weil eine der Verkäuferinnen, eine Mestizin, genauso aussah wie Deine Lola Langusta, die Hauptdarstellerin aus *Ultra Vixens*. Naomi war absolut reizend, sie hat mir auf die drei Anzüge, die ich gekauft habe, ein bisschen Rabatt gegeben und vor allem eingewilligt, morgen Abend mit mir essen zu gehen.

Naomi ist exakt das, was ich mir unter einer Leopardin vorstelle. Ja, vielleicht *ist* sie sogar die Leopardin. Ein göttlicher Körper, ellenlange Beine und Titten, mein Gott, die immer, wenn sie in der Boutique einatmete, wie ein Fesselballon abzuheben drohten. Sie wirkte auch sehr liebevoll und zugewandt, eine potenzielle Gluckenmutter. Wie schön sie mit ihrer leichten Bräune und ganz in Weiß unter dem Hochzeitsbaldachin in S. wohl aussehen würde … Ach, komm runter, Jacques, Deine Phantasie geht mal wieder mit Dir durch, aber Russ, wenn Du mich hörst, hilf mir doch, Naomi morgen Abend, am Vorabend von Schabbat, zu erobern, bitte!

Washington, 23. September 2004

Russ hat mich im Stich gelassen. Dabei hatte der Abend durchaus vielversprechend begonnen. Zwischen Naomi und mir lief alles prima, flüssiges Gespräch, inniges Schweigen, Frühlingsrollen, Indian Summer. Doch nachdem sich unsere Wege so glücklich gekreuzt hatten, nahm Naomi plötzlich eine Abzweigung.

Die üppigste Frau Manhattans sprach Folgendes: »Jack, Du bist so anders, das habe ich sofort gemerkt, als Du den Laden betreten hast. Die anderen Männer bleiben an meinem hübschen Hintern und meinem riesigen Busen hängen, ich bin schließlich nicht dumm, aber Du, Du hast gleich verstanden, dass ich ein geistiges Wesen bin. Ich trainiere meinen Körper nur, um fit zu bleiben.« Sie gab ziemlich krudes Zeug zum Besten – über das Universum, die Sterne und die grenzenlose Energie des Kosmos, die wir alle in uns trügen. Dabei entströmte ihr ein seltsamer weißer Rauch, wie nach einem Konklave im Vatikan. Als ich mir eine Zigarette ansteckte, um es ihr nachzutun, sah sie mich an, als hätte ich ihre kleine Schwester mit der Axt ermordet. »Das ist schlimm«, sagte sie, »genauso schlimm wie Deine Art, Dich zu ernähren oder diesen widerlichen Bourbon zu trinken. Du solltest mehr Rohkost essen.« Naomi trank nicht und ging niemals aus, höchstens Gassi mit ihrem Hund oder zum Sonntagsgottesdienst. Die Chefin der Brigade zur Förderung der Tugend und Unterdrückung des Lasters in der Bronx umarmte mich feierlich und ging, mit ihren keusch-verruchten Hüften wackelnd, zurück in ihr Vorstadthäuschen. Fast so, als hätte mein Vater sie dafür bezahlt, mir in Babylon auf die Eier zu gehen.

Am darauffolgenden Morgen setzte Claudio mich vor die Tür, weil angeblich in der nächsten Minute eine exhibitionistisch veranlagte Stewardess auf der Matte stehen würde. Zum Teufel mit Dir, Scheiß-Spaghettifresser, Cosmo hat recht, Du bist ein Giftzwerg und ein elender Egoist, ich bin gar nicht traurig, den Abflug zu machen.

Ich fuhr nach Washington, um Rosh Hashanah mit den Fogelnests, Freunden von Freunden meiner Eltern, zu verbringen. Der Plan ging, wie absehbar, in die Hose. Die Fogelnests, Mickey und Shirley, sowie die Kirschenbaums, ihre Gäste an jenem finsteren Abend, sind völlig krank, richtige Nacheiferer der Tigerin und ihres Vaters. Alle vier arbeiten beim American Jewish Committee und behandeln das heutige Frankreich wie Deutschland im Jahr 1932. »Zu viele Araber, zu viele Neger, zu viele Kommunisten und zu viel Liederlichkeit, haut einfach alle schnell wieder ab, sonst gibt es noch ein böses Ende«, sagte Misses Fogelnest, die im Übrigen eine miserable Köchin war.

Ich schreibe auf dem Bett ihres ältesten Sohnes, einer Schwuchtel, wenn ich Mickeys verschämte Anspielungen gestern Abend richtig gedeutet habe. Ich glaube, sie haben den Kontakt komplett abgebrochen, der Sohn lebt in Montana. Das ist mir aber ehrlich gesagt genauso schnurz wie das Bingo im Jewish Center von Bethesda, zu dem die Fogelnests mich mitnehmen wollten. Ich hasse Washington mit seinem schwül-feuchten Weiß und seinen Verschwörungstheorien, die hier alle so genüsslich verbreiten.

Morgen mache ich mich vom Acker. Richtung Houston.

Endlich habe ich Cindy erreicht, Serenas *girlfriend.* Liebe Tigerin, Deine Verlobte wird bald mir gehören. Haha! Das Rad dreht sich weiter.

Los Angeles, 28. September 2004

Cindy hat mich am Flughafen abgeholt. Wir tranken gerade in aller Ruhe ein eisgekühltes Bier in Downtown, als ihr Handy klingelte. Cindy hatte sich ein irres Programm für unsere Woche ausgedacht, Bootsausflüge, ein Grillfest bei einem Erdölmagnaten und noch tausend andere tolle Dinge. Sie verschlang mich mit den Augen und verging förmlich vor Lust nach mir, ich hätte meine Hand dafür ins Feuer gelegt. Aber gut, nun klingelte das Handy. Als Cindy an den Tisch zurückkam, war sie völlig aufgelöst: Ihr Vater habe soeben einen Schlaganfall erlitten … Sie sprang in den nächsten Flieger nach Portland, und ich war dermaßen schlecht gelaunt, dass ich mich auf dem Flug nach Los Angeles fast mit einem Steward geprügelt hätte. Letztlich habe ich nur ganze sechs Stunden in Houston verbracht, drei davon am Flughafen.

Seit zwei Tagen gibt es nichts Neues zu vermelden. Ich hänge am Hotelpool in Venice Beach herum, kippe einen Bourbon nach dem anderen hinunter und träume von Naomi, der Mestizin, von der rothaarigen Cindy und von besseren Zeiten. Morgen Abend verbringe ich Kippur mit Paul Koskas, einer Familienlegende, mit der man mir in den Ohren liegt, seit ich denken kann.

Paul war Mitte der 1960er Jahre nach Malibu gekommen. In Nabeul-sur-Mer hatte er den Ruf eines bösen Buben, dessen denkwürdigste Heldentat eine Affäre mit der Grundschullehrerin war, während mein um ein Jahr älterer Vater gerade mühsam zu dividieren und subtrahieren lernte. Die Dorfweisen beschlossen, ihn zu deportieren. In L. A. brachte es das Schlitzohr schnell zu Erfolg. Ich weiß nicht genau, wie, aber Paul wurde ein so enger Freund der Beach Boys, dass er ihnen für ihre große Tournee 1967 von Kopf bis Fuß einen neuen Look verpasste. Bald stand er im Mittelpunkt des Psychedelic Rock an der Westküste, wie die Flying Burrito Brothers, Stephen Stills und eine Zeitlang sogar der kleine Charlie Manson: Hippies und Freaks, alle wollten sich bei Paul einkleiden. Mein Vater beschreibt ihn mit einer Metapher: *Bate laïla maa djej sabah ikaki* – eine Nacht mit den Hühnern hat ihm gereicht, um gackern zu lernen.

Paul hat ein Klamotten-Imperium aufgebaut und belegt im aktuellen Vermögensranking der Koskas-Gruppe weit vor Ezechiel den ersten Platz. Angeblich ist sein multinationaler Konzern nach ethnischen Kriterien organisiert: Die Chinesen nähen, die Koreaner rechnen, die Mexikaner transportieren, die Italiener entwerfen, die Israelis vermarkten, und er kassiert. Er nennt sich künftig Paul de Koskas oder PdK, wie seine Kleidermarke.

Ich habe Paul eine dicke Zigarre gekauft. Vielleicht hat er ja zwei, drei schlaue Tipps für mich.

Topanga Canyon, 2. Oktober 2004

Ich habe einen alten Dodge Charger (das Killerauto in *Bullitt*) gemietet und bin zu Pauls neugotischer Villa in

Santa Monica gefahren. Der Mond überflutete den Pazifik, und alle saßen schon bei Tisch, als ich eintraf, Paul und seine zehn Kinder, Mestizen, eine Rothaarige, blonde Zwillinge und eine Eurasierin mit tätowierten Armen, um die ein Schwarm weißbehaubter Zofen schwirrte. Meine Präsentation wurde von den Kindern mit keinem Wort, geschweige denn einem Blick gewürdigt.

Paul und ich gingen in die Synagoge am Wilshire Boulevard, ein schummriges Theater mit kratzenden Geigen und einem psalmodierenden Chor. Ein höchst merkwürdiger Gottesdienst, der von einer lesbischen Rabbinerin geleitet und von in S. unbekannten Paradiesvögeln bevölkert wurde. Ein Rechnungsprüfer kasteite sich auf offener Bühne. Ein Typ mit Rastalocken und ein Querschnittsgelähmter riefen zu Milde und Barmherzigkeit auf. Und dann hatte der Guest Star seinen großen Auftritt: Barbra Streisand, *the one and only*! Sie rezitierte einen Vers von Paulo Coelho: »… die Welt wird ihre Wahrheit finden, wenn der Mensch zu lieben versteht – bis dahin leben wir in dem Glauben, die Liebe zu kennen, aber ohne den Mut, sie so anzunehmen, wie sie ist. Liebet einander! Und vergesst nie, dass sich in allem Handeln ein Gedanke niederschlägt. Der Reichtum besteht nicht in der Menge an Geld, die man besitzt, sondern in der Art und Weise seiner Verwendung. Gebt, gebt den Bedürftigen in South Central und Israel!« Paul steckte einer Hostess, die im Minirock durch das Theater lief, einen Scheck über hunderttausend Dollar zu.

Die Nacht im Motel war grauenhaft. Mein Ekzem machte mich wahnsinnig, am liebsten hätte ich mir die ganze Haut abgerissen. Dieser esoterische Zirkus an Kippur, die Orgel und Majoretten, das war nichts für mich, ich brauche Orthodoxie und Pilger mit Mundgeruch, um meine Sünden zu sühnen. Bei meiner alljährlichen geistigen Desinfektion verstehe ich keinen Spaß. Trotzdem musste ich wegen der angstlösenden Wirkung onanieren, nicht ohne den Ewigen anzuflehen, mir diese letzte Befleckung vor dem Jüngsten Gericht zu verzeihen.

Als ich aufwachte, fühlte ich mich deutlich besser. Ich zog die Vorhänge auf: strahlender Sonnenschein, ein paar Mädels liefen Richtung Meer, ich summte den Soundtrack zu *Drei Engel für Charlie* … Festentschlossen zu fasten, ging ich an den Strand. Schon wieder ein Fehler: Gegen ein Uhr hämmerte es derartig in meinem Kopf, dass ich zum nächsten Getränkestand rannte, um mir eine Cola und ein Hot-Dog zu holen. Zehn Minuten später saß ich auf der Suche nach einer Synagoge am Steuer. Ich fuhr stundenlang ziellos durch die Gegend. In Hollywood hielt ich vergeblich nach Natalie Portman und Winona Ryder Ausschau. Und dann fiel urplötzlich ein alter Jude vom Himmel.

Durch sein Verschulden landete ich im iranischen Gottesdienst im Beverly Hills Hotel. Auch die Perser mit ihren fetten Goldringen ignorierten mich. Egal, ich vertiefte mich in das Gebetbuch, das mein Vater mir in den Koffer gesteckt hatte, und las in *Der Pfad der Gerechten* schaudernd Folgendes: »*Wer einer Frau Münzen in die Hand zählt, um sie nach Herzenslust betrachten zu können, wird seiner gerechten Strafe nicht entgehen, und wer begierig auf den kleinen Finger einer Frau starrt, steht da, als hätte er sie mit seinem schamlosen Blick ausgezogen ...; seinen Mund mit lasziven Worten zu beflecken bedeutet, in sein Verderben zu rennen. Lass Dich bei Tage nicht von lüsternen Gedanken gefangen nehmen, um bei Nacht keine Unreinheit zu empfinden. Den Kopf voller sexueller Bilder zu haben ist schlimmer als der Akt als solcher ...«*

Ich war ernsthaft deprimiert, als der *Schofar* der Befreiung erklang. Alle fielen einander in die Arme und knabberten Kekse, während ich einsam und hungrig am Pool des Luxushotels saß. Auf dem Rückweg zu Paul dachte ich an meine Eltern, die eng umschlungen im Bett lagen, wie jeden Morgen seit fünfunddreißig Jahren.

Bei PdK gab es bis auf ein paar kalte Würstchen nichts mehr zu essen. In der Küche erschien plötzlich eine geballte Ladung Erdnussbutter und Maissirup in einem zirkuszeltgroßen T-Shirt: Melika, eine Nachbarin, die mir ein Würstchen stibitzte und mich später in einer Bar treffen wollte.

Ich ging zu Paul hinüber, der im Fernsehzimmer auf einem Bildschirm mit den Dimensionen eines Kesselwagens gerade einen Boxkampf verfolgte. Wir rauchten Zigarren, die um einiges besser waren als das Exemplar, das ich ihm mitgebracht hatte, und gingen zum Billardspielen runter. Paul erzählte mir, dass die im Jahr meiner Geburt verstorbene Großmutter Toutou meinen Vater seinerzeit mit einem Glas Milch in der Hand bis ans Schultor verfolgt habe. Er war ein fleißiger Schüler gewesen, immer freundlich lächelnd, ein netter Junge, der Briefmarken und Schmetterlinge sammelte: Jacques Koskas Senior, wie er leibt und lebt.

Und dann, vielleicht weil ich ihn vernichtend schlug,

fragte PdK mich, wie viel ich eigentlich verdiene. Zweitausendvierhundert Euro.

»Am Tag?«

Paul machte sich über mich lustig. Er fragte mich, ob ich denn nichts für heiße Feger oder teure Autos übrighätte, und verkündete, ich sei meinem Vater unglaublich ähnlich, ein richtiges Arbeitstier, das die Freuden des Lebens nicht zu schätzen wisse. Dann hielt er mir folgende Predigt: »Man muss im Leben einfach wissen, was man will, Jacques. Widersprüche, Zweifel, Hindernisse – das ist alles Aschkenasim- oder Weiberkram, vergiss es. Du liebst eine Frau? Dann reißt Du Dir eben ein Bein aus, weil Du sie erobern und behalten willst. Du langweilst Dich mit ihr? Dann haust Du ab. Und Dein Job? Entweder machst Du ihn mit Leidenschaft oder Du kündigst, aber ohne zu fackeln, man darf nie lange fackeln, Jacques! Das gilt für alles. Du musst lernen, Nägel mit Köpfen zu machen, hab keine Angst vor Abstrichen, nur so kommst Du voran. Ich hab viermal geheiratet, ich bin auf die Schnauze gefallen und wieder aufgestanden, *c'est la vie*, es ist kurz, und es lohnt sich. Los, nun mach schon die Fliege und reiß noch ein Mädel auf!«

In der Bar, in der Melika auf mich wartete, verzogen sich die attraktiven beiden Dunkelhaarigen kurz nach meiner Ankunft. Da ihr Bruder und seine Frau, ich zitiere, »vögeln wollten«, verließen wir die Bar, und ich sah mich unversehens zu einem zweisamen Strandspaziergang in Venice Beach mit dieser fetten Nudel verurteilt. Um uns herum waren Schüsse zu hören, vermutlich schlachteten sich gerade diverse Gangs gegenseitig ab. Kichernd zog Melika aus ihrem wallenden Kleid einen Blunt, eine verdammte Keule, wow, nach drei Zügen war ich auf einem üblen Trip, ich dachte an Clémence und sah sie schwanger vor mir, von mir – wollte schnurstracks zurück ins Motel, um kalt zu duschen. »Kommt gar nicht in Frage«, sagte der Walfisch, presste mich gegen einen Zaun und umklammerte meine Handgelenke, »ich leck Dir erst noch die Eier«. Die Irre bleckte ihre biberartigen Schneidezähne wie ein Biber und schnalzte wie ein startbereiter Helikopter mit der Zunge. Ich rammte ihr ein Knie in den Bauch und lief zu meinem Dodge zurück, bis ich völlig außer Atem war.

Soweit das Fazit meines kalifornischen Kippur. Seitdem schlage ich in Topanga Canyon die Zeit tot und knalle Eidechsen ab, ich könnte kotzen, die Reise hat mich ein Vermögen gekostet, von Amerika hab ich gründlich die Schnauze voll, ich will nicht mehr bleiben, will aber auch nicht in drei Tagen nach Paris zurückfahren, was soll ich da, und wen soll ich treffen? Den dicken Freddo, die Roberts, die ganzen Sommerschlampen, mit ein bisschen Glück Clémence und Serena … was für ein Scheißleben.

Paris, 18. Januar 2005

Was bringt es, das Nichts zu verpfänden?

Seit drei Monaten langweile ich mich bei der Zeitung immer noch genauso. Hugo geht mir derartig auf die Nerven, dass ich ihm bald ein Messer in den Rücken ramme. Der dicke Freddo ist zum stellvertretenden Chefredakteur ernannt worden.

Cosmo hat kaum noch Zeit. Es ist ihm ernst mit Sophie, sie wohnen jetzt seit drei Wochen zusammen.

Mein Vater ruft ständig an, tja, Papa, Du hättest Dich besser früher um mich gekümmert, als ich sechs war, anstatt Tag und Nacht mit den Patientinnen Deine Doktorspiele zu veranstalten, zu spät, der Zug ist abgefahren, lass mich in Ruhe, Papa!

Gestern habe ich meine Papiere verloren, zwei Wochen nachdem mir in der Metro mein Handy von nicht mal zwölfjährigen Zigeunern geklaut worden ist. Mir fehlt sogar die Energie, bei der Polizei Anzeige wegen Diebstahl zu erstatten.

Eine gute Nachricht trotz allem: Feldwebel Robert, der am Tag vor Weihnachten einen Herzinfarkt erlitten hat, liegt immer noch im Koma.

Elephant von Gus van Sant hat mich umgehauen.

Es regnet.

Paris, 21. Januar 2005

Ich ertrinke, wirklich. Ich lebe wie ein Tier in den Tag hinein. Sonntag habe ich Serena, Clémence *und* Maud gevögelt. Egal wen, und egal wann. Völliger Schwachsinn. Immer das gleiche Lied: Ich steige die Treppe rauf, dringe bei der Unbekannten ein, bin im siebten Himmel und vergesse alles. Ich bin sexbesessen.

Ich schaffe es nicht, auch nur einen Abend allein zuhause zu verbringen. Chez Raymond ist inzwischen mein zweites Zuhause. Was genau läuft eigentlich schief? Ich brenne, als wäre jeder Tag der letzte.

Seit gestern bin ich krankgeschrieben. Dem Arzt zufolge zeige ich Burnout-Symptome in einem fortgeschrittenen Stadium. Nun gut. Ich hatte einen erotischen Traum, in dem Oma Greta mir … Sie ist auf den Tag genau vor acht Jahren gestorben.

Ich muss dringend zur Ruhe kommen.

Heute Nachmittag Termin bei einem Verlag. Ich will eine Abhandlung schreiben: *Der Zionismus, eine erotische Revolution. Das große Vorhaben der Gründungsväter.* Mit diesem Gedanken trage ich mich seit Gabriels schrecklicher Hochzeit.

Paris, 22. Januar 2005

Der Verleger ist dabei! Ich werde endlich wieder Fuß fassen und nach meiner Krankschreibung richtig loslegen.

14

Rio de Janeiro, 3. Februar 2005, Rio, Rio!!

Ich glaub es selbst kaum, aber ja, ich sitze wirklich in einem Liegestuhl am Strand von Leblon! Als ich nach dem Burnout damals wieder bei *La Turbine* angefangen habe, ging alles ganz schnell. Huguin schlug mir vor, an der Pressereise teilzunehmen, die die berühmte Flipflop-Marke Havaianas in ihre Heimat organisierte. Ich habe Flipflops immer gehasst, fast genauso wie Caprihosen, wollte aber auch nicht wählerisch sein. Wenn ihr Geschlurfe und Geschmatze im Branden des Ozeans in Copacabana untergeht, sind es die Latschen meinetwegen wert.

Sobald ich im Flugzeug saß, war alles vergessen: das Grau der letzten Monate, das in der Abflughalle heruntergewürgte Stück Plastik mit Wurstaroma – wer erteilt eigentlich den französischen Bahnhöfen und Flughäfen die entsprechenden Lizenzen? Wo ist die Regierung? Ich ignorierte das alberne Theater des Flugpersonals und die Luftlöcher, um mich in *Herrenhaus und Sklavenhütte* zu vertiefen, das Cosmo mir vor der Abreise geschenkt hatte. Gilberto Freyre schreibt, die brasilianische Gesellschaft habe »(fast) in einer Atmosphäre sexueller Vergiftung begonnen«. Als sie an den üppigen Gestaden anlegten, trafen die portugiesischen Freibeuter auf schmachtende Retterinnen, die sie für Götter hielten. »Die Glühendsten rieben sich sogar zwischen deren Beinen; sie schlüpften in ihre Hängematte und gaben sich ihnen für einen Kamm oder ein Stückchen Spiegel hin …«

Oh Brasilien, tropischer Koitus! Ich versank in einen tranceartigen Zustand, während das Flugzeug durch rosafarbene Wolken der glitzernden Lagune entgegenschwebte. Rio bei Sonnenaufgang.

Rio, 10. Februar 2005

Die Besichtigung der Schläppchen-Fabrik vorgestern hat mich gedemütigt. Ich halte es nicht mehr aus, das ist ja praktisch Selbstmord auf Sparflamme.

Ich habe gekündigt.

Gerade habe ich Huguin angerufen, ich habe ihn geweckt, diesen Idioten, und mehrmals *I resign* in den Hörer geschrien, damit er mich nicht falsch versteht. Außerdem habe ich ihm geraten, das Gleiche zu tun, wenn er vor seiner Frau und seinen Kindern nicht das Gesicht verlieren will, bevor ich einfach aufgehängt habe und jetzt oben auf dem Hoteldach stehe: Der mit eindrucksvoll leuchtenden Sternen umkränzte Erlöserchrist schaut mich an, das Blut pocht mir in den Schläfen, ich bin schweißgebadet, aber ich habe meine Ketten gesprengt, ich bin frei, frei wie ein Vogel, jetzt wird nicht mehr gefackelt, Paul de Koskas, das schwör ich Dir! Diese Nacht ist ein Neuanfang, das Jahr 1 meiner Revolution. Adieu, zaghaftes Frankreich mit

Deinen eitlen, ängstlichen Juden, Adieu Hugo, Clémence, Serena und Gabriel, *ciao a tutti*, ich habe gerade den Österreicher-Ungarn in mir getötet, ihr seht mich nicht wieder, haltet Euch nur schön an Eure Abos im Club Med Gym und an Eure Aufputschzäpfchen oder -tabletten. Während Ihr zwischen Fiskus und Verkehrsstaus in der Klemme sitzt, nehme ich mein Schicksal selbst in die Hand, große Männer schrammen immer scharf am Abgrund vorbei, und in Brasilien, in Südamerika, ja, einfach überall, werde ich die Rinde des Lebens zum Platzen bringen.

Trancoso, 6. März 2005

Ich bin in einer paradiesischen Ecke, ein von der Vegetation überwucherter Felsvorsprung hoch über dem Ozean. Die ersten Tage waren idyllisch, genauso wie ich es mir bei der Abreise aus Rio vorgestellt hatte: Joggen in der klaren Morgenluft, gegrillter Fisch, Gedanken zum Zionismus, und Schlafen vor Mitternacht: »Ordnung und Fortschritt«, wie alle Brasilianer. Mit Ausnahme der Dorfbewohner von Trancoso. Sie hängen den ganzen Tag im Schatten eines Tamarindenbaums am Strand herum, verschlingen Langusten und Maracuja-Eis und treffen sich abends zum Picheln am Wohnwagen von Fao, einem virtuosen Cocktailmixer, dessen Caipirinha mit Ananassaft zum Niederknien sind.

Als ich eines Abends zum ersten Mal bei Fao aufkreuzte, um Mineralwasser zu kaufen, lachten der Barmann und die Dorfzecher hämisch. Das ließ mich grübeln: Ich musste aufhören, ständig gegen den Strom zu schwimmen. Wenn die Einheimischen nichts auf die Reihe bekamen, musste ich mich eben ihren Gepflogenheiten beugen. Schluss mit dem Antikonformismus! Kurzum: Ich beschloss, endlich Vernunft anzunehmen und es mir gut gehen zu lassen.

Tudo bem. In aller Bescheidenheit kann ich schreiben, dass ich schnell integriert war. Im Dorf bin ich inzwischen bekannt wie ein bunter Hund, und Fao ist im Begriff, ein Freund zu werden: Jeden Abend, wenn die himbeerfarbene Dämmerung hinter der Steilküste aufzieht, schaue ich an seinem Wohnwagen vorbei. Das paraguyanische Gras, das er mir verkauft hat, ist so zaubermächtig, dass ich kürzlich am Strand die Wolken mit der afrikanischen Küste verwechselt habe. Die Droge animiert mich dazu, meine fleischliche Erforschung des Unbekannten weiter zu treiben. In der Mangrove wachsen Fruchtfrauen und gekräuselte Amphoren. Romantisch und enthemmt – wir verstehen uns aufs Schönste.

Mir fehlt nichts und niemand, außer Cosmo, der künftig jedoch anderes zu tun hat. Ich war schon lange nicht mehr so glücklich.

Trancoso, 10. März 2005

Fao hat mir Johnny vorgestellt, einen komischen Kerl: dunkelhäutiges Gesicht, Geiernase, tiefschwarze Augen. Sein dicker Bauch ist mit Tattoos übersät. Er ist mir heute Morgen am Strand aufgefallen, als er bei Ebbe mit seinem Labrador spielte und ich von meinem Handtuch aus den Eindruck hatte, dass er sich von dem Tier die Nüsse lecken ließ. Johnny war hin und weg von meinem neuen Schnurrbart und hat mir heute Abend gleich mehrere Runden ausgegeben.

Trancoso, 17. März 2005

Mein Tropen-Cosmo Johnny und ich sind unzertrennlich. Auch Johnny hat ein kompliziertes Verhältnis zu seinem Vater, einem Schürzenjäger, der es mit Palmöl zu einem Vermögen gebracht hat. Aus Sympathie für die rebellische Insel exportiert er es zu Spottpreisen nach Kuba. Und auch Johnny ist auf der Suche nach einem zweiten Leben, nachdem er im ersten gründlich Scheiße gebaut hat, wozu er mir allerdings nicht viel verraten hat. Aber er bleibt gelassen. »*Tranquilo* Jacques, man soll nichts überstürzen, gute Ideen brauchen Zeit zum Reifen, lass uns erst einmal diese wunderbare Auszeit genießen!« So in etwa redet er den lieben langen Tag.

Gestern, während unseres Abendessens in der Baracca de Jonas, wo es eine herrliche Fisch-*moqueca* gibt, fiel uns ein untersetzter Junge auf, der am Strand Fußballtennis spielte. Der Knabe hatte katzenartige O-Beine, laut Johnny »wie Garrincha«, und überdimensionale, fächerförmige Füße, ideale Entenflossen, um einen Ball zu stoppen, abzujagen oder anzuschneiden. Am Ende des Matchs klatschten wir ausgiebig Beifall, aber dieser Idiot streckte uns bloß die Zunge raus.

Heute Abend haben wir ihm wieder zugeschaut. Ihm glückten sensationelle Übersteiger und Finten, darunter ein mustergültiger Hackentrick. Diesmal haben wir ihm sogar seinen Namen entlocken können: Guzman Benco. Körperbau und Technik stimmen, Guzman ist ein Krakenmensch, ein künftiger Crack, der Pelé des 21. Jahrhunderts, da bin ich mir sicher.

Trancoso, 18. März 2005

Johnny weckte mich in aller Frühe und war komplett aus dem Häuschen. »Ich hab 'ne Idee, ich hab 'ne Idee!«, brüllte er. »Wir werden Guzman Bencos Agenten, komm, wir lassen ihn sofort einen Vertrag unterschreiben!«

Als Johnny meine *pousada* verließ, kam mir sein Plan völlig absurd vor, aber mit der Zeit finde ich ihn geradezu genial. Wenn wir Guzman verkaufen, kriegen wir einen Batzen Geld – genug, um ein paar Jahre lang in der Sonne zu dösen und hier in der Gegend eine Villa zu kaufen. Paul de Koskas, bald wirst Du stolz auf Deinen kleinen Vetter sein: Dank des Kraken aus Trancoso wartet ein Platz an der Sonne auf ihn! Eine glückliche Globalisierung, diamantenbesetzte Gliederarmbänder und Ferien mit David und Cathy Guetta auf der Yacht von Flavio Briatore! Auf geht's! Lass es krachen, Benco!

Trancoso, 19. März 2005

Vovo Aida, Guzmans Großmutter, machte uns gehörig zu schaffen. Die zahnlose Alte veranstaltete ein Riesentheater, stöhnte und bekreuzigte sich tausendfach vor einem primitiven Kruzifix, um bei der Transferzahlung für ihren

Enkel einen höheren Prozentsatz herauszuschlagen. Aber jetzt ist es geschafft, wir haben die Unterschrift: Guzman gehört zu unserem Rennstall!

Erst eine Runde für alle bei Fao, und dann eine Riesenparty in der Mangrove …

Trancoso, 20. März 2005

Intensiver Arbeitstag trotz des fiesen Katers. Zum Glück hat Johnny mir eine rosa Pille zum Munterwerden gegeben.

Hier unser Businessplan:

1) Einen Verein für Guzman finden. Wir waren erst unschlüssig – etwas Schickes? Ein Ausbildungsverein? Real Madrid? Auxerre? –, bis wir beschlossen, den Kraken in der Golfliga unterzubringen: Die Emirs sind hartgesotten, sie kaufen unansehnliche junge Frauen, abservierte oder kapriziöse Stars, einfach alles, solange es nur *made in Brazil* ist. Nehmt Euch in Acht, Ihr neuen Herren der Welt, im Namen der Frauen, vor denen Ihr solche Angst habt, werden wir Euch noch ganz schön übers Ohr hauen.

2) Einen schmeichelhaften Clip von Guzman drehen. Johnny wird ihn beim Jonglieren mit dem Ball und seinen Freistößen in Untersicht filmen. Außerdem wollen wir ein gestelltes Spiel organisieren, bei dem Guzman besonders gut zur Geltung kommt.

3) Sein Dossier an die Vereine von Al Ahli Doha, Al Khor, Al Rayyan und Al Kharitiyath schicken, unsere erste Wahl.

Johnny und ich sind sehr zuversichtlich, nichts ist dem Zufall überlassen, wir haben ganze Arbeit geleistet.

Trancoso, 21. März 2005

Die Dreharbeiten waren ein Erfolg. Guzman platziert seine Freistöße sauber in die Torecke von Luis Bebeto, dem Koch aus der Barraca de Jonas, und verpasst ihm im Laufe des Spiels mal eben zwölf Treffer (davon zwei mit den Hacken).

Johnny schnitt den Film zusammen, während ich an die katarischen Vereine schrieb. Um drei Uhr morgens klingelten wir den Leiter des Postamts aus dem Bett, damit unsere Schreiben unverzüglich Richtung Persischer Golf gingen.

Ich bin so aufgeregt, dass ich kein Auge zugetan habe.

Trancoso, 26. März 2005

Unglaublich, aber wahr: Heute Morgen haben die Präsidenten von Al Ahli und Al Rayyan angerufen! Sie wittern ein Jahrhundertgeschäft und laden Guzman mit seinen beiden Managern zu einem Test auf ihrem Kunstrasen ein. Er braucht einen Pass und muss noch einigen Behördenkram in Brasilia erledigen, aber das nimmt Johnny in die Hand. In zwei, spätestens drei Wochen sind wir in Doha und verhandeln dort unseren fabelhaften Vertrag.

Wahnsinn, wie schnell in den letzten Tagen alles gegangen ist. Die Rinde des Lebens knirscht zusehends, die Dinge kommen in Bewegung, die Welt dreht sich, und ich mache Fortschritte … Ich kann dem Himmel gar nicht genug für Johnny danken.

Trancoso, 29. März 2005

Das Gerücht verbreitet sich wie ein Lauffeuer im ganzen Dorf und bis in die entlegensten Winkel der Provinz. Es ist die Rede von astronomischen Summen, die Stimmung rutscht in den Keller: Guzman Benco wird zu einem Objekt der Begierde. Der Leiter des Postamts droht, unseren Trick dem lokalen Käseblatt zu enthüllen, wenn wir ihm nicht ein Viertel der Transfersumme geben. Diverse Tussis und Transvestiten belagern das Wunderkind. Sogar Fao guckt inzwischen anders. Johnny ist nervös, er hat Angst vor dem bösen Blick und davor, dass Guzman etwas zustoßen könnte. Wir haben ihm verboten, am Strand zu spielen, und lassen ihn nicht mehr aus den Augen. Trotz der Proteste von *vovo* Aida haben wir in ihrer Lehmhütte zusammen Pessach gefeiert. Der Auszug aus Ägypten rückt näher.

Havanna, 2. April 2005

Johnny hat beschlossen, Guzman aus dem Verkehr zu ziehen, bis mit seinen Papieren alles in Ordnung ist. So kamen wir gestern in Kuba an, wo wir von einer offiziellen Delegation empfangen wurden. Roter Teppich, militärische Blaskapelle, Majoretten, Johnnys Vater, ein Vertrauter von Raul Castro, kennt auf der Insel Hinz und Kunz und hat in Nullkommanix alles organisiert. Jetzt können wir Guzmans Ausdauer und seine mentale Stärke trainieren.

Havanna, 7. April 2005

Johnny entpuppt sich als unnachgiebiger, autoritärer Trainer. Vor seinem ersten Kohlenhydrate-Snack muss Guzman erst seine fünf, sechs Runden drehen und verdeckte Pässe in den Rücken der Abwehr üben. In der Kabine dann Muskeltraining, technisch-taktische Briefings, Bildanalyse der schönsten WM-Tore, Anhören der Champions-League-Hymne und Tätowierung der Unterarme: Johnny zufolge wird man nicht von heute auf morgen zum Profifußballer. Wenn es definitiv zu heiß ist, lässt er den Jungen, die Kopie einer Vuitton-Tasche geschultert und Kopfhörer auf den Ohren, im Hotelkorridor laufen. Keine Frage, Johnny will hoch hinaus.

Havanna, 8. April 2005

Zu hoch. Zum ersten Mal haben wir uns gestritten. Heute Morgen wollte er Guzman das Einmaleins der Fußballerkommunikation beibringen: »Sag nie, was Du denkst, auch wenn Du an gar nichts denkst. Rede nie über Politik, und bloß keine öffentliche Kritik an Deinen Mitspielern, erst recht nicht am Trainer. Gott kannst Du meinetwegen erwähnen, mehr aber auch nicht.« Danach sollte er auf Portugiesisch und Englisch eine Liste mit wichtigen Versatzstücken auswendig lernen, auf die er bei seinen Fernsehauftritten zurückgreifen konnte: »Ich nehme die Spiele, wie sie kommen«; »Ich ordne mich ganz der Mannschaft unter«; »Der Mannschaftsblock steht immer kompakter«; »Ich mache mir da keine großen Gedanken«; »Ich würde schon sagen, dass ich fair spiele«; »Die Stimmung in der Gruppe ist super«; »Alles bestens!«; »Einfach nur geil!« und anderen Schwachsinn dieser Art. Als Guzman nach zwei Stunden mit Tränen in den Augen nach einem Ball verlangte, hieb ich mit der Faust auf den Tisch. Ich sagte zu Johnny, er leite hier schließlich kein Erziehungscamp. Außerdem hätte ich sein Getue gründlich satt: »Hör endlich auf, mich herumzukommandieren, ich bin schließlich nicht Dein Assistent. Und schluck nicht mehr diese komischen Kapseln, sobald ich woanders hinschaue …« Wir hatten eine ernsthafte Aussprache, und ab morgen werde ich mich um Guzman kümmern. Wir haben bestimmt unseren Spaß bei der Arbeit. Und der Vollblüter kann bald wieder seinen Instinkten freien Lauf lassen.

Havanna, 14. April 2005

Die Unterdrückten sind auch nicht besser als die Unterdrücker.

Seit ich die Zügel gelockert habe, ist Guzman unerträglich. Als ich vorgestern in die Kabine kam, kippte er mir einen Eimer Wasser in die Fresse, und heute Morgen beim Aufwachen war mein Penis voller Schuhcreme.

Das Schwein schnäuzt sich in die Finger, bevor es mir nach einem erfolgreichen Treffer die Hand gibt! Ich schaffe es einfach nicht, mich durchzusetzen, und habe Johnny im Verdacht, ihn anzustacheln. Unser Verhältnis verschlechtert sich. Seit unserer Auseinandersetzung schmollt er und verwechselt Arbeit und Spaß, nachts dreht er völlig durch. Bei meiner Machtübernahme habe ich unbedachterweise die Sperrstunde aufgehoben, nachdem Guzman stockbesoffen aus dem Tropicana Dancing zurückgekommen ist: Er war heimlich abgehauen. Seither begleiten wir ihn auf seinen nächtlichen Ausflügen. Aber in Havanna, dieser Stadt, die um das Laster tanzt wie ums Goldene Kalb, fallen auch wir der Schlange zum Opfer. Seit einer Woche läuft jeder Abend gleich ab: Uns fehlt einfach das Format, um dem Schwarm feuchter Nymphchen zu widerstehen, die über uns herfallen, sobald wir auf einer Caféterrasse sitzen. Allen voran Guzman, der seinen Trumpf inzwischen gut genug kennt und seinen Riesenknüppel mit einem irren Lachen zur Schau stellt. Das Tier (der Junge), Johnny und ich sind im Paradies. Wir brauchen nur kurz das Kinn zu heben; für einen Mojito und eine Handvoll Dollar kriegen wir alle Frauen. Eine Katastrophe: Guzman denkt überhaupt nicht mehr an Fußball, nur noch an Esmeralda, ein käufliches Luder, in das er seit zwei Tagen angeblich verliebt ist.

Wenn wir nur schon wieder in Brasilien und bald in Doha wären!

Santiago, 17. April 2005

Verdammte Scheiße. Guzman ist abgehauen: mit der kleinen Schlampe und der Brieftasche von Johnny, der mich stinksauer aus dem Schlaf gerissen hat. »Seit du ihn coachst, hat Guzman überhaupt keine Disziplin mehr. Dieser Idiot gehört an die kurze Leine, und du bist schuld, wenn er jetzt weg ist. Ich hoffe für dich, dass wir ihn wiederfinden, sonst, ja sonst …« Seine Augen schleuderten Blitze, ich wagte keinen Mucks.

Guzman sollte heute Nachmittag in Santiago an einer Benefizveranstaltung mit einer lokalen Auswahl des *Comités de Defensa de la Revolución* teilnehmen. Eine x-te Initiative von Johnnys Vater. Wir haben alles abgesagt.

Den ganzen Morgen haben wir im strömenden Regen überall, wirklich überall nach ihm gesucht, aber keine Spur von den beiden. Wir mussten sie bei den Behörden als vermisst melden, das gab Ärger.

Santiago, 19. April 2005

Unser Juwel und seine Verlobte sind immer noch unauffindbar, es ist wie verhext. Der Präsident von Al Rayyan hat Johnny heute Morgen schon wieder angerufen, um sich nach dem Datum unserer Ankunft zu erkundigen. Allmählich reißt dem Emir der Geduldsfaden, Johnny zermartert sich das Hirn und macht mich zur Schnecke. Am liebsten würde er mich in Stücke reißen, aber ich bleibe cool, Guzman muss ja irgendwann zurückkommen.

Havanna, 20. April 2005

Mit zitternder Hand schreibe ich diese Zeilen, vermutlich meine letzten, ich sitze im Knast, im Ausländergefängnis von Havanna.

Die Bullen in Santiago waren froh, Johnny, der seit Guzmans Verschwinden wie ein Löwe im Käfig durch ihre Büros stromerte, endlich loszuwerden und sie ermutigten uns, in aller Frühe unsere Suche fortzusetzen – doch wir hatten wieder keinen Erfolg. Als wir die Sierra Maestra durchquerten, sah ich plötzlich eine Tramperin und ließ sie erleichtert einsteigen, um nicht mit Johnny allein bleiben zu müssen. Er ist zwar verrückt, aber auch wieder nicht so bescheuert, als dass er mitten in der Pampa vor einer Zeugin im rosa Body einen Unschuldigen abmurksen würde. Er schluckte ein Beruhigungsmittel, und ich hatte meine Ruhe … bis ich Gas gab und frontal in einen Geier gerast bin.

Die Windschutzscheibe war zersplittert und Johnny kurz vor dem Herzinfarkt. Er weigerte sich, seine Parteifreunde anzurufen, um uns abschleppen zu lassen, und brüllte wie ein abgestochenes Schwein: »Du bist schuld, wenn Papa Probleme bekommt. Sieh' zu, wie du zurechtkommst! Du bist echt eine einzige Strafe!«

Bueno. Die Tramperin half mir, die Federn vom Kühler zu klauben und die Blutflecken von der Motorhaube zu wischen, weil die Versicherung keine Wildunfälle deckt. Da ich ständig pleite bin und beim besten Willen keinen müden Cent für die Reparatur ausgeben wollte, dachte ich mir eine Notlüge aus: Ein paar Steine hätten sich aus der imaginären Fracht eines Geisterlastwagens gelöst, der angesichts des Desasters die Flucht ergriffen hätte.

Im Schneckentempo ging die Reise weiter. In irgendeinem Kaff informierte man mich auf der Polizeiwache, dass nur die Ausländerpolizei von Havanna meine Anzeige gegen den abscheulichen Geisterlastwagen aufnehmen könne. Als ich wieder neben dem alten Buick stand, trat Johnny gerade einem Landstreicher, der den Kühlergrill reinigen wollte, in den Hintern.

Sieben Stunden später erreichten wir endlich die Außenbezirke von Havanna. Ich setzte das Mädchen unter einer Brücke ab und Johnny im Puff, bevor ich mich mit einem freimütigen Lächeln den Bullen präsentierte. Ich tischte meine Flunkerei einer pferdeähnlichen Mestizin auf, die meine Aussage mit Schweigen quittierte. »Einen Moment, bitte«, sagte sie schließlich.

Sie glaubte mir nicht, ich insistierte, sie sah sich draußen das Auto an, ich verzog das Gesicht, sie und ihre Kollegen legten mir Handschellen an: »*Señor* Koskas, Sie haben uns Märchen erzählt, auf Ihrem Auto befinden sich Blutspuren und Menschenhaare. Sie haben es nicht richtig gewaschen. Nun sagen Sie schon die Wahrheit!«

Ich war auf der Stelle geständig: das Federtier, die Tramperin, die Versicherung, der Landstreicher ... Ich spuckte alles aus und fing mir von der Stute in Uniform eine Ohrfeige ein. Sie weigerten sich, mich bei der französischen Botschaft oder bei Paul Koskas anrufen zu lassen, und als sie Johnny endlich erreichten, stritt der elende Hund kurzerhand ab, bei der Reise dabei gewesen zu sein.

Tja.

Seit fünf Stunden drehe ich in meinem nach Pisse stinkenden Kerker am Rad. Ich sterbe vor Hunger und Durst, sogar meine Zigaretten haben sie beschlagnahmt … *12 Uhr nachts – Midnight Express* für Dumpfbacken. Bis die Kriminaltechniker das Blut auf der Karre untersucht haben, verrotte ich monatelang im Gefängnis. Oder sie foltern und erschießen mich ohne ordentliches Gerichtsverfahren. Guzman, dieser Idiot! Johnny, das Arschloch! Allmächtiger Gott Israels, vergib mir meine Irrwege und hilf mir, dieser Mausefalle zu entkommen, ich flehe Dich an, ich habe Schiss und Herzrasen, meine Hoden sind geschwollen und meine Kräfte schwinden, ich, ich …

Havanna, 21. April 2005

In aller Frühe weckte mich das Klicken des Schlüssels in meiner Zellentür: Im Türrahmen erschien Johnny, die Hände in die Hüften gestemmt, mit einem kosmopolitischen Business-Anzug und seinen Cowboystiefeln aus Eidechsenleder, die er am Tag der Vertragsunterzeichnung mit Guzman Benco getragen hatte.

Das Scheißstück hielt mir eine Fluppe hin und warnte mich breit grinsend: eine einzige falsche Bewegung, und ab ging's Richtung Leichenhalle.

Guzman sei wiederaufgetaucht und ich dürfe raus aus dem Loch. Aber unter zwei Bedingungen: Ich müsse auf Nimmerwiedersehen aus seinem Leben verschwinden, und ihm alle weiteren Rechte an unserem Wunderfußballer abtreten.

Ohne ihn eines Blickes zu würdigen, unterschrieb ich seinen Wisch, und er ließ mich zum Flughafen begleiten, wo bereits ein Air-France-Ticket auf mich wartete. In drei Stunden fliege ich. *Back to the beginning.* Ich bin fix und fertig.

Paris, 3. Mai 2005

Ich habe mich, wie es sich gehört, mit Frankreich versöhnt und beim Arbeitsamt gemeldet. Da ich in den vergangenen 26 Monaten 487 Tage, sprich 2426 Stunden, gearbeitet habe, werde ich für 700 Tage entschädigt. Zwei Jahre Ferien! Gelobt sei Johnny, der mich in dieses Land zurückgeschickt hat, wo Milch und Honig auf den gebeugten Nacken des Arbeitslosen fließen.

Meine südamerikanischen Missgeschicke haben mich nicht sonderlich geknickt. Im Gegenteil, sie haben meinen Charakter geformt und mich in meiner Risikoliebe bestärkt: Ich bin ein Abenteurer, so viel steht fest, ein Spieler muss eben auch mal verlieren können. Aber bald gewinne ich, auf zu neuen Horizonten. Es eilt ja nicht: Ich bin frei wie ein Vogel und bei Cosmo bestens untergebracht. Seine Freundin Sophie geht mir zwar auf den Senkel, weil ich ab und zu in ihrem Wohnzimmer rauche, aber sie wird sich schon damit abfinden, die egoistische Asthmatikerin, die übrigens den ganzen Tag arbeitet – was kann ihr das schon ausmachen?

Freizeit ist ein unschätzbares Gut für eine Kultur. Je mehr Vergnügen, desto weniger Ärger: Ich habe gerade *Lob der Ruhe* dieses Unsympathen Paul Morand zu Ende gelesen. Auch ich werde die Kunst des Loslassens, der Glückseligkeit und der Art der Entspannung vervollkommnen. Ich verlege Trancoso und Brasilien eben einfach nach Paris Plages und klage laut und deutlich mein Recht auf Faulheit ein. Übrigens höre ich jetzt mit diesem Tagebuch auf. Das ist mir abends doch zu viel Arbeit, ich hab weiß Gott Besseres zu tun, ich bin lebendig.

Das gibt noch ordentlich Zoff.

15

»Die Lust, die Lust, folge ihr überall ungehemmt, und die Frauen werden es Dir ewig danken.« Das unheilvolle Zauberlied der brasilianischen Amphoren bildete das Motto seines müßigen Frühlings. Wollüstiges blaues Lächeln, Kunst der Liebkosung und Wissenschaft des Streichelns – er führte seine Dauererektion spazieren und teilte seine Zeit zwischen Clémence, Serena und etlichen anderen auf.

An einem klaren Morgen flehte Sophie Cosmo an:

»Sprich bitte endlich mit Beelzebub! Stell dir vor, gestern hab ich hinter dem Mülleimer ein Kondom gefunden. Dein Kumpel ist ein Schmarotzer und ein ekliges Schwein! Er hat wirklich vor gar nichts Respekt! Außerdem bist du nicht mehr derselbe, seit er da ist. Er soll endlich gehen. Und zwar schnell!«

Nach der Schließung seiner Galerie hatte Cosmo Un People lanciert, eine neue kleine Firma nach einer genialen Idee von Sophie. Je nach Profil und Budget der Kunden luden sie zu ihren Abenden Wetterfräuleins, pensionierte Sportler oder sogar ein paar internationale Stars mit Liquiditätsengpässen ein: So hatte Patrick Bruel gerade einen Poker-Workshop und eine Bar Mitzwa im Musée

Grévin veranstaltet. Für das Doppelpaket einer gleichzeitigen Trauerrede auf einen Verstorbenen und die Moderne standen Alain Finkielkraut und André Glucksmann unter Vertrag. Man riss sich förmlich um die beiden neurasthenischen Intellektuellen, und innerhalb weniger Monate ging Cosmos und Sophies Firma durch die Decke. Alle waren geschmeichelt, sich auf dem Friedhof oder bei einem Cocktailempfang mit einem Schmierenkomödianten aus dem Fernsehen schmücken zu können. Sophie stürzte sich voller Energie in das Projekt und fürchtete, ihr Verlobter könne sich von der liederlichen Trägheit seines guten Freundes anstecken lassen.

»Wie soll ich es ihm bloß sagen?«, überlegte Cosmo, während Jacques von seinen jüngsten Heldentaten und der Faszination seiner Eroberungen wegen seiner »dicken Taubeneier« berichtete, die in letzter Zeit noch weiter angeschwollen seien. Die beiden Freunde saßen an einem Tisch in La Moule Rouge unter einem Foto von Sadat und Begin in Camp David und knabberten Pistazien zu ihrem Anislikör, als Ezechiel plötzlich sein Restaurant betrat. Jacques glaubte ihn bei einem Kuraufenthalt in Quiberon. Verdammter Mist! Kaum hatte er seinen Wuschelkopf erblickt, stürzte der alte Geizkragen auf seinen Großneffen zu.

»Du bist mir ja ein schöner Strolch! Noch nicht mal zum Erntedankfest warst du zuhause, obwohl du in Frankreich bist! Dein Vater sagt, du würdest nie ans Telefon gehen, und deine Mutter macht sich die größten Sorgen. Stimmt denn diese Fußballgeschichte? Bist du jetzt reich? Jedenfalls hast du mir noch keine Belege für die Steuererklärung geschickt. Dabei hab ich dich so oft darum gebeten! Bei dir ist wirklich Hopfen und Malz verloren, dann zahlst du eben den Zuschlag, *ya rabbi*!«

Mechanisch fingerte Jacques am Kragen seines bis zum Nabel aufgeknöpften Hemds. Seit seiner Scheidung von Johnny hatte niemand mehr so mit ihm geredet, und Cosmo stimmte sofort in das gleiche Lied ein wie Ezechiel.

»Das Elsass, Jacques, das Elsass im Frühling: Der Hördter Spargel! In Weinessig eingelegter Winterrettich! Singende Weine! Das Unterholz, das nach frischem Knoblauch duftet! Lüsterne Maienköniginnen … Ja, mein sinnlicher Rabe, du solltest wirklich mal wieder in S. vorbeischauen!«

Warum eigentlich nicht? Seine Mutter würde ihm die Wäsche machen, er würde gratis essen und nach China, Texas oder Brasilien telefonieren und außerdem bestimmt noch ein bisschen Geld auftreiben können, um einen Ausflug nach Basel zu organisieren und sich die Speckrösti in der Hasenburg schmecken zu lassen.

Am 3. September 1979, dem Tag seiner Einschulung, hatte sich Jacques auf die gleiche Bank gesetzt wie ein kleines Mädchen mit dunklen Sommersprossen, Deborah, die Enkelin des buckligen Ezra Schapiro. Wegen ihrer schmalen Lippen und ihrer Glupschaugen hatte Gabriel ihr den Spitznamen Fisch verpasst. Durch einen merkwürdigen Zufall traf er Fisch nun im Zug nach S.: Sie saß im Bordbistro und las *Voici* und andere blöde Regenbogenblättchen. »Das schreit nach einer hübschen kleinen Geschichte«, dachte Jacques, der sie sofort wiedererkannte.

Trotz der Fältchen, die sich inzwischen um ihre riesigen Augen gebildet hatten, sah sie immer noch wie ein Steinbutt oder Karpfen aus, Jacques hatte die beiden nie auseinanderhalten können.

»Deborah! Das ist aber eine Überraschung! Du siehst blendend aus!«

Während Fisch ihm von ihrem mitreißenden Leben als Grundschullehrerin an der École Maïmonide in Boulogne-Billancourt erzählte, konstatierte Jacques, dass sie weder Ehering noch Perücke trug und schloss daraus, dass sie nicht verheiratet war. Er betrachtete ebenfalls ihr fahles Gesicht und ordnete sie als Jungfrau ein, eine echte Nonne, schüchtern und fleißig. Deborah Schapiro, du bist zwar keine Traumnummer, aber eh du dich versiehst, pack ich dich beim Schopf, und du bist entjungfert! Falls Fisch sich weigern sollte, würde er sie eben von hinten nehmen. Sie sollte sich ihr Leben lang an ihren ehemaligen Klassenkameraden aus dem Schullandheim erinnern, der ihr im Übrigen möglichst bald seine Erinnerungsfotos zeigen wollte. Sie verabredeten sich für den nächsten Abend, sein Aufenthalt begann vielversprechend.

Um seine Ruhe zu haben, lieferte er seinen Eltern eine gut verdauliche Zusammenfassung seiner südamerikanischen Abenteuer. Er schwärmte von der Schönheit der Landschaften, dem gehaltvollen Judentum der Cariocas, dem traurigen Schicksal Stefan Zweigs, den amerikanischen Limousinen in Havanna und seinen Fortschritten im Salsa-Tanzen. Céleste wäre begeistert gewesen. Wie ging es ihr eigentlich? Und den Mädchen? Ihm selbst gehe es blendend, er arbeite gerade unter Hochdruck an seinem Buch über den Zionismus … Das erkläre auch sein monatelanges Schweigen, sie mögen entschuldigen, er habe sich erst einmal neu sortieren müssen, sei aber reifer geworden und habe inzwischen lauter tolle Projekte, von denen er bald ausführlicher berichten werde. Jacques Senior und Claire küssten ihn auf die Stirn.

Am nächsten Morgen startete Jacques, lebenshungrig und allmächtig, mit einem amüsanten Anruf bei seinem Freund Gabriel in den Tag. Auch für ihn hatte die Stunde der Rache geschlagen.

»Was verschafft mir diesen Ärger?«, brummte der Geopolitiker.

»Na hör mal, Gabi, ich wollte mich nach meiner langen Abwesenheit einfach mal wieder melden.«

Jacques lachte sich ins Fäustchen, noch schwante dem Unschuldigen nichts.

»Alles bestens. Was willst du?«

»Nichts Besonderes, wirklich. Und Delphine geht es auch gut?«

»Ja, sie ist schwanger und topfit. Was willst du?«

»*Mazel tov*, Gabriel! Ich freue mich wirklich sehr für euch.«

Jacques legte genießerisch eine kleine Pause ein.

»Sag mal, hast du immer noch dein kleines Büro in der Avenue de la Forêt-Noire?«

»Ja. Und?«

»Ich würde heute Abend gern dort arbeiten. Bei meinen Eltern kann ich mich nicht konzentrieren, du weißt ja, wie chaotisch es da immer zugeht. Kannst du es mir leihen?«

»Kommt gar nicht in Frage. Ich werde nie die Show vergessen, die du bei unserer Hochzeit mit Delphines Tante abgezogen hast. Und entschuldigt hast du dich auch nie, du Rüpel!«

»Du hast recht, ich hätte euch schreiben sollen, aber ich musste kurz darauf dringend nach Amerika und bin einfach vom Strudel des Lebens mitgerissen worden, außerdem die Entfernung, da … Bitte, Gabi, ich hab etwas Wichtiges zu erledigen, lass mir für heute Nacht dein Studio, nur diese eine Nacht.«

»Nein und nochmals nein. Hör endlich auf, die Leute zu verarschen, Jacques!«

Ganz schön unverschämt. Es war Zeit, seinen Trumpf auszuspielen.

»Ach ja? Wenn du mir so kommst, dann hör mal gut zu: Es war einmal ein brillanter junger Geopolitiker aus der Provinz, der ab und zu in Paris unterrichtete. Und weil er sich so einsam fühlte, vergnügte er sich mit seinen Studentinnen. An einem schönen Frühlingsnachmittag, ein Mittwoch, glaube ich, war er in einem Café an der Place de la Sorbonne verabredet, mit einer jungen Frau, einer hübschen Blondine, die er mit Blicken verschlang und zärtlich bei der Hand nahm. Soll ich meine Geschichte weitererzählen, Gabriel, oder kennst du das Ende schon?«

»Dieser Blödsinn interessiert mich nicht, Jacques, ich hab keine Zeit für sowas …«

»Oh, da bin ich aber anderer Meinung. Kurz darauf verließen die beiden Verliebten eng umschlungen das Café. Richtung Jardin du Luxembourg … Manchmal blieben sie auf dem Boulevard Saint-Michel stehen und küssten sich. Wie rührend! Ich habe alles gesehen, wirklich Pech,

Gabriel! Das war vor ungefähr zehn Tagen … Sagt dir diese Geschichte wirklich nichts?«

»Kleines Miststück!«, rief Gabriel. »Was willst du? Delphine alles erzählen? Mich erpressen?«

»Ich, dein alter Freund? Nur dein Büro heute Abend, das ist alles, was ich will, aber das weißt du ja schon.«

»Du bist wirklich krank! Du widerst mich an, Jacques, du bist ein richtiges Schwein geworden, ein …«

»Gleich die ganz großen Worte! Ich bin immerhin so nobel, dich nicht zu verurteilen … Los, Gabriel, komm wieder runter, so schlimm ist es ja auch nicht, nur menschlich eben, mach dir keinen Kopf … Solange es unter uns bleibt. Also ja oder nein für heute Abend?«

»Unten im Haus ist ein kurdischer Lebensmittelladen. Der hat abends lange auf. Ich hinterlege ihm die Schlüssel auf deinen Namen.«

»Kein Witz, ja?«

»Nein, glaub mir, das Lachen ist mir inzwischen vergangen.«

Jacques stellte einen Artischockensalat, einen Flakon mit Olivenöl und ein Gebräu aus Löwenzahn, Ziegenhorn-Extrakt und Austernpulver vor den drehbaren Globus auf dem Formica-Schreibtisch des Treulosen. Und gut sichtbar, um die Unschuldige zu beruhigen, sein Fotoalbum mit dem Großen Schlumpf auf dem Einband.

Fisch betrachtete gerade ein Foto von sich als Wonder Woman des Jahres 5743, als Jacques leicht einen ihrer Oberschenkel berührte. Sie schob beiläufig seine Hand weg, aber als er sie umarmen wollte, stieß sie ihn fort.

»Ich bin nicht deswegen hier, das dürfen wir nicht, wirklich nicht, bitte, Jacques, lass mich …«

»Deborah, seit über fünfundzwanzig Jahren denke ich Tag und Nacht an dich, seit wir am Schuljahresende einmal zusammen Tango getanzt haben. Unsere Begegnung im Zug kann einfach kein Zufall sein …«

Jacques kniete sich vor sie, bedeckte ihre Hände mit zärtlichen Küssen, und Deborah ließ alles mit sich geschehen. Ihre dicke Zunge saugte mittlerweile gierig an seiner … Er hatte sie unterschätzt: Fisch war weniger ungeschickt als gedacht und entpuppte sich als genauso unersättlich wie alle anderen. Er war einfach naiv!

Jetzt ging es ans Ausziehen. Keuchend zerrte er an ihrer Strickjacke und ihrem Unterpulli. Als auch der BH geschafft war, entdeckte er appetitliche Rosenknospen, bei denen er jedoch nicht länger verweilen wollte, denn das Schwierigste stand noch bevor: Er musste ihr den Rock und die Strumpfhose ausziehen, ihr die Wollunterhose, letzten Endes ein String, vom Leib zerren … Fisch ließ ihn schließlich selbst an ihren Beinen heruntergleiten. Merkwürdig für eine ultra-orthodoxe Jungfrau … Genauso merkwürdig wie ihr Schamhaar, das sie wie einen Irokesenschnitt trug. Egal! Er ging zum Angriff über: Er zog sich in Windeseile aus und ließ seine riesigen Hoden vor ihren Augen baumeln, bevor er ein heikles Manöver, im Bundesstaat Bahia als Kobra-Attacke bekannt, wagte. In eine Ecke des Chesterfield-Sofas gepresst, schob er mit weit ausgestreckten Armen, um den Spalt ihrer Muschel zu öffnen, seinen Schnurrbart zwischen Deborahs Beine.

Plötzlich ein Knacken, das Gefühl, dass sein linker Arm

auf einmal vierzig Meter lang war, ein höllischer Schmerz. Jacques schrie wie am Spieß.

»Jacques! Was hast du? Was ist los?«

»Ruf meinen Vater an, schnell, bitte! Ich glaub, ich hab mir die Schulter ausgekugelt.«

»Das darf doch nicht wahr sein! Schande über mich, ich will nicht, ich kann nicht!«, protestierte Deborah hysterisch.

Während er ins Telefon schluchzte, stürzte Fisch, halbnackt und ohne ihn eines weiteren Blickes zu würdigen, die Treppe hinunter.

16

Wie in einem schlechten Traum öffnete er langsam ein Auge und sah seine Eltern an seinem Bett sitzen, vor einem makellosen weißen Hintergrund, der nur zu einem Krankenhaus gehören konnte. Claire Koskas hatte ihm *Le Journal de Spirou* gekauft, und Jacques Koskas strich ihm selig lächelnd übers Haar. Sie hatten ihre Sprechstunden verschoben, um dabei zu sein, wenn er aufwachte. Die Operation sei gut verlaufen und seine Bänder seien wieder fest gelasert worden, dabei fühlte sich seine Schulter an wie Blei. Während sie ihm dabei halfen, das Kompott aus der Tube, sein Abendessen, herunterzuwürgen, überschütteten sie ihn mit guten Worten und Ratschlägen. Als es dunkel war, schickte die Nachtschwester sie irgendwann nach Hause.

Sein Zimmernachbar, ein wohlgenährter Mann mit zinkfarbenen Haaren, nutzte die Gelegenheit, sich vorzustellen: Er hieß Coen Van Breukelen, niederländischer Beamter im Europarat.

»Van Breukelen, wie damals der Torwart in der holländischen Mannschaft?«

»Genau, wie der Keeper. Hut ab, mein Lieber, Sie kennen sich mit Fußball ja bestens aus! Ein entfernter Vetter von mir. Stellen Sie sich vor, ich war 1981 im Prinzenpark, als Platini mit seinem Freistoß Holland aus der WM-Qualifikation für Spanien gekickt hat … Der Niedergang der besten holländischen Mannschaft aller Zeiten … Damals ist eine Ära zu Ende gegangen. Die Niederlande haben sich inzwischen sehr verändert, wissen Sie, Herr …, Herr?«

»Koskas.«

»Herr Koskas. Wir erleben gerade eine schlimme Krise. Theo van Gogh ist mitten in Amsterdam ermordet worden! Glauben Sie, dass der Islam tatsächlich mit unseren alten Demokratien verschmelzen kann?«

Coen Van Breukelen monologisierte eine knappe Stunde lang über das Scheitern des holländischen Multikulturalismus, die finsteren Vororte von Rotterdam, den Zivilisationskrieg, das Attentat am Bahnhof von Madrid – warum gingen die europäischen Muslime nicht auf die Straße? –, das Fiasko der arabischen Nationalismen und die Erbsünden des europäischen Kolonialismus, über die Ressentiments der einen und die Frustrationen der anderen, über das Pro und Kontra zum EU-Beitritt der Türkei …

Man hatte wirklich nirgends seine Ruhe. Sogar im Krankenhaus musste man jemanden wie diesen dicken Van Breukelen ertragen, eine Allegorie des kränkelnden, verängstigten Europas zu Beginn des neuen Jahrhunderts.

»Was meinen Sie, Herr Koskas, ob Nicolas Sarkozy wohl einen guten Präsidenten abgeben würde?«

»Bitte entschuldigen Sie, wenn ich so unverschämt bin,

Herr Van Breukelen, aber können Sie nicht einfach die Klappe halten?«

Unter Morphium verbrachte Jacques eine sonderbare Nacht, die immer wieder von barocken, psychedelischen Träumen unterbrochen wurde. Hinter den halb geöffneten Fensterläden stand eine zinnoberrote Sonne über einem kalifornischen Campus voller schwarzer Krankenschwestern in Tennisröckchen, geklonte Doppelgängerinnen von Peggy, der Assistentin aus *Mannix*, das Haar kunstvoll aufgetürmt und von einem leuchtenden Reif zusammengehalten. Sie brachten ihm Rührei zum Frühstück.

Das Erwachen im Morgengrauen war makaber. Die Krankenschwester, die Jacques energisch wusch, riss die Augen auf, als sie seiner Hoden ansichtig wurde:

»*Gotfertomi*, entschuldigen Sie, ich komme gleich wieder …«

Ungerührt betatschte Professor Schmuckler seinen Hodensack und zerrte an seinen Eiern. Er konstatierte eine unregelmäßige Schwellung sowie einen Lymphknoten zwischen Hals und Schlüsselbein. Bis die Ultraschallergebnisse da waren, musste sich Jacques einem strengen Fragebogen unterziehen: Konsum von Alkohol, Tabak und Drogen; Auswirkungen radioaktiver Strahlung (Tschernobyl); Beginn der Schwellung …

»Wonach suchen Sie, Doktor? Sind Sie von der Polizei? Was ist los? Etwas Schlimmes?«

»Das weiß ich noch nicht … Sagen Sie, sind Sie der Sohn von Jacques?«

Professor Schmuckler hatte seinen Vater gut gekannt.

»Ihr Vater war ein echter Spartaner! Im Mai 68 hat er

für seine Prüfungen gelernt, als wäre alles beim Alten, die Welt hätte zusammenbrechen können, er hätte immer weiterstudiert. Ich werde nie vergessen, welches Gesicht er gemacht hat, als ein Kommilitone, der gerade irgendwo aus Asien zurückkam, bei einer Party einen Joint rumgehen ließ. Unser erster Joint! Ihr Vater ist einfach weggerannt, gerade so, als hätten wir ihm Rattengift angeboten …«

Nun aber verfinsterte sich die Miene des Professors, seine Assistentin hatte ihm die Ergebnisse übermittelt. Jacques schloss die Augen und schickte ein Stoßgebet zum Himmel.

»Es steht leider nicht zum Besten, Jacques, es tut mir aufrichtig leid. Die Hoden … Wir müssen schnell operieren. In einer Woche, früher kann ich nicht, aber wir müssen uns beeilen, wir haben schon genug Zeit verloren. Wir werden eine Orchiektomie vornehmen: Ich räume erst einmal den Hodensack aus und lasse anschließend das Gewebe untersuchen. Je nachdem, was die Analyse ergibt, kann es gut sein, dass eine operative Entfernung nötig ist.

»Eine Entfernung! Sind Sie sicher, Doktor?«

»Ja, Jacques, es tut mir wirklich leid.«

»Dann möchte ich Sie um einen kleinen Gefallen bitten: Sagen Sie nichts, kein Wort zu meinen Eltern, ich flehe Sie an, Doktor!«

Hodenkrebs.

Wenn er gehen musste, wollte er seinen Eltern wenigstens in unvergesslicher Erinnerung bleiben. Zurück zu Hause, verhielt er sich lammfromm. Trotz seiner zahlreichen Beeinträchtigungen bot er seiner Mutter an, das Gemüse zu schälen, im grenznahen Supermarkt einzukaufen und die Arztpraxen zu putzen – Abstriche inklusive. Er fiel Ezechiel um den Hals und hörte sich seine Hirngespinste über die estländische *flat tax* und die Legenda aurea von Nathan de Rothschild an: »Das musst du dir mal vorstellen, dieser Bonaparte der Finanzen hat den Truppen des Herzogs von Wellington das ganze Gold ausgeliefert und der britischen Krone Schatzanweisungen abgekauft, deren Wert nach Napoleons Niederlage gestiegen ist. Nimm dir ein Beispiel daran, Jacques: Zwei Jahre später hat er sie für Hunderte Millionen Pfund wiederverkauft …«

Als sein Vater ihm liebevoll eine Hand auf die gesunde Schulter legte, um ihm das neue Fresko in seiner Praxis zu zeigen, hätte Jacques beinahe einen Schwächeanfall erlitten. »Das ist eine Hymne an die Frau. Die von den kleinen Vergoldungen untermalten Blumen erinnern an die Eizelle, die im Moment des Eisprungs abgestoßen wird. Ihre äußeren Enden ähneln der weiblichen Anatomie: Gebärmutter und Geschlechtswege, Eierstöcke und Follikel. Mein Sohn, diese Symbolik ist einfach grandios, ich deute sie als gutes Vorzeichen für dich in diesem Haus, das ein Hort von Glück und Heiterkeit ist. Schau nur, wie wunderbar, diese geschwungenen Zwillingsgiebel und die Säulen mit den gewundenen Kanneluren. Das ist dein Haus, Jacques! In ein paar Jahren wirst du dich um dieses Jugendstiljuwel kümmern! Mach dir keine Gedanken, mein Häschen, das mit der Schulter wird schon wieder. Ich werde deine Reha höchstpersönlich überwachen. Positiv, immer positiv denken! Mama und ich sind überglücklich, dass du bei uns bist. Gott behüte dich, mein Sohn – wie bin ich stolz auf dich. Du hast dich wirklich verändert, du rauchst weniger, ja, du wirst sichtlich reifer …«

Um ein Haar hätte er sich seinem Vater zu Füßen geworfen, ihn um Verzeihung gebeten und ihm das schreckliche Übel, von dem er befallen war, gestanden. Doch er begnügte sich damit, ihn am Fuß einer Fruchtbarkeitsstatue der Dogon um seinen Segen zu bitten, künftig werde er sich der Vorsehung unterstellen. Doch war die verlorene Zeit überhaupt wiedergutzumachen? Es brächte wohl wenig, Dreiviertel seines Arbeitslosengelds in die guten Werke der Synagoge zu stecken, Behinderten den Hintern abzuwischen, bei Cosmo irgendwelche Afghanen zu beherbergen oder in einem Waisenhaus den Clown zu spielen, dafür war der Zug vermutlich abgefahren: eine Woche der Buße und die aufopferungsvollsten Taten würden nicht ausreichen, um ein egoistisches Leben auf Abwegen zu retten. Mit Krankheit und Leid konfrontiert, hatten bestimmt auch schon andere räudige Sünder eine solche Hinhaltetaktik verfolgt, aber so dumm war der Ewige nun auch wieder nicht. Er wusste ganz genau, wie genüsslich er an Kippur in Venice Beach in sein Hot-Dog gebissen hatte. Nun, wenn er wieder auf die Beine käme, würde er Ihm eines schönen Tages Dank sagen und sich Seinen Geboten unterwerfen.

Nachts in seinem Kinderbett quälten Jacques furchtbare Zweifel. Er erging sich in Selbstkasteiungen, nachdem er das Leben für eine Pampelmuse gehalten und bis zum letzten Tropfen ausgelutscht hatte. Übrig waren nur noch die Kerne, sehr dicke Kerne. Nichts als Geschmacklosigkeiten und Theorien, ein kurzes Aufbäumen, dann die Unterwerfung unter eine korrumpierte Freiheit. Was für ein tristes Dasein, was für ein lächerliches Schicksal, wenn er es mit dem seiner Lehrmeister verglich, den Helden seiner Jugend, deren Nachfolge er sich heimlich erträumt hatte, während er in Wahrheit nur ihre Schrullen imitierte: Saufen wie ein Loch, in acht Sprachen radebrechen, die Gebote missachten, Herumlungern, Antithesen und Enttäuschungen kultivieren. In seinem Alter kämpfte Joseph Roth bereits aktiv für das Weltbürgertum des verblichenen Österreich-Ungarn, Arthur Koestler hatte den Nordpol mit dem Zeppelin überflogen und Elias Canetti war verheiratet … Sie hatten den Gulag oder die Konzentrationslager erlebt, und ihre Bücher waren ungleich gehaltvoller als seine dürftigen Analysen der Eurozone in Zeiten einer gemäßigten Inflation.

Was die Frauen betraf … Er hatte sie verführt, was das Zeug hielt, und auf gesundheitsschädigende Weise gevögelt, aber immer noch nicht alle Phantasien befriedigt, zum Beispiel noch nie eine österreichische Skiläuferin oder eine ägyptische Bauchtänzerin gebimst. Mit Ausnahme von Minox, die möglicherweise in den Gipfelregionen der kommunistischen Partei Chinas Karriere machen würde, hatte er mit keiner bemerkenswerten Frau gefickt. Koestler hatte sich Simone de Beauvoir geschnappt, Romain Gary hatte Jean Seberg geheiratet. Jacques verfügte weder über die alkoholgesättigte Männlichkeit von Norman Mailer oder Ernest Hemingway noch über das heroische Pathos eines Chuck Norris. Noch niederschmetternder aber war die Tatsache, dass er nie ein Opfer gebracht hatte, um eine alles verzehrende Leidenschaft zu leben und seinem bebenden Herzen zu folgen, er hatte keine spektakulären Regungen verspürt, weder hehres Verlangen noch kosmischen Überschwang. Ein kleines Wichserleben, ohne Affekte, ohne jede Größe.

Er war nicht Fabrice del Dongo.

Er hatte noch nie geliebt.

Er war seiner Leopardin noch immer nicht begegnet.

Fabrice del Dongo quälte ihn. Wenn er in diesen grauenvollen Tagen im Juni 2005 nicht gerade mit Ezechiel die Sendung *Une famille en or* schaute, las Jacques *Die Kartause von Parma*. Er träumte schon davon. Del Dongo, dunkler Gehrock und neckischer Schopf, war in der Talkshow eines kleinen Kläffers zu Gast, der sich vor seinem gutgläubigen multiethnischen Publikum aufspielte.

»Fabrice, ich darf dich doch Fabrice nennen, oder?«, fragte der Moderator. »Also, Fabrice, du hast im Turm Farnese unter der Einsamkeit gelitten? Du schreibst, wie grandios es gewesen sei, aber hast du dich in Wirklichkeit nicht gelangweilt?«

Ein Raunen ging durchs Publikum.

»Mal ehrlich, Fabrice – Clélia, hast du ihn im Gefängnis gevögelt?«

Lachen und Beifall in den vorderen Reihen. Zoom auf eine dickbusige, aufgekratzte Rothaarige.

»Auf Seite 600 steht, dass du nach dem Anblick der Marquise gedacht hättest: ›Vielleicht werde ich sterben! Ach, wie wunderbar, ein so trauriges Leben auf diese Weise zu beschließen!‹ Hand aufs Herz, Fabrice, übertreibst du da nicht ein bisschen? Das ist doch tierische Angeberei! Wieviel verdienst du nochmal?«

Jingle.

In derselben Nacht hatte Jacques einen Allmachtstraum. An der Spitze eines Quartetts aus pensionierten Generälen brachte er den Elsässischen Regionalrat und den Firmensitz von France 3 in seine Gewalt. Er proklamierte die Unabhängigkeit der Provinz und bestieg den Thron, bevor er seine Truppen an den Grenzen zur Franche-Comté zusammenzog. Als er schweißgebadet und mit einer Erektion erwachte, liefen gerade die Vorbereitungen zu seiner kaiserlichen Hochzeit mit Aïcha Kadhafi, der Wüsten-Claudia-Schiffer, in Anwesenheit ihres Vaters Mohammed und Vertretern der Habsburger und Hohenzollern, Aïcha!

Mit klopfendem Herzen betrachtete er im Schneidersitz seine gigantischen Hoden, deren hervorspringenden Venen erweitert waren wie Pipelines. Wahrscheinlich transportierten sie das Gift in seinen gesamten Organismus. Ob er nach der Operation überhaupt noch einen Ständer haben könnte? Einen Orgasmus? Die Fähigkeit, sich fortzupflanzen, falls es denn sein müsste? In drei Tagen würde Doktor Schmuckler seinen Sack öffnen, um das Ausmaß des Schadens zu begutachten. Bestenfalls würde er impotent enden, mit Hoden aus Glas. Noch wahrscheinlicher aber war, dass der Arzt überall in seinem Organismus Metastasen finden würde. Seine morgendlichen Kniebeugen waren umsonst gewesen. Er hatte Hektoliter an Wichse vergeudet. Unter der noch feuchten Bettdecke dachte Jacques unwillkürlich an seine Beerdigung, an seine Beisetzung neben den Scholems in der Familiengruft, an das ausgedehnte Schluchzen von Cosmo und seinen Eltern, an das ungerührte Gesicht von Guibor Zylberstein und an die Lobreden von Hugo Huguin und Alain Finkielkraut. Seine narzisstischen Schriftstellerallüren widerten ihn an.

Dabei war er so stolz auf seine dicken Klöten gewesen … Was für ein Idiot! Mit einunddreißig Jahren würde er sich sang- und klanglos verflüchtigen, mit einem Arm in der Schlinge und einer ausgemergelten Schulter. Er hatte alles vermasselt. Im Rhythmus des frenetischen Tickens der Wohnzimmeruhr, dem Countdown seiner letzten Wochen auf Erden, vergoss er heiße Tränen.

Love to love you baby: Seine theologischen Spekulationen wurden durch das Disco-Geklingel seines Handys unterbrochen. Es war Serena Bensoussan, die unnatürlich munter klang und nach Worten suchte.

»Na gut, hör zu, Jacques, so kompliziert ist es eigentlich nicht …, ich bin seit einem Monat schwanger!«

»Von mir?«

»Ja, von dir!«

»Bist du sicher?«

»Absolut!«

Stille.

»Serena, ich ruf dich in ein paar Minuten zurück.«

Jacques stürzte aufs Klo, um sich zu übergeben, und verfluchte einmal mehr seine Stierhoden. Wieder im Bett, rief er die Tigerin zurück.

»Gut, und du, was hältst du davon?«

»Ich war erst überrascht, als ich es vor drei Tagen erfahren habe, aber jetzt bin ich superglücklich. Das ist doch einfach toll! Papa freut sich auch riesig. Er sagt: Besser ein komischer Jude als ein philosemitischer Goi als Erzeuger. Und du, was sagst du dazu?«

»Ich glaube, das wird uns erwachsener machen. Ein Kind, das ist so etwas Schönes! Ich bin ganz gerührt.«

»Da bin ich aber überrascht, Jacques. Ich hatte richtig Angst vor deiner Reaktion … Ich hoffe, es ist ein Mädchen. Ich hab schon über Vornamen nachgedacht. Was hältst du von Lindsay oder Allison? Oder Shirel? Shirel ist doch echt geil! Ach ja, und Papa meint auch, wir sollten heiraten …«

Jacques gab in allen Punkten nach, der Henna-Abend, die Feier in Eilat oder Marrakesch, das Buffet mit Thai-Essen, rosafarbene Dragées, MC Nagogue bei der Party, er hatte keinerlei Einwände, ihm war alles recht. Seine Tage waren ja ohnehin gezählt.

Doch drohte Serena nicht eine Fehlgeburt? Mit achtunddreißig waren die ersten Schwangerschaftswochen durchaus heikel, darauf bereitete Jacques Senior seine Patientinnen stets vor. Diesmal war Jacques fest entschlossen, die Nachkommenschaft der Koskas fortzuführen. Er würde seinen Eltern geben, was sie seit Jahren von ihm erwarteten, und für die Fabrikation dieses letzten Geschenks dachte er an Clémence. Jünger als Serena und alles in allem doch wärmer als die Reagenzgläser zur Spermakonservierung, würde Clémence eine liebevolle Mutter und robuste Amme abgeben. Ihre Kinder würden im Sommer auf den Feldern vor der großelterlichen Hütte in Eguisheim an der frischen Luft spielen können. Schäkele würde den kleinen Franz-Joseph Koskas unter seine Fittiche nehmen. Und gemeinsam würden sie an Allerheiligen sein Grab mit Blumen schmücken. Clémence wäre so glücklich, ein Kind von ihm zu haben. Vor seinem Ableben wollte er in allen Richtungen das Gute säen. Wie wunderbar! Wieder stiegen ihm Tränen in die Augen.

Am Telefon flehte er Clémence an, ihn noch am selben Abend in S. zu besuchen, wo er sie in Gabriels Büro im Modus betörender Schmetterling befruchtete. Danach flüchtete er sich in ihre Arme, den Körper von heftigen Schluchzern geschüttelt, und mit den Nerven völlig am Ende.

Ich fahre für ein paar Tage wegen einiger wichtiger Termine nach Karlsruhe und Hagenau. Ich umarme Euch fest, Euer Euch grenzenlos liebender Sohn. Er hatte seine Worte sorgfältig abgewogen und dann, sauber aufgeschrieben, auf den Küchentisch gelegt, bevor er an jenem Morgen des 12. Juni gelassen das Unikrankenhaus aufsuchte.

Als er aufwachte, teilte Professor Schmuckler ihm mit, dass er den linken Hoden abgenommen, aber den zweiten der weniger befallen gewesen sei als gedacht, nicht angerührt habe. Trotzdem sei er noch nicht über den Berg: In zwei Wochen werde er mit einem CT des kompletten Oberkörpers überprüfen lassen müssen, ob sich schon Metastasen in Lunge und Hirn befanden.

Gerade rechtzeitig las Jacques *Die Kartause von Parma* zu Ende und verfasste sein Testament. Der kleinen Lindsay, Allison oder Shirel wollte er seinen skandinavischen Sessel vermachen und seinem Sohn Franz-Joseph die Plattenteller. In heller Aufregung und Panik rief er Cosmo an, der sofort an sein Bett eilte. In Todesangst führte er ihm seinen durch einen breiten Schmiss entehrten Hodensack vor. Die Stunde der Wahrheit rückte näher.

Wenigstens war alles in Ordnung: Auch Clémence war schwanger von ihm, sie würden eine Familie gründen.

»Toi, toi, toi, Bruder!«, ermutigte Cosmo ihn am nächsten Tag vor dem Krankenhaus. Doch eine Stunde später wirkte Jacques eher nachdenklich als niedergeschlagen.

»Wie geht's?«

»Es geht.«

»Ja, und?«

Jacques stieß einen langen Seufzer aus. Seine Hände zitterten.

»Der Arzt hat mir gesagt, ich sei wie durch ein Wunder nochmal davongekommen … Im Prinzip keine Metastasen im übrigen Körper. Aber ich muss ein Jahr lang jeden Monat ein Blutbild machen und die Lunge röntgen lassen …

»Aber das ist doch genial, Jacques! Und dein Schwanz?«

»Müsste früher oder später eigentlich wieder funktionieren.«

»Ja, bist du nicht ganz aus dem Häuschen vor Glück?«

»Doch, aber … Wie soll ich das sagen? Es gibt da einen Haken. Ich hab dir nicht erzählt, was ich in den letzten Wochen alles angestellt habe …«

Serena. Clémence. Die Föten.

»In der Tat«, sagte Cosmo nachdenklich. »Du hast echt was drauf, da kann man nicht meckern … Und was willst du jetzt machen?«

»Ich hab nicht die geringste Ahnung. Verfluchtes Leben! Ich hasse sie, die beiden Schicksen, ich will nie mehr was mit ihnen zu tun haben! Und diese Bälger, die im Abstand von einem Monat auf die Welt kommen, was soll ich mit denen? Kannst du dir vorstellen, wie ich zwischen zwei Haushalten hin und her hetze, hier ein Fläschchen, dort ein Breigläschen, ganz zu schweigen von den hysterischen Müttern? Undenkbar! Ich hab diese Kinder nur für meine Eltern gemacht! Um mich nicht ganz in Luft aufzulösen. Ich wollte mich doch nie mit diesen beiden Schicksen fortpflanzen …

»Sicher?«

»Zweihundertprozentig.«

Jacques Augen füllten sich mit Tränen.

»Cosmo, ich hab diesen ganzen Mist so was von satt. Mit diesem Leben soll endlich Schluss sein. Ich hab mir in den drei letzten Wochen mehr das Hirn zermartert als in einunddreißig Jahren … Ich will endlich erwachsen werden, mich ändern, nochmal bei Null anfangen.«

»Wirklich? Dann hau ab und sieh zu, dass keiner mehr an dich denkt. Wenn du damit leben kannst, zwei Kinder im Stich zu lassen, ist das die einzige Lösung. Mach dich vom Acker!«

In einem Formschreiben, bei dem er lediglich die Vornamen der Empfängerinnen austauschte, verkündete Jacques Serena und Clémence, dass er auf seine Kinder verzichte und nie mehr von ihren Müttern hören wolle. Nie mehr! Die Reaktionen auf seine Briefe ließen nicht lange auf sich warten. Als erster sprach ihm Joe Bensoussan eine Nachricht aufs Handy. In Begleitung des Ordnungsdienstes vom Repräsentativen Rat der Jüdischen Institutionen in Frankreich sei er im Begriff, nach S. zu eilen, um ihn umgehend wieder zur Vernunft zu bringen. Zwei Stunden später versprachen Schäkele und Clémences Brüder, ihn kaltzumachen. Auch der Schapiro-Clan war ihm auf den Fersen: Fisch hatte ihrem Gatten von der heimtückischen Falle berichtet, in die Jacques sie gelockt habe. Und Gabriel war (gemeinsam mit seinem Vetter Jean-Shmuel) fest entschlossen, ihn ein für alle Mal mundtot zu machen.

Jacques musste weg, so schnell wie möglich. Am 30. Juni 2005 stieg er bei Einbruch der Dunkelheit in den Zug nach Berlin.

17

Der Erlösungsprozess begann in einer Rehaklinik mit rosafarbenen Ziegeln und nüchternem Plexiglas, wo Jacques die Kräftigung seiner Schulter in Angriff nahm. Mit einer gelben Straßenbahn und einem roten Zug fuhr er jeden Morgen in die brandenburgische Gemeinde Teltow. Dort entdeckte er den Reiz einer gewissen Routine, das energische Rubbeln eines für Pizza Hawaii schwärmenden Krankengymnasten, lauwarme Bäder in Gesellschaft verkrüppelter Handballer und mühsame Pendelbewegungen, um den Pectoralis und die Rotatoren zu trainieren. Drei zermürbende Monate lang ertrug er – umzingelt von achtzigjährigen Basketballspielern und Einarmigen mit Zervikalstütze, dem Gebrüll seiner Balneotherapie-Kollegen ausgesetzt, schweinsköpfigen Schränken – das eintönige Essen, das Knarzen seiner Bänder bei jeder falschen Bewegung und den obskuren Jargon eines nach billigem Parfum riechenden Ergotherapeuten.

Ana, eine gut Französisch sprechende Blondine in den Vierzigern, die gerade einen Kniescheibenbruch auskurierte, hatte ihn ins Herz geschlossen. Wenn sie abends nach Berlin zurückfuhren, erzählte ihm Ana redselig von ihrer unschlüssigen Stadt mit ihren ständigen Umwälzungen: Als die Mauer fiel, hatte sich Ana eines kurzlebigen Ruhms in der Kreuzberger Post-Punk-Szene erfreut und parallel dazu in einem Supermarkt gearbeitet. Ihre Doktorarbeit über die Pfarrhauskultur im deutschen Protestantismus hatte sie nie abgeschlossen, dafür aber reichlich Spaß gehabt, viel getrunken und zu wummernden Techno-Rhythmen eine ganze Menge Kokain und Pillen geschluckt. Als sie Jacques kennenlernte, war sie abwechselnd Friseuse, Köchin im Restaurant einer Freundin und Fotografin.

Sie wollte ihm ihre Freunde vorstellen und ihn in Pop-up-Galerien mitnehmen, wo unter lauwarmen Neonröhren Bier und Apfelsaft getrunken wurden. Doch Jacques hielt lieber Abstand zu diesem schwatzhaften Mädel, dessen hohe Stimme ihn an Clémence erinnerte. Noch unter dem Schock der haarsträubenden Katastrophenserie, der er wie durch ein Wunder entkommen war, wollte er sein hartes Brot nun lieber allein essen.

Die Monate verstrichen, der scheue Spatz wurde langsam wieder flügge. Ana schaffte es, ihn auf Vernissagen zu schleifen, wo grazile Lianen in Offiziersstiefeln über *Mise en abyme* und Wirklichkeitsaneignung fachsimpelten. Er schaute auf diversen Partys vorbei, wo er hünenhaften Enddreißigern begegnete, die zu Vinyls von Johnny Cash tanzten und Koks von Waschmaschinen schnupften. Doch er blieb nie lange, er misstraute sich selbst und seinen turbulenten Verirrungen, die Farce war vorbei. Er war fest entschlossen, sich am Riemen zu reißen und seinen Sexkonsum zu reduzieren. Dementsprechend tat er so, als übersähe er das Lachen und die Andeutungen von Ana, die nicht unempfänglich für sein exotisches Judentum war. In einer Dezembernacht musste er sie sogar wegdrängen. Sie war zwar keine Doppelgängerin von Heidi Klum, hatte aber ausladende Brüste, deren Flugzeugnasen er im Klinikpool hatte begutachten können. In seiner langen Karriere als Verführer ohne Grenzen war Jacques weiß Gott schon undankbareren Geschöpfen erlegen, aber er hatte schlicht keine Lust auf sie. Mit einer Frau zu vögeln, und sei sie noch so intelligent, schien ihm ebenso verlockend, wie schwimmend den Pazifik zu überqueren. Seine Weltanschauung war künftig eine geschlechtslose, er musste sich schonen.

Also wurden sie Freunde. Für den Beginn seines zweiten Lebens hätte er keine begeistertere und hingebungsvollere Gefährtin finden können. Wenn sie in jenem außergewöhnlichen Winter samstags in reifglitzernden Wäldern und an fichtengesäumten Kanälen spazieren gingen, atmete Jacques tief durch. Endlich bot ihm der Große Architekt des Universums die Chance, den Bock zu töten, der seit dem unheilvollen Sommer in Le Lavandou seine Eingeweide fest im Griff hatte. Es war vorbei, er würde sich nicht mehr Hals über Kopf ins nächstbeste glühende Abenteuer stürzen, nicht mehr sofort jeden Abhang hinunterrutschen. Diese rein experimentelle Lebenseinstellung, der ganze Slalomkurs, der Virus der Intensität – damit war es jetzt aus und vorbei.

Im Beisein von Ana und manchmal auch ihren Freundinnen, mit mehreren Wanderschuhpaaren ausgerüstete liebenswerte Teutoninnen, spürte er eine neue emotionale Reife in sich keimen. Die Welt diente nicht mehr nur der

Befriedigung seiner Wünsche. Sie beinhaltete auch die Freundschaft mit ihren hohen moralischen Ansprüchen oder die ländliche Romantik, die er beim Besichtigen der umliegenden Klöster entdeckte, Horte der strengen Weltsicht eines aufgeklärten deutschen Bürgertums, seiner Sehnsucht nach Systemen und Absolutem. Ana redete, Ana erklärte, und wie auf einem Gemälde von Chardin sah er keusche junge Mädchen vor sich, die am Kaminfeuer nähten und dem Abendgebet lauschten, während die Kartoffelpuffer im Schmalz brutzelten. Ein harmonisches, asketisches Dasein, wie es ihn in seinem kleinen Bobo-Penthouse, ein Tempel der Aufklärung im Jahre 06, im Prenzlauer Berg vorschwebte.

Er strebte nach dem Wahren, und er kam ihm näher. Die einzigen Auffälligkeiten in seiner spartanischen Wohnung waren das skandinavische Ei und ein barocker Rahmen, aus dem seine beiden Nichten die Zunge herausstreckten. Er bemühte sich, regelmäßig Staub zu wischen, und rief jeden zweiten Sonntag kurz vor elf seine Eltern an. Claudio, dem er inzwischen verziehen hatte, wachte von New York aus unnachgiebig über sein Budget. Neben seinem Arbeitslosengeld bezog er die Miete aus einem Studentenzimmer in Miami, das der Neapolitaner ihm (auf Kredit) zu erwerben geraten hatte, nachdem die beiden Stellplätze, die ihm die großzügigen Scholems in S. vermacht hatten, verkauft waren. Allerdings kam es nicht in Frage, dass Claudio, und sei es für ein Wochenende, in sein neues Umfeld einbrach. Jacques liebte seine Einsamkeit, die langen Winterabende, an denen er das kosmische Maunzen von *Phallus Dei* und die Traummaschine von

Ash Ra Tempel hörte, »der Krautrock auf seinem absoluten Höhepunkt, vielleicht sogar das Non plus Ultra der deutschen Kultur«, schrieb er Cosmo. Diese quälende Kakophonie öffnete ihm die Tore der Wahrnehmung, den Zugang zu Landschaften à la Hieronymus Bosch oder zur Einsamkeit einer Weltraumstation in der scharlachroten Nacht. Bei jedem Hören drängten sich neue Assoziationen auf, die sich wie eine Sternschnuppe sofort wieder verflüchtigten. Mit ihren Congas und Weltuntergangssirenen, mit ihrer manchmal bedrohlichen Musik, riefen ihm die langhaarigen Typen von Ash Ra Tempel in Erinnerung, wie winzig er war, ein Atom in der Unendlichkeit des Kosmos. *Inba fi wadi el zbib*, hätte Jacques Senior gesagt: der Mensch als Sandkorn im Universum.

Wenn die Sonne die Wolken vertrieb, stellte Jacques sich auf den Alexanderplatz, um den Ostberliner Retro-Futurismus in Augenschein zu nehmen, die Schleifen der oberirdischen S-Bahn und den Fernsehturm, dessen spitz zulaufende Eichel in den klaren Himmel ragte. Er meditierte vor den lädierten Bronzefiguren des Palasts der Republik, Admiralsschiff einer seit Langem havarierten Fregatte. Überall waren Ameisen in neonfarbenen Leibchen sowie Kräne und Bagger mit dem Auslöschen, Säubern und der baldigen Absolution beschäftigt.

Berlin befand sich, genau wie Jacques, im Wiederaufbau. Er zwang sich, nicht mehr an die fieberhafte Enge seines Pariser Lebens, an seine wahnwitzigen Theorien, an Clémence und Serena zu denken. Seine südamerikanischen Abenteuer – es war erst ein Jahr her! – kamen ihm vor wie pure Sciencefiction. Um seine Haut zu retten, hatte Jacques beschlossen, wie ein Anachoret zu leben. Wenn die Einsamkeit zu drückend wurde, wenn er mit Cosmo was trinken gehen oder eine Frau im Arm halten, oh ja, wenn er die zärtlichen oder gern auch festeren Liebkosungen einer Frau spüren wollte, wenn er an die Ungewissheit und Einzigartigkeit seines Lebens dachte, vertiefte er sich in den Stoizismus, die Philosophie ängstlicher Voluntaristen und fehlbarer Engel. Er las Seneca und pinnte sich dessen schönste Maximen an den Kühlschrank: *Ein glückliches Dasein verdankt sich einem geregelten, nicht einem stürmischen Lauf; befreie dich selbst von den Ketten unserer verhärteten Fehler, unserer üblichen Affekte, von Begierde und Furcht …*

Ein neues Leben oder der umgekehrte Spiegel seiner früheren Exzesse? Jacques wusste es selbst nicht genau.

18

Flügelschlagen, Frühling, ein Morgen an der Arena, dem Badeschiff auf der Spree, in das die Schwimmer nackt eintauchten wie fliegende Fische. Jacques stand behaglich unter der Dusche, aus der angrenzenden Sauna strömte ein angenehmer Eukalyptusgeruch. Als er die Augen wieder öffnete, war ihm gegenüber gerade eine reizlose Frau dabei, sich energisch einzuseifen. Er spürte einen Schauer entlang der Wirbelsäule, ein tellurisches Beben, und sein Glied richtete sich mit beeindruckender Kraft auf. Es sabberte schon. Sein verbliebenes Auge musterte die Frau, die laut aufschrie.

Jacques hatte seine Haut gerettet. Jacques war genesen.

»Für wen bist du denn?«

»Ha, und du, Lockenkopf, für wen bist du?«

»Reden Sie mit mir?«

»Ja, mit dir. Für welche Mannschaft bist du?«

»Argentinien.«

»Sag das nochmal.«

»Argentinien, Argentinien!«, rief Jacques.

Entgeistert drehten sich vor ihm ein paar stämmige Typen um, die einen Helm mit Plastikspitze trugen. Auf der Riesenleinwand im Prater, dem großen Biergarten in der Kastanienallee ganz in der Nähe von Jacques' Wohnung, schauten sie gerade das Viertelfinale Deutschland-Argentinien bei der WM 2006.

»Aber du bist doch nicht Argentinier! Nie im Leben«, mischte sich eine Blondine ein. »Von deinem Akzent her würde ich eher auf einen Belgier tippen …«

Tief getroffen, verstrickte sich Jacques in eine lange Geschichte: ein argentinischer Vater, eine französische Mutter, ihre Scheidung, eine unglückliche Kindheit am Fuße der Anden, später die Rückführung nach Frankreich und seine ungebrochene Leidenschaft für das argentinische *el toque* und *la grinta*, für das schnelle Passspiel.

»*Vamos, Argentina! Argentina!*«

Die junge Frau presste ihm ihre kleine Hand auf den Mund, und Jacques verhielt sich endlich ruhig. In der Halbzeit brachte er ihr ein Glas Bier und eine Waffel mit Sahne. Kurz nach dem Wiederanpfiff ging Argentinien in Führung. Goooooooooool! Ein paar vereinzelte Außerirdische jubelten im Publikum, und Jacques drückte der Unbekannten einen Kuss auf die Wange. »*Fuck you!*«, bedeutete sie ihm mit einem entwaffnenden Lächeln. Diese unverschämte Person hatte Vertrauen in die Mannschaft. So leicht würde sich Deutschland nicht aus seiner WM verabschieden. Doch die Zeit lief. Gebannt auf die Leinwand starrend, zitterte und litt die Fußball-Aficionada noch mehr als Jürgen Klinsmann auf der Trainerbank. In der achtzigsten Minute dann großes Geschrei: Klose hatte soeben den argentinischen Torwart ausgetrickst. Eins zu eins! Der Biergarten jubelte. Deutschland! Deutschland! Sie jubelte mit.

»Ich hab's dir doch gesagt! Jetzt gibst du nicht mehr so an, hä, du Ausländer!«

»Jacques, ich heiße Jacques. Und du?«

»Barbara. Wie die französische Sängerin. Meine Großmutter hieß so.«

Die Verlängerung brachte gar nichts, es kam zum Elfmeterschießen. Die ersten Schützen schlugen sich tapfer. Dann war die Reihe an Alaya. Von einer unguten Vorahnung befallen, schloss Jacques die Augen und begriff an dem Freudengeschrei, dass der deutsche Torwart seinen Freistoß gehalten hatte. Auch Kapitän Ballack traf ins Schwarze. »Sieg, Sieg!«, triumphierten Barbara und die Menge. Wenn Cambiasso jetzt verschoss, *adios Argentina*. Cambiasso scheiterte. *Pobre cuchu!* Verfluchter Kahlkopf! Deutschland stand im Halbfinale.

»Ach, Jacques, heul jetzt bloß nicht los, du bist doch ein großer Junge, das ist schließlich kein Drama!«, sagte Barbara. »Und außerdem ist Frankreich noch im Rennen …«

»Die Franzosen sind mir scheißegal! Oder eher: Ich hasse Australien und Saudi-Arabien, alle anderen Teams gehen mir am Arsch vorbei, mein Herz schlägt nur für Argentinien. Verdammter Mist!«

»Armer Kleiner! Du kriegst dich schon wieder ein. Komm, wir gehen was trinken, das wird dir guttun.«

»Willst du denn nicht Italien – Ukraine in einer Stunde sehen?«

»Junger Mann, das ist zwar ein verlockendes Angebot, aber: nein danke!«

Das Schwarzsauer platzte aus allen Nähten, sie mussten die Ellbogen gebrauchen, um sich bis zur Theke vorzuarbeiten.

»Die nächste Runde geht auf mich, Jacques. Was trinkst du?«

»Einen Apfelsaft.«

»Willst du mich verarschen? Apfelsaft! Warum? Bist du gegen Alkohol allergisch? Oder Muslim?«

»Weder noch. Ich will einfach meinen Konsum reduzieren.«

»Aber du hast doch schon den ganzen Abend nichts getrunken. Komm, wenigstens ein Bierchen! Oder einen kleinen Wodka! Wodka merkt man doch kaum! Du kannst ihn auch mit Apfelsaft mischen, wenn du willst. Oder mit Bier! Los, einen Wodka! Das bringt dich nicht um, glaub mir! Hellen«, brüllte Barbara der spindeldürren Bardame zu, »zwei Apfelsaft und zwei Wodka!«

Jacques verdrehte die Augen. Er würde Barbara später eine Runde ausgeben, basta, dann würde er nach Hause gehen, sich ein paar Szenen vom argentinischen Triumph bei der *Mundial* 1978 ansehen – und ab ins Bett, er würde wunderbar träumen und topfit wieder aufwachen, ein echter Tiger, bereit, den ganzen Tag lang zu meditieren und das nächste Spiel abzuwarten.

»Prosit, Franzose! Du bist doch bestimmt Franzose, Jacques! Zweihundertprozentig! Ich weiß schon, du bist so argentinisch, wie ich kongolesisch bin. Runter mit der Maske, mein Lieber!«

Jacques protestierte halbherzig, bevor er seine Lippen langsam mit der Spirituose benetzte.

»Tss, Jacques! Hältst du mich für bescheuert? Auf ex, auf ex, den Wodka!«

»Auf Deutschland!«

»Auf Argentinien!«

Ihre Gläser klirrten aneinander, und beide nahmen einen tiefen Schluck.

»Die nächste Runde gibst du aus!«

Jacques stürzte seinen Apfelsaft hinunter und tat wie ihm geheißen. Seine Widerstände schmolzen mit verblüffender Leichtigkeit dahin. Wie hätte er diesem unwiderstehlichen Mädel nicht bereitwillig gehorchen sollen? Ihre großen smaragdgrünen Augen wie ein Bergsee, die langen geschwungenen Wimpern wie Seesterne … Barbara war lebhaft und lustig, ihr Französisch beängstigend gut. Je mehr sie trank, desto stärker kniff sie ihr rechtes Auge zusammen: einfach umwerfend.

»Also, woher kommst du?«, wollte sie wissen.

Beschwipst begann Jacques mit der langen Saga der Scholems und der Koskas, dem Bericht seiner Kindheit in S., seinem innigen Verhältnis zu Zantafio, dem Pony, seiner Angst vor Bienen, seinen fußballerischen Enttäuschungen und seiner aufkeimenden Leidenschaft für die Stoiker, das Ganze im Rhythmus etlicher eisgekühlter Wodka.

Jacques und Barbara stießen immer wieder an, auf alles Mögliche, auf Paul Breitner, auf Maradona, Ludwig Erhard und Borges …

»Auf Goebbels!«, brüllte der Elsässer.

»Red keinen Scheiß! Das ist echt nicht witzig, Jacques.«

»Du hast recht, entschuldige. Ich bin schon ein bisschen …«

Barbara winkte ab, stellte sich auf die Zehenspitzen und presste ihre warmen Lippen auf seine. Ihre Münder machten zuerst mit flüchtigen Küssen Bekanntschaft, bevor sie sich immer weiter öffneten und ineinandergriffen. Den Kopf im Nacken, die Augen geschlossen: schwarze Magie, Wollust einer Sommernacht. »Gehen wir zu dir?«, schlug sie vor.

Sie kletterten in seine Mansarde mit Sternenblick.

Es war schon nach elf, als Jacques wieder zu sich kam. Sie war verschwunden, ohne eine Adresse zu hinterlassen, kein Wort, nichts, nur ein paar gewellte blonde Strähnen auf dem Kopfkissen und ein Büstenhalter der Marke Agent Provocateur, den er unter einem Handtuch im Badezimmer fand. Während er ihn beschnupperte, dachte er an die weichen Rundungen seiner Besitzerin, an den Magnolienduft, den ihr schlanker, fester Körper verströmte, an ihren Bier- und Wodkaatem der letzten, stürmischen Nacht, als er zum ersten Mal seit einem Jahr wieder gevögelt hatte. Zum ersten Mal seit jenem schwarzen Tag, an dem er in Gabriels Büro Clémence geschwängert hatte. Er ließ sich ein Bad einlaufen und legte sich wieder hin.

An den darauffolgenden beiden Tagen dachte er nicht mehr an die Unbekannte aus dem Prater. Am dritten befragte er Ana. Leider sagte ihr eine kleine Blondine namens Barbara nichts. Ob er wenigstens ihren Nachnamen kenne? Wo sie wohne? Nein, wie ein Idiot hatte er stundenlang nur von sich selbst erzählt, ohne ein einziges Mal nach ihrer Adresse oder ihrem Job zu fragen.

Er bemühte sich, nicht an sie zu denken, aber sie geisterte ihm ständig durch den Kopf. Barbara hatte seinen *Dibbuk* gekitzelt. Sie ließ ihm bei seinen immer unkontrollierteren und frenetischeren Wichsereien keine Ruhe. Warum war sie verschwunden? Hatte sie nicht das gleiche Fluidum gespürt wie er, eine unwiderstehliche Anziehungskraft?

Er machte sich auf die Suche nach ihr, durchkämmte die Straßen in Prenzlauer Berg und Mitte, die Bars in Kreuzberg und die Parks in Friedrichshain. Eines Morgens meinte er ihre blonde Mähne wiederzuerkennen, aber die Radfahrerin radelte einfach weiter, als er ihr hinterherrief. Abend für Abend ging er in den Prater. Er musterte die Menge, die Wodkatrinkerinnen und Waffelesserinnen mit ihren tränenüberströmten Gesichtern am Abend des Halbfinales Deutschland – Italien. Von der jungen Frau keine Spur.

Und dann lief sie ihm plötzlich über den Weg, in einem Supermarkt an der Obst- und Gemüsetheke. Jacques errötete.

Verweile doch, du bist so schön!

Attends un peu, tu es si belle!

In Nullkommanix hatte er ihre Telefonnummer notiert. Sie verabredeten sich noch für denselben Abend zum Essen, und in jener Nacht entlud sich ein heftiges Gewitter.

19

Der schönste Tag in der Geschichte Berlins brach an, als Jacques Barbaras Wohnung wieder verließ. Rosige Nebelstreifen spiegelten sich in der Spree, über die schwanenartige Lastkähne mit Steinkohle glitten. Die Linden verströmten ihren süßlichen Atem in den von den Blitzeinschlägen noch wie gelähmten Prachtstraßen. Jacques drehte sich der Kopf, und die vereinzelten Wolken schwankten im Gleichtakt mit ihm.

Am Anfang war die Alchemie. Ein Magnetfeld: Zwischen Barbaras und Jacques' Körper verliefen geheime Schwingungen. Die Gegenwart des einen elektrisierte den anderen, und kaum standen sie unter Spannung, mussten sie zur Sache kommen, sie rannten zu ihm, zu ihr, nachts in einem Park sogar einmal direkt hinter einen Baum. Sex in allen Lebenslagen. Jacques nahm Barbara von hinten. Barbara setzte sich rittlings auf Jacques. Ihre geölte Muschi saugte sich an seinem Schwanz fest, er steckte seinen Mittelfinger in ihr feuchtes Hinterteil. Oh Gott. Nochmal? Nochmal. Zwei Finger. Und dann den Hintern versohlen. Mehr davon! Im Stehen, im Schneidersitz oder liegend verschlang sich ihr aufgeladenes, seifiges Fleisch ineinander. Lauwarme Körpersäfte im zartrosa Morgengrauen, Jacques' und Barbaras erster Sommer. Zehn Minuten oder den ganzen Tag lang, Stunden, in denen die Zeit stehenblieb, und hinter den vom Atem des Winds aufgebauschten Vorhängen schlummerten die lutherischen Kirchtürme. Zu den Klängen der *Matthäuspassion* oder den Schubert'schen *Impromptus* glitt sein Mund in ihre Armbeuge, zu den orangefarbenen Handflächen, zu ihren salzigen Lippen.

Sie spielten Vergewaltigung. Samstag- und sonntagmorgens, an den Tagen des Herrn. Jacques rannte hinter Barbara her und versuchte, ihr die Hände zu fesseln und sie zu knebeln. Sie tat, als wollte sie sich wehren, bedrohte ihn mit einer Fahrradpumpe oder einem Teigschaber und verfluchte ihn, die Scholems und sämtliche Koskas des Universums, bevor sie ihn geradezu anflehte, sie zu verrenken und zu vögeln, wie er noch nie jemanden gevögelt hatte. Sie lachten über den Blödsinn, den Barbara erzählte, über ihre aparten Phantasien: sich wie Mosche Dajan mit einer Augenklappe ficken zu lassen; oder er und sie in der Suite eines Luxushotels in Klagenfurt, ein Tischchen im Maria-Teresia-Stil, sie mit nacktem Hintern unter einer Dienstmädchenschürze, er mit Monokel hinter ihr, ringsherum lauter Unbekannte – darunter auch ein Sikh, mit einem Schwanz von der Länge einer Walfischharpune –, die lustlos um die Wette wichsten, um schließlich im Verein auf dem Bauch der kleinen Amazone zu kommen.

Den Körper von Krämpfen geschüttelt, zog sich Barbara nach dem Sex schweigsam zurück. Jacques durfte sie weder berühren noch mit ihr sprechen, nur zusehen, wie sie sich nackt ans Klavier setzte, wenn sie in ihrer Wohnung waren: Barbara von Schwarzenbeck war Pianistin.

Den ganzen herrlichen Sommer lang bot Berlin den beiden Verliebten abwechslungsreiche Ausflüge: die Caféterrassen in Prenzlauer Berg und die Clubs in Mitte, die Pfaueninsel bei Potsdam oder ein Besuch am Grab von Kleist. Sie spielten Tischtennis oder schwangen sich aufs Rad, um in einer Lichtung zu rasten oder in einem der umliegenden Seen zu baden, sie bespritzten sich mit Wasserpistolen und lieferten sich im schlammigen Wasser einen Wettstreit bis zur nächsten Boje. Sie kifften ein bisschen und betrachteten, sanft gewiegt vom Rascheln des Schilfs und dem Plätschern der Wildenten, die vorbeiziehenden Wolken. Sie offenbarten einander ihre Vergangenheit und redeten stundenlang. Jacques über seine früheren Verirrungen, über seine ungebrochene Leidenschaft für die österreichisch-ungarische Küche und seine neue emotionale Reife seit seiner Ankunft in Berlin: »Diesmal werde ich es schaffen.« Barbara über ihre Familie, komplizierte, sehr deutsche Geschichten, ein Großvater, der im Krieg Oberfeldwebel in der Ukraine und danach Industrieller gewesen war, ein Vater, der lange ein unstetes Bohèmeleben geführt hatte und inzwischen ein erfolgreicher Architekt war. Sie erzählte von ihrer Kindheit in der eleganten Hamburger Villa, von dem Eindruck, den die Goldbergvariationen in der Gould-Einspielung als kleines Kind auf sie gemacht hatten, von der damals erwachten Berufung, die sie später bis ans Salzburger Mozarteum geführt hatte. Helmut Schmidt – »Ja, ja, der Kanzler, unser Nachbar« – habe manchmal sonntags vorbeigeschaut und vierhändig mit ihr auf dem Steinway, den sie zu ihrem zwölften Geburtstag von ihrem Vater bekommen hatte, gespielt. Sie hatte zwei Schwestern und eine Unbestechlichkeit, die ihre Lehrer mit Vorsicht zu behandeln lernten: »Fingernägel, die einen Tick zu lang waren, ein paar Minuten Verspätung oder eine unausgegorene Interpretation, und ich habe einfach alles hingeschmissen …«

Wenn Barbara einschlief, legte Jacques ein wachsames Ohr auf die Brust seiner Liebsten, um ihrem Herzschlag und dem Blut in ihren Venen zu lauschen. Sie hatte kurvenreiche Lippen, aus denen im Schlaf ein paar Speichelbläschen quollen, geschwungene Augenbrauen und oben am Po zwei Grübchen. Schaudernd vor Ekstase, streichelte er ihr goldenes Haar und ihre marmorne Haut, auf der sich die Sonnenstrahlen spiegelten, er küsste sie zärtlich, seine Hände wanderten über ihren Körper, verweilten auf ihren Oberschenkeln und schlanken Fesseln, Meißner Porzellan, und streiften schließlich ihre Füße mit den korallenroten oder apricotfarbenen Zehen.

Jacques wandelte auf dem Wasser. Er schwebte und schauderte. Noch nie hatte er sich so stark gefühlt und so erleichtert, endlich, Barbara liebte ihn unverstellt.

Unter einer bernsteinfarbenen Herbstsonne schleppten polnische Träger ihr Klavier, ihren Frisiertisch, eine Lithografie von Sigmar Polke und etwa dreißig Paar Schuhe: Barbara zog bei Jacques ein. Die Frischverliebten lebten sich schnell ein. Jacques war ebenso glücklich wie ungläubig, nie hätte er gedacht, dass das Zusammenleben mit einer Frau so angenehm sein könnte. Er genoss ihre neue Vertrautheit, ihre beruhigende Anwesenheit, den banalen Alltag, das Knirschen der Bürste in ihrem Haar, ein wunderbares Ritual, dem sie sich Abend für Abend an ihrem Frisiertisch unterzog, oder ihre umwerfend sinnliche Art, aus dem Gin Tonic, den er für sie zubereitete, wenn sie aus der Probe kam, genüsslich die Eiswürfel zu lutschen und dann kurzerhand zu zerbeißen. Morgens beobachtete er, wie sie sich gähnend räkelte und, nur mit einem Slip bekleidet, den Busen dem Kleiderschrank entgegengereckt, ein bisschen mürrisch und leicht verschlafen aufstand. Nachdem sie einen schwarzen Kaffee getrunken und ihre erste Zigarette geraucht hatte, fragte ihn die Kokette um Rat. Dieses Kleid? Oder eher diesen Rock? Mit welchem Schal kombiniert? Wenn sie auf ihn gehört hätte, wäre sie jeden Tag in ihrer kastanienbraunen Schleifenbluse rumgelaufen. Darin erinnerte sie Jacques an Susan Sarandon in *Atlantic City*. Wenn Barbara sie ohne BH trug, bat er sie, langsam die Bluse auszuziehen und sich ein bisschen Zitronensaft auf den Oberkörper zu träufeln, wie die Hauptdarstellerin bei Louis Malle, wenn sie in der erotischsten Szene der Kinogeschichte unter den Blicken des hinter den Fensterläden verborgenen Burt Lancaster aus dem Kasino zurückkommt.

Jacques hatte Vertrauen gefasst, er ließ seinem exzentrischen Charakter wieder freien Lauf. Unter Barbaras belustigten Blicken ahmte er Hühner oder Esel nach, tanzte maunzend zu seinen elektro-kosmischen Lieblingsplatten und verkleidete sich gelegentlich als Dickmadame, um in der Bäckerei inkognito Brot zu kaufen. In manchen Vollmondnächten verfiel er in den bayrischen Dialekt: Sein Deutsch verbesserte sich mit der Geschwindigkeit einer von Peenemünde nach London abgefeuerten V2-Rakete. Er las jedes Wort von den geschwungenen Lippen seiner Partnerin ab und wiederholte es wie ein Papagei: Schildkröte, Kegelklub, Glockenspiel, Götterdämmerung, Xylophon.

Barbara, seit Kurzem am Konzerthausorchester, dem Berliner Symphonie-Orchester, engagiert, war am Vorabend der Aufführungen immer angespannt. Sie hatte Angst, der Aufgabe nicht gewachsen zu sein oder eine Kopfbewegung des Dirigenten zu verpassen, und konnte mit dem Druck und den ersten Artikeln in der Regionalpresse noch nicht gut umgehen. Wenn das Wunderkind reizbar war oder an Schlaflosigkeit litt, schloss Jacques, der in Frack und Zylinder bei ihren Konzerten stets in der ersten Reihe saß, sie in die Arme oder machte Faxen. Egal wo er gerade herkam, immer brachte er ihr eine kleine Aufmerksamkeit mit, eine Blume, einen String, ein Buch von Joseph Roth, Salz aus der Guérande oder Muskat aus Madagaskar, denn Barbara hatte eine Schwäche für Gewürze. Zuvorkommend und handzahm wie noch nie köchelte Jacques die sonderbarsten Spezialitäten. Man ließ es sich gut gehen bei den Koskas-von Schwarzenbecks. Die Tür stand offen, Freunde gingen aus und ein, Ana und ihre hungrige Clique, Barbaras Freunde, diverse Musiker, oder Caroline, ihre beste Freundin, fast schon Schwester, die einen Klamottenladen in Mitte hatte und sehr gut Gitarre spielte. Es wurde gegessen und getrunken, bevor sich Barbara ans Klavier setzte oder in Gesellschaft der Nachbarn aus dem dritten Stock, einem israelisch-schwedischen Webdesigner-Pärchen mit exzellenten Grasreserven, ein Konzert mit Rockeinschlägen improvisierte.

Am 20. Dezember feierten Barbara und Jacques – sie im langen Kleid, er im Smoking – seinen dreiunddreißigsten Geburtstag und ihr erstes Weihnachten. Vor dem (schneeweißen) Dessert schenkte sie ihm ein Paar gelber Lederstiefel und musste sich anschließend die Augen verbinden und die Ohren zuhalten lassen, bevor er offenbarte, was sich unter einem stoffdrapierten, fröhlich trällernden Hügel verbarg: ein Kanarienvogel, der sofort Amadeus getauft wurde. Am nächsten Tag flog Barbara zu einem Familienurlaub nach Mexiko, und Jacques fuhr, flankiert von Amadeus, einem Koffer voller handgestrickter Schals seiner treusorgenden Berliner Freundinnen und einem Rechenschieber aus Öko-Holz für Ezechiel, ausnahmsweise mal guter Dinge nach S.

Nichts konnte während dieser zehn Tage sein Wohlbefinden trüben. Weder der Jähzorn seines von den neunhundertachtundsiebzig Geburten des vergangenen Jahres erschöpften Vaters, ein Rekord, den *Les Dernières Nouvelles d'Alsace* mit der Verleihung eines kristallenen Storchs in seiner Praxis gewürdigt hatten, noch die Schwermut seiner Mutter und ihre ungenießbare weihnachtliche Kalbsfußsülze, ja noch nicht einmal das jüdisch-arabische Brabbeln Ezechiels. Der Tag und Nacht mit einer roten Wollmütze à la Cousteau ausstaffierte Onkel wohnte nun *full time* bei den Koskas.

Als das Heizöl im Keller auslief, gehorchte Jacques seinem Vater, schlüpfte wortlos in eine Fleecejacke und folgte

Jacques Senior, in Crocs und langen Socken, um sich an der Eindämmung der Ölpest zu beteiligen: Vorbildlich, er benahm sich den ganzen Aufenthalt über schlichtweg vorbildlich, begleitete seine Eltern an einem eiskalten Freitagabend in die Synagoge, rauchte nur heimlich, und löschte das Licht, sobald er den Raum verließ. Er half Ezechiel, die Gutscheine von den Kekspaketen und sämtliche von der Post nicht entwerteten Briefmarken abzutrennen. Er fiel seinem Vater bei seinen hygienischen Angstpredigten nicht ins Wort und beruhigte ihn hinsichtlich eines eventuellen Aufflammens des Antisemitismus in Deutschland. Nein, er habe keine Angst, abends allein auf die Straße zu gehen, er sei noch nie angegriffen worden, geschweige denn Skinheads oder Neonazis begegnet, schließlich wohne er nicht in Rostock, in Berlin sei alles in bester Ordnung, vielen Dank, Papa, mach dir keine Sorgen. Mit Ausnahme seiner Hektik, sobald er eine SMS bekam, und dem anfälligen Darm seines Singvogels befand sich Jacques nach Meinung aller in einer positiven Spirale: Seine linke Schulter war wieder mobil, er wirkte gelassen, lächelte hin und wieder sogar und machte alles in allem einen ausgeglichenen Eindruck.

Zum ersten Mal gingen ihm die kleinen seit seinem ersten Schrei unveränderten Angewohnheiten seiner Eltern zu Herzen. Das Frühstück seines Vaters aus Tomaten und trockenem Brot, die Inbrunst, mit der er in seinem Milchkaffee rührte wie in einem Zaubertrankkessel, die frühmorgendlichen gedämpften Schritte seiner Mutter in der mit Obst und Gemüse überfrachteten Küche, ihr Sudoku mit den nach einer zu kurzen Nacht geschwollenen

Augen, ihr wöchentlicher Samstagnachmittagsausflug »in die Stadt«, wie sie sagten, der obligatorische Besuch im Buchladen und in der Konditorei, bei all ihren Ladenbesitzerpatienten in der Rue du Vingt-Deux Novembre, und schließlich ihre Rückkehr nach Hause, wo sie sich umgehend verbarrikadierten. Ja, das gigantische Chaos aus Papieren, Kontoauszügen, Plastiktüten, aus Nippes und alten Möbeln, die nach dem Tod von manchmal weit entfernten Verwandten bei ihnen gestrandet waren und von denen Jacques Senior sich nicht trennen wollte … Mit Tränen in den Augen und Amadeus unter dem Arm bestätigte Jacques ihnen bei seiner Abreise, was sie bereits geahnt hatten: Er habe eine Verlobte.

20

Am Ende des Winters kam Cosmo zum Feiern nach Berlin. Unter einem Betonhimmel verbrachten sie eine Woche himmelhochjauchzender Höhenflüge und trüber Gefälle, mit Electrobeats und Schnaps, dicken Zigarren und Schnitzeln. Sie tingelten als VIPs durch sämtliche Clubs, in denen Barbara gern gesehen war: der Weekend Club in den Nebelschwaden am Alexanderplatz, das Cookies mit seinen Holzverkleidungen im finnischen Saunastil oder das Watergate über der eisigen Spree. Sie leisteten sich eine Raureif-Eskapade in die Provinz Posen und erwiesen Friedrich dem Großen in Sanssouci die Ehre: ein süffiges, rauschhaftes Dasein, Adrenalin und Intensität, wie in der guten alten Zeit ihres Kennenlernens und ihrer ersten Kavalierstour: das schöne Leben.

Cosmo fand Jacques völlig verwandelt. Statt alle Frauen flachzulegen, die er auf der Straße traf, hinterließ er Barbara kleine Zettel auf dem Kopfkissen. Er schlief tausendmal besser. Diese Frau war eine Offenbarung für ihn, sie gab ihm Halt, und außerdem arbeitete er nun wieder! Ja, er arbeitete! Barbara hatte es ihm freundlich nahegelegt, als sie eines Tages zusammen vor einer Buchhandlung standen. Jetzt erzähle er ihr schon so lange von seinem Buch über den Zionismus … sein Verleger werde irgendwann noch den Vertrag lösen. An die Arbeit, Koskas!

Und so wandte sich Jacques erneut seinen Lieblingsthemen zu. Diesmal jedoch hatte er die entsprechende sachliche Distanz, ein wahrer Intellektueller, der sich anschickte, das Bewusstsein seiner Glaubensgenossen wachzurütteln. Er ging systematisch vor, um zu zeigen, dass der Zionismus mehr als eine nationale Befreiungsbewegung war, in erster Linie nämlich eine sexuelle Utopie, die von den Wechselfällen der Geschichte, den schnurr- und später vollbärtigen Nachbarn Israels und von den neuen Technologien aus ihrer sentenziösen Umlaufbahn katapultiert worden war. Vor einem Jahrhundert vegetierten die Juden noch in den östlichen Randregionen Europas vor sich hin. Diese schwächlichen Bauernlümmel fühlten sich in ihrem Körper beengt, in ihrer Nacktheit unwohl, sie erstickten an der Entbehrung von Vergnügungen und Körpersäften, an ihrer Gottesfurcht und anderer Leute Gerede. Einen Eindruck davon gaben die puritanischen Hofsitten zur Zeit der drei Kaiserreiche – dem strengen preußischen, dem köstlichen österreichisch-ungarischen und dem furchtbaren zaristischen: Die Jugend traf sich in Scheunen, um in der Gesellschaft von Hühnern und Vieh Bibelgeschichten zu lesen. Oh, Reiz verbotener Begegnungen! Umstrittene Moderne! Sie parlierten mit hochroten Köpfen, ohne einander zu berühren, ja, ohne sich auch nur anzuschauen, und schon war ihr Schicksal besiegelt, der Rabbiner segnete ihre Verbindung, und sie waren verurteilt sich fortzupflanzen und ihre Sehnsüchte bis zum letzten Atemzug zu begraben. Mit Bezug auf die Forschungen von Max Nordau und anderen Wissenschaftlern des ausgehenden 19. Jahrhunderts, folgerte Jacques, dass die eingefallenen Gesichter, die brüchigen Knochen, die starke Reizbarkeit, das mangelnde Sehvermögen, der Mundgeruch und der vorzeitige Haarausfall weder dem übermäßigen Verzehr von Heringen noch den Pogromen, sondern den Hemmungen im Schtetl und dem sexuellen Unvermögen, dem erotischen Elend einer seit ihrem erzwungenen Aufbruch nach Babylon frustrierten Bevölkerung geschuldet seien. Dem Anspruch der ursprünglichen Zionisten zufolge galt es, einen ausgeglichenen, körperhaften und leidenschaftlichen Hebräer zu formen. Die nach Jahrhunderten des Exils degenerierten Körper würden in der nationalen Heimat, der Verwandlungsstätte der jüdischen Sexualität, wieder genesen. Israels Auferstehung würde die Luftmenschen kräftigen.

Die Enge der Ghettos, die erstickende Atmosphäre in den großstädtischen Zentren und die repressiven Traditionen würden durch die frische Luft von Meer und Steinwüsten fortgepustet. Die Landarbeit sollte Körper und Seele stählen. Betonung der Körperkraft, Kult der Jugend, revolutionäre Prophezeiung: Die mit der Scholle Israels verschmelzenden Pioniere wollten sinnliche Übermenschen zeugen. Eine strotzende Gesundheit setzte einen regelmäßigen Beischlaf voraus, Sockel und Meißel der regenerierten Nation. Bewässerungs- und Spritzkanäle würden den jahrtausendealten Humus wieder fruchtbar machen. Es lebe das muskulöse und erektile neue Judentum!

Wissenschaftliche Werke untermauerten seine Thesen,

ebenso die wollüstigen Gedichte von Avraham Shlonsky und Uri Zvi Greenberg oder *Die Sexualethik der jüdischen Wiedergeburt* von Hans Goslar, Verfechter eines naturverbundenen Lebens und frühzeitiger Bindungen, angeblich die einzigen Heilmittel gegen die Störungen der weiblichen jüdischen Sexualität. Aharon David Gordon zelebrierte in seinen Schriften die mystische Vermählung von Körpern und Kosmos in der Nachfolge Tolstois. Die frühen Zionisten strebten eine Verquickung des Menschen und der natürlichen Elemente an, neue mystische Haut-an-Haut-Kombinationen. Zvi Schatz predigte eine Gemeinschaft der Vertrautheit: die Rückkehr auf den Boden der Ahnen werde einen neuen jüdischen Eros, entspannt und familiär, hervorbringen. In der rechten Ecke des Zionismus betrachtete Wladimir Zeev Jabotinsky, Barde der Männlichkeit, die Bibel als Modell der sexuellen Befreiung und Samson als deren libertären Phallus. Die Beschneidung war nicht mehr das Zeichen einer Entartung des männlichen Juden, sondern das Symbol seines zurückgewonnenen Stolzes und der zu Ende gehenden demoralisierenden Schwäche der Diaspora. Das alles verstand sich zwar von selbst, erforderte dennoch viel Arbeit. In diesem Frühjahr ackerten Jacques und Barbara wie die Verrückten. Sie nahm bei EMI ihre erste CD mit Kammermusik von Francis Poulenc auf. Er las, exzerpierte und gliederte seine Materialsammlung, die es mit der eines Renaissance-Astrologen hätte aufnehmen können. Sein Schinken nahm Gestalt an. Von Barbaras Zuspruch und Gestöhne befeuert, begann für Jacques eine sentimentale und intellektuelle Blütezeit, die er glänzend meisterte. Außerdem plante er ihre Sommerferien, eine lange Rundfahrt durch die legendärsten Kurorte Europas und in Hotels, die durchweg vor 1900 erbaut worden waren.

Zwei Wochen vor ihrer Abreise kam Barbara zu ihm auf den Balkon hinaus. Sie hatte eine gute und eine schlechte Nachricht: Sie müssten ihren Urlaub streichen, es tue ihr furchtbar leid, aber die Berliner Philharmoniker bieten ihr an, auf einer großen Südamerikatournee kurzfristig für ihren Stammpianisten einzuspringen! Acht Wochen! Ihr Kindheitstraum wurde wahr: Barbara platzte förmlich vor Freude und Stolz. Schon kommende Woche sei der eigens für das Orchester gecharterte Lufthansaflug geplant. »Stell dir das vor! Nur für uns Musiker! *Yes*! Die Philharmoniker! Wir spielen in Buenos Aires und in Santiago! Da kann ich doch unmöglich Nein sagen, verstehst du?« Ja, Jacques verstand. Adieu Karlsbad und Eugénie-les-Bains, egal, dann eben nächstes Jahr in Marienbad, murmelte er, während er eine Flasche Champagner entkorkte und Barbara überdreht ins Telefon kreischte.

Binnen kürzester Zeit fehlte sie ihm entsetzlich.

Beim Aufwachen tastete er in ihrem großen Bett automatisch nach ihr. Er benutzte ihre Mandelmilchlotion und lief Tag und Nacht in ihrem weiten grauen Sweatshirt herum: Ihr kindliches Auflachen oder ihr Schmollen, die Wärme ihrer mondartigen Brüste, an die er sich nachts klammerte wie ein Affenbaby, ihr Hintern natürlich – alles fehlte ihm, sie fehlte ihm maßlos. Schon ein Jahr. Ein außergewöhnliches Jahr, das schönste seines Lebens. Trotz der Zeitverschiebung und ihres dicht gedrängten Terminplans rief sie ihn vom anderen Ende der Welt fast täglich an. Und wie glücklich war er, wenn er ihre über Nacht eingetroffenen Nachrichten vorfand! Schwerfällig und erektil setzte er sich morgens an den Computer und verrichtete ein kurzes Gebet, bevor er sein E-Mail-Fach öffnete, die Werbung und die Angebote zur Penisvergrößerung wegklickte (aber immerhin die Notrufe von Ivorerinnen las, denen es an Geld und Zuneigung mangelte), um sich schließlich mit klopfendem Herzen in die Botschaften seiner Liebsten zu vertiefen. Ihre Postkarten aus Montevideo und Valparaiso zierten bereits den Kühlschrank. Wenn das so weiterging, würde er ihr noch einen Heiratsantrag machen. Ja, bald würde sie seine Frau sein: Madame Jacques Koskas, für immer an seiner Seite.

Doch fürs Erste legte er sich schwer ins Zeug, um sein Buch zu beenden. Treu und enthaltsam sah er, nur in Gesellschaft von Amadeus, dem er die peppigsten Passagen aus seinem Opus vorlas, nunmehr in allem Quellenmaterial ausdrückliche Aufforderungen zum Beischlaf. Er scheute im Übrigen nicht davor zurück, die betreffenden Zitate, selbst die der obersten rabbinischen Autoritäten wie des ehrwürdigen Rav Kook, zur Untermauerung seines Standpunktes zurechtzufrisieren. Er schenkte den abwegigsten Geschichten Glauben und ergötzte sich an Berichten über angebliche Swinger in den Zelten früher zionistischer Vereinigungen. Wenn er nicht fand, wonach er suchte, erfand er es. Aus seiner wissenschaftlichen Studie wurde eine *Malko*-Folge in Bet Alpha, einem ebenso libertären wie legendären Kibbutz. Was machte das schon! Er dachte sich Wüstenromanzen aus, Gruppensex unter anarchistisch angehauchten weißrussischen

Pionieren, beschrieb Bacchanalien in Weinbergen, lüsterne Gedichtwettbewerbe, sündhaftes Baden in einem mit goldenen Fischen gespickten Jordan und arkadische Szenen, wo Frauen im Evaskostüm die Landwirte aus dem Kibbutz an Pfosten fesselten und mit aphrodisischer Mandelcrème mästeten.

Ein paar Stunden vor Barbaras Rückkehr schickte der aufgeregte Jacques seinem Pariser Verleger das Manuskript. *Israel, eine erotische Revolution* war auf dem Weg.

21

Jacques sah nervös auf die Uhr. In acht Minuten würde der Zug mit Jacques Senior und Claire Koskas im Bahnhof Hamburg-Altona einrollen. Er grübelte. Was war nur in Barbaras Eltern, Bernd und Sylvia, gefahren? Die Koskas an Weihnachten einzuladen … Er war strikt gegen diese Zusammenkunft, doch Barbara hatte die Einladung absolut reizend gefunden. Früher oder später müssten sich ihre Eltern ja kennenlernen, und sie würden sich bestimmt gut verstehen: »Der Apfel fällt nicht weit vom Stamm«, hatte sie gesagt. »Denkste … Zum Glück kennst du die Koskas noch nicht«, hatte Jacques, in die Enge getrieben, gebrummt.

Er brauchte eine Woche, um die Einladung zu überbringen und seine Mutter davon zu überzeugen, seinem Vater diese Aufmerksamkeit schmackhaft zu machen. Der Schnurrbart des Seniors schnellte nach oben. Noch nie im Leben hatte er Weihnachten gefeiert, er würde bestimmt nicht im Alter von zweiundsechzig damit anfangen: »Integration, ja. Assimilation, nein. Wenn Jacques Spaß daran hat, umso besser, aber ich, Jacques Haïm Khamous Clément Koskas, nie im Leben. Siehst du, jetzt macht dein Sohn uns doch wieder Ärger. Wir hatten zwei Jahre lang Ruhe, aber da haben wir uns wohl zu schnell gefreut, in Wirklichkeit strapaziert er unsere Nerven, und das wird nur noch schlimmer, wenn er diese Barbara heiratet und ihr vielleicht auch noch Kinder macht, einen kleinen Hans, eine kleine Maria oder sonst was Furchtbares!« Claire brachte das Thema ein paar Tage wieder aufs Tapet. Sie betonte den heidnischen Charakter des Festes, die Höflichkeit der Schwarzenbecks, ihren von Jacques gerühmten Philosemitismus, die Notwendigkeit einer kleinen Auszeit nach einem weiteren harten Arbeitsjahr und, *last but not least*, das Glück ihres blauäugigen Sohnes. Sie schwor ihm, dass sie nicht in die Christmette gehen würden. Und so hatte Jacques Senior schließlich kapituliert.

Auf dem von Regenböen gepeitschten Bahnsteig stand Jacques der Angstschweiß auf der Stirn. Sein Vater war imstande, den ganzen Abend über eingeschnappt dazusitzen, um seine große Liebesgeschichte zu sabotieren. Er musste sich auf die fiesesten Tricks gefasst machen. Jacques Senior würde ihn bitten, Deutsch zu sprechen, obwohl doch alle Französisch konnten. Er würde von ihm verlangen, den Pfau zu spielen, wie damals, als er mit acht Jahren auf dem Vorplatz der Synagoge spontan auf Ungarisch daherreden sollte. Oder er würde Barbara um ein kleines Konzert bitten. Mozart oder Vivaldi, dafür legte er seine Hand ins Feuer, sein Vater kannte gar keine anderen Komponisten, denn »in Nabeul gab es kein Symphonieorchester, wir mussten uns erstmal was zu beißen organisieren und mit der Flöte die Ratten verjagen. Der Vergnügungskult, das ist etwas für Euch, für Eure Generation, bei uns war das anders, wir mussten sehen, wie wir über die Runden kamen, wir mussten Zähne zeigen, das war einfach eine andere Welt.« Das mit dem Privatkonzert war so sicher wie das Amen in der Kirche. Und falls Jacques das Pech haben sollte, sich eine Zigarette anzustecken, würde sein Vater ihn sich vorknöpfen. Auch Barbara und Sylvia, die noch mehr rauchten als er, kämen gewiss in den Genuss einer Moralpredigt. Er würde vor seinen Schwiegereltern wie ein kleiner Junge abgekanzelt werden – Ansehen und Autorität, alles futsch.

Vor allem aber würden seine Eltern Barbara kennenlernen. Jacques sah bereits vor sich, wie seine Mutter sie mit ihren kleinen Maulwurfsaugen von Kopf bis Fuß durchscannte, ungefähr so diskret wie ein Elefant, der sich auf die Eisbahn wagt. Jacques Senior würde sie einem endlosen Fragenkatalog unterziehen: »Schläft Jacques genug? Er isst doch hoffentlich keine gekochte Butter? Trinkt er auch wirklich nicht zu viel? Achtet er auf seine Mundhygiene? Er zahlt doch bestimmt seine Steuern nicht? Und mögen Sie Gemüsesuppe? …« Schöne Aussichten.

Barbaras Eltern würden seine zwangsläufig für verklemmte Bauerntölpel halten. Claire und Jacques Senior wiederum würden Bernd und Sylvia sicher als arrogant empfinden. Die vier hätten sich beim Abendessen schlicht nichts zu sagen. Worüber sollten ein jüdischer Gynäkologe und eine ebensolche Urologin vom Niederrhein mit einem unsteten atheistischen Architekten, Sohn eines SS-Angehörigen und Gatte einer hanseatischen Großbürgerstochter mit Berkeley-Abschluss, schon reden? Bernd hatte sich

1968 an der Revolution beteiligt, während Jacques Senior noch seine Töpferwaren aus Nabeul-sur-Mer abstaubte (die Gemeinde ist auf der ganzen Welt für die Schönheit ihrer Keramikkunst berühmt) und General de Gaulle anflehte, dem Chaos ein Ende zu machen, damit er seine Prüfungen absolvieren und zurück zu seiner Mutter nach Tunesien konnte. Wenn Bernd über seine Weinberge und die besten Bordeaux-Weine philosophierte, würde Jacques Senior über »Madame Nippelsteins Multiple Zirrhose« dozieren … Nichts, sie hätten sich rein gar nichts zu sagen. Die Koskas und die von Schwarzenbecks hatten einfach nie im selben Sonnensystem gelebt.

Jacques würde die Aufgabe zufallen, das Eis zu brechen und das Tischgespräch zu führen. Er würde die Beteiligten immer wieder aus der Reserve locken, peinliche Gesprächspausen vorwegnehmen und mit höflicher Beiläufigkeit füllen müssen. »Und Sie, Bernd, was halten Sie davon? Papa, bist du einverstanden? Sylvia, der Lachs ist wirklich köstlich! Wussten Sie eigentlich, dass Angela Merkel promovierte Quantenchemikerin ist?«

Er würde der Aufgabe nicht gewachsen sein. Würde stottern und erröten wie ein Erstkommunikant. Außerdem gelang es ihm nicht, Barbaras zuvorkommende, aber distanzierte Eltern einzuordnen. Er hatte ihren Vater vor diesem Weihnachten nur einmal kurz getroffen. Dauergebräunt, mit Haaren wie Stahlwolle, war Bernd der Prototyp des Schönlings, ein in die Jahre gekommener Klon von Bobby Ewing. Er hatte tiefgrüne Augen, die Stupsnase seiner Tochter und einen markanten Händedruck: Beide Male hatte Jacques geglaubt, mindestens zwei Fingerglieder eingebüßt zu haben. Bernd hatte gerade eine eindrucksvolle italienische Kaffeemaschine erstanden und bot mit einem gefalteten Handtuch über dem Arm pausenlos Espresso oder Cappuccino an, aus purer Lust daran, Herzchen in den Milchschaum zu zeichnen. Wenn Jacques ihn mit einem Heidenkrach am Dampfhebel der Kaffeemaschine ziehen sah wie Jean Gabin in *Bestie Mensch* an der Notbremse, fühlte er sich unbehaglich. Wirklich, Bernd war ein merkwürdiger Zeitgenosse. In dem riesigen Haus hatte Jacques ständig das Gefühl zu stören. Er hätte gern in der Küche mitgeholfen, aber Martha, die alte Hausangestellte, und Frau von Schwarzenbeck (sie wollte, dass er sie duzte und Sylvia nannte, aber das schaffte er nicht), hatten ihn freundlich wieder herauskomplementiert. Und Julia, die jüngste der drei Töchter, musterte ihn von allen Seiten wie eine Zirkusattraktion. Sie wirkte nicht gerade angetan von dem schnurrbärtigen langen Lulatsch, der das Leben ihrer Schwester teilte und ihr von Zimmer zu Zimmer folgte wie ein Pudel. Sobald er ein Wort auf Deutsch verlauten ließ, lächelte sie ironisch. Kleines Miststück! Zum Glück absolvierte die Zweitjüngste gerade ein Praktikum in China, und Ezechiel war in S. verhindert. Trotz der Proteste Jacques Seniors hatte seine Mutter die gute Idee gehabt, den alten Knacker einer ehemaligen Hebamme anzuvertrauen.

Und falls die Sprache auf den Krieg kommen sollte, dachte Jacques plötzlich entsetzt, während eine näselnde Stimme sieben Minuten Verspätung für den ICE aus Frankfurt ankündigte. Falls es zum Beispiel plötzlich um die Heldentaten von Großvater von Schwarzenbeck in der

Ukraine ginge … In Deutschland geboren, hatten die Scholems sich geweigert, nach dem Krieg auch nur den kleinen Zeh dorthin zu setzen. Sie hatten die Gräber ihrer Ahnen nicht mehr aufgesucht und keinen Pfennig von den Wiedergutmachungszahlungen haben wollen, die ihnen von der Bundesrepublik großzügig angeboten worden waren. Mit Ausnahme von bayerischer Volksmusik gab es für sie kein Deutschland mehr. In der Familie waren einige deportiert worden. Tante Alice. Onkel Rolf und seine Frau, die dicke Rosette. Ihre in Treblinka vergasten Söhne Arthur und Ernst. Und Jakob Scholem, ihr Urgroßvater. Dabei hatte der alte Jakob vom Kaiser höchstpersönlich einen Orden bekommen, Eisernes Kreuz, und in Verdun zwei Finger gelassen. Er war später in Fürth geblieben, wo die Nazis ihn 1942 umbrachten.

Der Krieg könnte empfindlich auf die Stimmung schlagen … Keine Frage, der Abend würde früher oder später aus dem Ruder laufen.

Außerdem fühlte Jacques sich angeschlagen. Er war mit schrecklichen Bauchschmerzen aufgewacht, vermutlich eine Magenverstimmung, die Sahneheringe vom Vortag, die er zur Feier seines Geburtstags in astronomischen Mengen auf dem Fischmarkt verschlungen hatte. Seine Gedärme quälten ihn, und er sonderte im Garten der Villa so diskret wie möglich die widerwärtigsten Ausdünstungen ab. Oh weh, die alte Martha hatte sicher am Fuß der großen Kastanie seine übelriechenden Pupse explodieren gehört. Und zu allem Überfluss erblühte jetzt auch noch ein Furunkel auf seiner Stirn. Die Pustel zwickte und schwoll stündlich weiter an, sie würde rechtzeitig zu Heiligabend reif sein.

Doch jetzt gab es kein Zurück mehr! Jacques schauderte, als er seine Eltern erblickte. Claire und Jacques Senior waren ausstaffiert, als wollten sie an einer Motorrad-Rallye in Lappland teilnehmen. Sie verschwanden unter ihren Pelzen und den Schapkas, die sie anlässlich eines von Gynäkologen ohne Grenzen organisierten Kongresses zur Pädo-Sexologie in Montreal gekauft hatten, ganz zu schweigen von ihren unverwüstlichen Fleecepullis, deren Reißverschlusskragen aus den Pelzmänteln hervorlugten. Echte Killer.

»Und wo sind eure Huskys?«, fragte er gleich nach der Begrüßung.

»Du siehst aber wirklich nicht gut aus, Liebling«, erwiderte seine Mutter.

Punkt neunzehn Uhr holte Jacques sie im Hotel ab. In einer Duftwolke aus süßlicher Bergamotte von Shalimar und Aftershave erwarteten sie ihn im Foyer, im Arm seines Vaters ruhte eine Magnumflasche Champagner. Jacques Senior hatte sich wie Wilhelm II. den Schnurrbart hochgezwirbelt und seine widerspenstigen Augenbrauen zurechtgekämmt. In dem dunkelgrauen Anzug und mit seiner Fliege sah er aus wie einer der Honoratioren der Weimarer Republik. Claire wiederum gefiel Jacques in ihrem Hosenanzug und dem dazu passenden dezenten Hermès-Seidentuch. Im Taxi konnte er es sich nicht verkneifen, sie über die Sitten und Gebräuche des deutschen Großbürgertums aufzuklären. Sein Vater unterbrach ihn harsch: »Keine Sorge, Jacques, das wird schon. Du wirkst ja schrecklich angespannt, mach dir mal keine Gedanken.«

Bienvenue, liebe französische Freunde! Bernd und Sylvia empfingen sie herzlich auf der Außentreppe. Barbara, hinreißend in einem kurzärmligen Kleiderrock, führte sie ins Wohnzimmer, wo ein riesiger sternenübersäter Tannenbaum glitzerte, eine Art stalinistischer Wolkenkratzer in Militärjacke, dessen Erdgeschoss von einem bunten Paketberg in Beschlag genommen wurde. Die Champagnergläser warteten bereits ungeduldig. Marthe reichte Häppchen mit Räucherlachs und Foie gras, »aus dem Périgord«, wie Bernd stolz anmerkte, dazu Ostseekrabben. Jacques schlug alles höflich aus. In die graue Ottomane versunken, hielt er sich nervös an Barbaras Hand fest und überwachte seine Eltern mit Argusaugen, Julia bohrte in der Nase, im Kamin knisterte ein Feuer. Vorerst gab es nichts zu vermelden.

Zu seiner großen Überraschung hielten sich die Koskas an die Spielregeln. Sie tranken, pulten Krabben und schienen dieses Gipfeltreffen akribisch vorbereitet zu haben. Jacques Senior gab den Zirkusdirektor.

»Bernd, wie ich gehört habe, gehören Ihnen Weinberge im Bordelais. Wie ich sie beneide! Wenn ich ein bisschen mehr Zeit hätte, würde ich zu gern auch ein Stückchen Land kultivieren. Obst und Gemüse. Mein Großvater Gagou hatte einen riesigen Obstgarten, den größten von ganz Tunesien. Und wo genau sind Sie in der Gironde? Jacques hat es mir zwar gesagt, aber manchmal lässt mich mein Gedächtnis im Stich …«

»In Fronsac.«

»Fronsac ist entzückend, ganz entzückend. Stellen Sie sich vor, ich kenne die Region sehr gut. Ich habe 71 dort meinen Wehrdienst abgeleistet, damals als Chefarzt. Auf Urlaub war ich oft in Lacanau, wo ich surfen gelernt habe. Auch wenn es nicht so aussieht«, sagte er und kniff sich in die Wampe, »war ich ein guter Surfer. Sogar dreistöckige Wellen habe ich geschafft …«

Claire lächelte, während Jacques mechanisch an Barbaras Fingern zupfte.

»… und samstagabends haben wir mit den Regimentskameraden unseren Sold bei *Chez Yvette* auf den Kopf gehauen …«

»Ach, Yvette!«, rief Bernd mit glänzenden Augen.

»Na sowas! Sie kennen das Restaurant? Die Welt ist doch wirklich klein, oder?«

»Die frischgefangenen Seezungen sind zum Niederknien«, sagte Bernd.

»Und der frisch frittierte Küstenfang … Ein Gedicht!«, überbot Jacques Senior ihn. »Es ist einfach göttlich, *Chez Yvette*. Einmal habe ich dort Jacques Chaban-Delmas und Willy Brandt beim Austernessen gesehen!«

»Wirklich?«, fragte Sylvia. »Damals wussten unsere Politiker eben noch, was gut ist.«

Mit einem goldenen Dupont-Feuerzeug steckte sie sich eine Davidoff mit blauem Filter an.

»Sarkozy, der verlobt sich lieber in Disneyland«, fuhr sie fort und blies den Rauch durch die Nase wie ein Drache. »In Deutschland machen sich alle über Sarkozy und Carla lustig. Er ist wirklich unfassbar hektisch, Ihr neuer Präsident! Und dann diese Marotte, alle in den Arm zu nehmen! Wahrscheinlich hat er als Kind nicht genug Zuneigung bekommen … Aber gut, Carla und Nicolas sind schon deutlich glamouröser als Angela Merkel und ihr Ehemann Joachim Sauer. ›Angela Sauer!‹: Was sagen Sie dazu? Das heißt *Angela, l'aigre*! Diese vier werden sich wohl nie verstehen …«

Claire gluckste, und Martha schenkte ihr beflissen nach.

Das Gespräch plätscherte ungehindert dahin, Scherze, Foie gras, geistreiche Bemerkungen, Champagner. Sylvia raunte Jacques zu, sein Vater sei ein »echter Musketier aus der Gascogne«, wirklich ein reizender Mann.

Sie machten eine Hausbesichtigung. Ein Blick auf die von flirrenden Lichtern umgebene Alster durch die große Glasfront im Wohnzimmer, bevor Bernd und Sylvia sie ein paar Perlen aus ihrer Sammlung bewundern ließen. Der Clou war ein großformatiger Polke aus seiner psychedelischen Periode, ein Bild aus der Serie *Mu Nieltam Netorruprur*, auf dem sich Rothäute um einen Riesenpilz tummeln. Es stieß bei den Eltern Koskas lediglich auf höfliches Schweigen und einen verschworenen Blickwechsel, der ihrem Sohn nicht entging. Vor einer kleinen Windmühle am Fluss von Jan Van Goyen kam jedoch wieder Leben in Jacques Senior.

»Bernd, ich tippe mal 1650. Auf gut Glück. Liege ich da völlig falsch?«

»Überhaupt nicht: 1642, um genau zu sein. Ich bin beeindruckt, Jacques! Wirklich. Mögen Sie die niederländische Malerei?«

»Na ja, ich bin kein Spezialist, aber ich habe eine Patientin aus Amsterdam, eine sehr gesprächige und sattelfeste Restauratorin. Ich bewundere das damalige Holland mit seinen fleißigen, frommen und sparsamen Menschen sehr, alles Eigenschaften der Koskas, wenn ich so frei sein darf.«

Er zurrte seine Fliege zurecht und griff nach dem Arm seiner Gastgeberin.

»Sehen Sie, Sylvia, genauso wie ich den schweren Rubens-Barock mit seinen pummeligen Putten hasse, genauso liebe ich die schlichten Landschaften der niederländischen Puritaner, ihr Talent für die epische Atmosphäre der Schlachtfelder, für Kriegsschiffe oder weite Himmel. Stellen Sie sich vor, die ersten weiten Himmel der Kunstgeschichte! Bei Van Goyen ganz besonders«, fuhr Doktor Koskas, kaum zu bremsen, fort. »Keine klassizistischen Kinkerlitzchen wie bei Lorrain, keine Apollo-Tempel, nur die friedliche Pracht der holländischen Ebene. Van Goyen und De Vlieger haben das Malerische erst gesellschaftsfähig gemacht …«

Jacques war baff. Dieser elegante Wellenreiter, der derartig gewandt über die niederländische Malerei des Goldenen Zeitalters glitt, war das wirklich Jacques Haïm Khamous Clément Koskas, sein Vater? Der verrückte Hygieniker aus Nabeul-sur-Mer? Der Taliban der elsässischen Geburtshilfe? Welche Droge hatte er sich gespritzt? Und warum hatte er sein Wissen nie mit ihm geteilt? Während sein Vater über Pigmente dozierte, ließ sich Jacques zum x-ten Mal auf der marmornen Kloschlüssel nieder. Mit seinem Magen wurde es nicht besser. Zwischen zwei Krämpfen meditierte er über die Maler der Vereinigten Provinzen und die Wirkung von Meskalin auf Sechzigjährige. Er bibberte auf seinem fahlen Thron und pupste verhalten traurige Melodien für brünstige Gedärme.

Als er erneut zu dem Trüppchen vor dem stalinistischen Weihnachtsbaum stieß, war die Zeit zum Beten gekommen. Sylvia stimmte die Geburt Jesu an, Lukas, 2:1.

Es begab sich aber zu der Zeit, dass ein Gebot vom Kaiser Augustus ausging, dass alle Welt geschätzt würde …

Wie ein Wachposten am Bug eines Schiffes spähte Jacques nach einer leichten Verstimmung, einem klitzekleinen Zeichen des Unbehagens bei seinen Eltern, besonders bei seinem Vater. Doch die See war spiegelglatt, alles stand zum Besten. Jacques Senior hatte die Arme über der Brust verschränkt und neigte leicht den Kopf. Sein spärlich behaarter Schädel verlieh ihm in jener Weihnachtsnacht einen Lichtschein der Heiligkeit. Claire schien die Litanei zu genießen.

… Und die Hirten kehrten wieder um, priesen und lobten Gott für alles, was sie gehört und gesehen hatten, wie denn zu ihnen gesagt war. Amen.

»Frohe Weihnachten und Happy Chanukka!«, posaunte Bernd.

Alle fielen sich in die Arme. Jacques Senior sprach Sylvia seine herzlichen Glückwünsche aus.

»Sie haben eine wunderbare Stimme«, sagte der Barde von Kippur. »Traditionen und Werte sind einfach etwas Wichtiges. Das sage ich Jacques auch immer. Sehr wichtig sogar …«

»Guter Wein aber auch!«, warf Bernd lächelnd ein.

»Da haben Sie absolut recht«, bestätigte Jacques Senior.

»Was für ein Heuchler«, raunte sein Sohn Barbara zu.

»Lassen Sie uns jetzt essen«, donnerte Bernd. »Nach Ihnen, mein lieber Jacques, kommen Sie, kommen Sie, ich sterbe vor Hunger. Es gibt gleich die köstlichsten Delikatessen! Brandy-Butter, Karlsbader Pflaumen, erlesenen Kaffee, Sie werden begeistert sein … Bitte, hier entlang …«

Sie bewunderten die Lithographien mit Felszeichnungen, die vor einer tiefblauen Damastbespannung den Korridor zierten, und betraten das Esszimmer. Makellose weiße Wände, ein riesiges Foto von einer Winterlandschaft, quer darüber das fette Firmenlogo einer Erdölgesellschaft, eine Anrichte, die Tischdecke, das milchige Porzellan, das mit dem im sanften Kerzenschein vorteilhaft glänzenden Silber um die Wette strahlte. Was für eine Pracht, die verschneite Ebene im Schein der untergehenden Sonne. Bernd bimmelte mit einem kleinen Glöckchen, und schon trug Martha wie durch Zauberhand eine dampfende Schüssel mit Hummersuppe auf.

Israel. Mit Ausnahme von Julia, die von einem Apartheidstaat sprach, aber auf väterliches Geheiß schnell den Mund hielt, war man an diesem Tisch Israel – oder um genauer zu sein, einer bestimmten, leicht angegrauten, ökumenischen Idee von Israel – wohlgesonnen. Claire zeigte Fotos von ihren Enkelinnen mit Zwergponys auf einer Ranch in Galiläa. »Ach, Galiläa …«, seufzte Bernd. Er berichtete von seinem Aufenthalt in einem Kibbutz kurz vor dem Sechstagekrieg. Er habe damals alten polnischen Juden den Hintern abgewischt, während Sylvia im See Genezareth gebadet und Barbara ein Konzert in Safed gegeben hätten. Jacques Senior pries die gute Luft auf dem Gipfel des Meron.

»Und du, Jacques?«, fragte Bernd, »kennst du den Norden Israels auch gut? Fährst du oft deine Nichten besuchen?«

Sechs Augenpaare wandten sich Jacques zu, der so kreideweiß war wie die Wände ringsherum. Schweiß perlte ihm von der Stirn, er hatte seinen Suppenteller nicht angerührt. Die groteske, knallrote Pustel sandte Notsignale aus.

»Fühlst du dich nicht gut, Jacques?«, fragten Barbara, Claire und Sylvia im Chor.

»Ehrlich gesagt, überhaupt nicht«, murmelte er. »Ich hab grässliche Bauchschmerzen, ich glaub, ich hab Fieber.«

»Er glüht«, bestätigte Barbara, eine Hand auf seiner Stirn.

»Martha!«, brüllte Bernd. »Machen Sie Jacques einen Kräutertee und bringen Sie die Hausapotheke her!«

Doktor und Doktor Koskas pumpten ihren Sohn mit Medikamenten voll und schickten ihn schnurstracks ins Bett, noch bevor er seine Geschenke hatte auspacken dürfen.

22

Seit Weihnachten war irgendetwas angeknackst. Nichts Dramatisches, aber Jacques war an Barbara ein leichtes Unbehagen aufgefallen. Kurz nach ihrer Rückkehr hatte sie ihm gesagt, dass sie sich mit ihren Kindheitsfreundinnen, mit denen sie wie immer zum Jahresausklang bei einem Asiaten in der Hermannstraße zum Abendessen verabredet war, merkwürdig fremd fühle. Kaum hatten sie ihre Frühlingsrollen gegessen, präsentierten die Freundinnen schon stolz die Fotos von ihren Flitterwochen auf Bali oder diskutierten über Details ihrer Hochzeitslisten. Eine verkündete, dass sie im dritten Monat schwanger sei und zusammen mit ihrem Mann, der Ingenieur bei der Deutschen Telekom war, gerade eine Wohnung in der Nähe der Schwarzenbeck'schen Villa erworben habe. Mit über dreißig hatten sich alle auf die Autobahn des Lebens begeben und keine Lust mehr, sich unterwegs zu verfahren oder auf kleinen Landstraßen zu verzetteln, geschweige denn, in einer Sackgasse zu landen. Vorankommen, etwas aufbauen und sich fortpflanzen – einen aufstrebenden Mann aus demselben Milieu an der Seite, hatten sie für Kaschmirstrickjacken, Personal Trainer und ein Chalet in

Sankt Moritz optiert, für Sicherheit und Bequemlichkeit. Barbara hatte Jacques nicht erzählt, dass ein Luftikus von seinem Schlag bei ihren Freundinnen auf wenig Begeisterung stieß und sichtlich keine mit ihr hätte tauschen wollen, selbst nachdem sie von ihren sexuellen Heldentaten berichtet hatte.

Jacques hatte ihr nur mit halbem Ohr zugehört. Seit Abgabe seines Manuskripts brachte er nichts mehr auf die Reihe. Erst deprimiert und dann euphorisch – *Israel, eine erotische Revolution* würde einen bleibenden Eindruck hinterlassen –, hatte er seinen bescheidenen Vorschuss verpulvert, indem er ihr die tollsten Kleider kaufte und sich selbst in einer spontanen Anwandlung eine Klapperkiste im großen Stil, einen kirschroten Saab Turbo 1978. Am Steuer seines Rennwagens fegte Jacques über die Autobahnen des Berliner Umlands wie ein kleiner Junge am Lenker seines ersten Rennrads.

Nachdem er seine Magendarmprobleme endlich los war, hatte Jacques für 2008 Großes vor. Im Januar war er drauf und dran, ein Filmdrehbuch zu schreiben, einen Thriller à la Ken Follett, eine expressionistische Nazi-Jagd während der sechziger Jahre in Mecklenburg-Vorpommern. Als er sich an einem regnerischen Abend nach Weinbergschnecken sehnte, sah er sich schon als Chef des *Chez Jacquot*, einer florierenden Brasserie in der Nähe des Bundestags. Ein Artikel über verheißungsvolle Bohrungen in der Tschuktschensee brachte ihn auf den Einfall, sich als Geologe bei einer russischen Erdölgesellschaft zu bewerben. Hin und wieder spielte er mit der Idee, an einer Uni der amerikanischen Ostküste zu promovieren. »Sprache und

Macht« oder »Stefan George und die Ästhetik des französischen Symbolismus« oder … Das Thema tat wenig zur Sache, er sah sich schon ungemein plastisch in einem Patrizierhaus in der Umgebung von Boston, ein rüstiger Sechzigjähriger im Tweed, einen Cockerspaniel und Barbara an seiner Seite. In Kooperation mit der Europäischen Kommission liebäugelte er mit dem Gedanken, das Methusalem-Programm für einen paneuropäischen Greisenaustausch zu lancieren: Ein finnischer Graubart könnte dann ein halbes Jahr in einer Seniorenresidenz in Süditalien verbringen, ein slowakisches Mütterchen in einem bretonischen Heim am Atlantik wieder zu Kräften kommen …

Im April verfiel er durch eine unvermutete Begegnung mit dem brasilianischen Konsul auf die Idee, eine diplomatische Karriere einzuschlagen, am liebsten als Kulturattaché in Südamerika. In der darauffolgenden Nacht träumte er von Asunción, von einem kubistischen Renault als Dienstwagen, von tadellosen kaffeebraunen Anzügen mit breitem Revers und von Handküssen in hängenden Gärten, wo Brunnen und exotische Vögel säuselten. »Ja, warum eigentlich nicht DJ?«, überlegte er, wenn er aus dem Club zurückkam. DJ Koskas (Berlin/Paris) auf Flyern und großen Plakaten! DJ Koskas, der mit hochgereckten Armen die ekstatischen Mengen in der Panorama Bar im Berghain und auf sexuell befreiten internationalen Musikfestivals beflügelte. Und warum nicht tagsüber Diplomat und nachts DJ, ein wahrer Ritter der Künste und Literatur?

Allmählich verlor er selbst den Überblick über seine

grandiosen Einfälle. Einer jagte den nächsten, und er verfiel aufs Neue in seine österreichisch-ungarischen Schrullen: ein ständiges Schwanken und Auf-der-Stelle-Treten, monotone Kreisbewegungen, jugendlicher Tatendrang und romantische Entschlussunfähigkeit. Jacques wirbelte umher wie ein Kreisel-Mensch und fiel exakt dort, wo er gestartet war, auf den Allerwertesten zurück. Barbara war zunehmend verstört von seiner wechselhaften Persönlichkeit, seinem angeborenen Sinn für Zerstreuung, von den kunstvollen Ausweichmanövern, die immer mehr an ihm nagten, ohne dass er es merkte, während sie von Monat zu Monat hellsichtiger wurde. Sein Königreich war das Mögliche, und beim geringsten Hindernis suchte er das Weite, als wäre das Leben nur eine unversiegbare Quelle von Vergnügungen, als lebte er noch immer und für alle Zeiten in der mütterlichen Gebärmutter, er, das Chamäleon, der Wetterhahn in seinem Saab Turbo, auf dessen spätes Ausschlüpfen die Menschheit vergeblich wartete.

Barbara hatte schon mehrfach mit ihm zu sprechen versucht. Sie erinnerte ihn regelmäßig an eine Maxime von Mao, die ihr Vater ihr eingebläut hatte und die gewiss auch von Jacques Senior goutiert worden wäre: »Man muss vage Ideen mit klaren Bildern konfrontieren.« Er versprach jedes Mal, sich endlich zusammenzureißen, fiel aber systematisch wieder in seine Albernheiten zurück und ersann neue Finten. Mit der Zeit ging Barbara auf Abstand. Sie traf sich immer häufiger mit anderen Musikern aus dem Orchester und mit Freunden, vor allem mit Caroline, der sie bei ihrer ersten CD-Aufnahme half. Im Einklang mit den unwandelbaren Gesetzen der menschlichen Physik spürte Jacques diese Distanz und gierte entsprechend nach noch mehr Aufmerksamkeit, wie ein Hund, dessen Herrchen sich in eine neue Frau verguckt hat. Ihre Beziehung verschlechterte sich. Mit Barbaras Karriere ging es steil bergauf, sie wurde in Bayreuth, Salzburg und Beirut gefeiert und erwartete, vom Erfolg und immer lukrativeren Gagen berauscht, dass Jacques sie auf das Dach der Welt begleitete, dass er seine Laufbahn als Schriftsteller, Diplomat, Restaurantbesitzer oder was auch immer ein bisschen ankurbelte, mit dem Kreiseln aufhörte, endlich vorankam und Biss zeigte, anstatt träge in ihrem Kielwasser zu schwimmen. Jacques dürfe gern ein Paradiesvogel bleiben, aber bitte schön ohne kritiklose Selbstgefälligkeit. Sein Buch sei ja durchaus lobenswert, aber er dürfe nicht lockerlassen und müsse sich gleich wieder in neue Projekte stürzen: Sie wollte ihn bewundern können.

Barbara hatte Jacques allerdings nicht gestanden, dass sie ihr früheres sexuelles Nomadentum immer schmerzlicher vermisste. Er wusste, dass sie allen ihren Ex-Freunden untreu gewesen war. Wie ein Marathonläufer, dessen Körper nach dem täglichen Training giert, sehnte sich ihr Gehirn nach dieser kraftvollen, wohligen Empfindung, nach dem Gefühl, ein bisschen cooler zu sein, mit größerer Intensität zu leben, die eigenen Phantasien und die der anderen auszuleben. Sie hatte es ihm gesagt: Sie wolle mehr Lust empfinden als andere Frauen und sich für ihre Mutter rächen, die von ihrem Vater am laufenden Band betrogen worden sei. Barbara gefiel den Männern, und sie liebte es, deren Gewicht auf ihrem zarten Körper zu spüren, den Moschusgeruch an ihrer Brust zu riechen, ihren lauwarmen Samen mit den Fingern zu verstreichen. Und ihren blutgefüllten Schwanz aufzurichten … Sie war schon wildfremden Männern, die sie in einer Bar getroffen hatte, nach Hause gefolgt, um sich mitten in der Nacht heimlich davonzustehlen. Inzwischen kam es vor, dass sie, während Jacques das Abendessen zubereitete, mit dem kochenden Duschstrahl masturbierte und dabei an die Rute irgendeines Typen dachte, der ihr in der Straßenbahn folgte und sie, an eine Tür gepresst, heftig durchfickte. Jacques spürte genau, dass er ihr auf die Nerven ging. Wenn er völlig übermüdet aus dem Schwarzsauer nach Hause kam, wo er hin und wieder an der Bar aushalf, küsste sie ihn ohne ein zärtliches Wort. Als er sich beim Abhängen eines Fotos in Anas Galerie einen Nagel abriss, würdigte sie ihn keines Blickes. Sie stritten immer häufiger: Ihre Beziehung brauchte eine Auszeit, neuen Schwung.

»Hörst du das? Dieses leise Brummen? Wie eine Windmühle. Eine echte Symphonie! Der Zylinderkopf, die Kolben, die Zylinder, alles zusammen … Besser als dein Orchester!«

Jacques ließ kurz das Lenkrad los, um wie ein Maestro wilde Arabesken in die Luft zu zeichnen.

»Baby, gibst du mir ein bisschen Wasser, bitte?«

»…«

»Danke. Auch ’ne Zigarette?«

»Sonst noch was, Jacques?«

»Könntest du *Harvest* suchen? Die Stimme von Neil Young würde jetzt wunderbar passen, zu den Reetdächern, zu den ausgedehnten Weizenfeldern, zu den Bauern auf ihren alten Traktoren …«

»War's das dann, Jacques?«

»Nur noch ein paar Dragibus, bitte. Aber keine gelben.«

»Das weiß ich«, sagte Barbara.

Jacques hatte seiner Beifahrerin eine mit Ziegenleder und gewebter Wolle behandschuhte Hand auf den Oberschenkel gelegt. Um den Hals hatte er sich einen leichten Schal geschlungen, seine langen Haare flatterten im Wind, er lächelte. Diese Ferien mit der Frau seines Lebens waren schlichtweg phantastisch. Sie erkundeten die Knotenpunkte der Alten Welt und die kosmopolitische Mittellage des Deutschtums. Seit drei Wochen hatten sie mit dem Saab Turbo zuerst Brandenburg und Sachsen durchquert, dann Böhmen und das österreichische Hochland, bevor sie Wien erreicht und sich dort zwei Wochen lang sämtliche Bezirke erlaufen hatten. Sie kuschelten morgens im Bett, waren den ganzen Tag zu Fuß unterwegs und schlugen sich den Bauch mit Spezialitäten voll. Eng umschlungen auf der Sitzbank eines Cafés in der Nähe der Oper, am Ring oder an der Donau, gönnten sie sich nach Einbruch der Dunkelheit einen Schnaps oder einen ungarischen Marillenlikör, während Jacques Barbara vorlas. Sie hatte mittlerweile ein solides Wissen über Österreich-Ungarn: die Krise des Liberalismus in den 1870er Jahren; der Erfolg des kommunitären Populismus bei den Studenten der kaiserlichen Hauptstadt; die Schwärmerei für das antike Griechenland und für Richard Wagner, um die deutsche Gesellschaft zu erneuern; die Betonung des Instinkts gegen die bürgerliche Vernunft und den analytischen Geist; das Eintauchen in die Tiefenpsychologie; der herbstliche Pessimismus und der narzisstische Ich-Kult; der Eros und die verwischten Grenzen zwischen Denken und Gefühl; die libidinösen Geschöpfe Klimts; der metaphysische Zorn der Expressionisten … Seit ihrer Abreise hatten sie sich auf köstliche Weise immer weiter von der Welt (nach Hofmannsthal: die Moderne) abtreiben lassen. Vergessen die Spannungen der vergangenen Monate, sie waren einander wieder innig verbunden. Letzte Nacht in Sremski Karlovci im knarzenden Bett des Gasthauses am Parkeingang … Und heute Morgen hatten sie die eindrucksvolle Kathedrale, die *Saborna crkva*, besichtigt, wo ihnen ein schnurrbärtiges Mütterchen das Ritual des Vier-Löwen-Brunnens erläuterte: »Der Reisende, der von diesem Wasser trinkt, wird hierher zurückkehren und heiraten.« Sie hatten getrunken … Ein ausgezeichnetes Vorzeichen vor ihrer Ankunft in Belgrad. Heute Abend schien Jacques' Ziel in Reichweite. Er hatte eine Nische in der besten *Kafana* der Stadt reserviert und noch vor den Hors-d'œuvres würde er, ein Glas Balkansekt mannhaft emporgereckt, Barbara den Ring schenken, den er seit Budapest unten in seinem Koffer verstaut hatte. In ein paar Stunden wollte Jacques Koskas Barbara von Schwarzenbeck einen Heiratsantrag machen.

Did she wake you up
to tell you that
It was only a change of plan?
Dream up, dream up,
let me fill your cup
With the promise of a man.

Barbara beobachtete Jacques, der im Rhythmus von Neil Youngs Gitarre auf das Lenkrad trommelte. Sie fand sein Gesicht etwas aufgedunsen. »Ich bin von all dem Schweinkram aber auch dicker geworden, verflucht«, dachte sie und musterte ihre Oberschenkel, »das Szegediner Gulasch mit Sauerkraut, die gefüllten Schinkenrollen mit Gemüsemayonnaise … Salat ist ja verboten! In Österreich-Ungarn wird österreichisch-ungarisch gegessen, hat Kaiser Jacques befohlen!« Barbara steckte sich eine Zigarette an und schaute in die vorbeiziehende Landschaft, in die staubige Ebene der Vojvodina, darin verstreut ein paar ärmliche Gehöfte, die in der Sonne schmorten wie Kichererbsen in einem Ofen. Die trockene Luft und der Tabak brannten ihr im Hals. »Ach, die Karibik ist schon was anderes … Wir haben es wirklich hingekriegt, radikal das Meer zu meiden. Wie bescheuert ich aber auch war, da mitzumachen. Nach der überstürzten Absage im letzten Jahr wollte ich ihn eben nicht enttäuschen. Aber langsam ist es die reine Strafe. Verdammt«, murmelte sie in sich hinein. Vier Wochen durch die brütende Hitze mit dieser Bruchkiste! Ohne Klimaanlage. Ohne CD-Player. Ständig nur seine alten Hippie-Kassetten. Ich hab's so was von satt, ich hätte mal eine echte Auszeit in der Sonne gebraucht, statt alle zwei Tage das Hotel zu wechseln, um ›diese Länder von innen zu entdecken und die letzten Donaujuden kennenzulernen‹ … Egoist! Steck dir deine Länder von innen sonst wohin, Koskas! Und was die Juden an der Donau betrifft. Hier gibt es eh keine mehr … Die sind schließlich auch nicht blöd. Puh, und dann das unbequeme Sitzen auf dem Kunstleder. Jetzt fängt auch noch mein Bauch an. Nette Aussichten, in Belgrad seine Tage zu haben … Was heißt eigentlich Tampon auf Serbisch?«

Ein umgekippter Viehtransporter versperrte die Straße, doch Jacques gab sich ungerührt, in Gedanken schon beim Abendessen, seinem Outfit und der kleinen Rede, die er bei der feierlichen Ringübergabe halten wollte. Barbara schloss die Augen und atmete tief ein. »Nur ruhig, morgen ist dieser ganze Quatsch ohnehin vorbei. Geliebtes Berlin, morgen hast du mich wieder! Noch nie war ich so froh, aus dem Urlaub zurückzukommen. Wenn ich an die Kathedrale heute Morgen denke, wie das nach Weihrauch und Naphtalin gestunken hat, widerlich … Und die Popen! Jacques hat sie gar nicht gesehen, der sieht sowieso nur noch, was er will, aber ich hab genau gespürt, wie diese Schweine auf meine Beine gestarrt haben. Und der Clou war dann diese Hexe am Brunnen. Die wollte, dass wir ihr ekliges Wasser trinken. Boah! Ich hab nur so getan als ob! Die alte Schlampe! Echt jetzt!«

Sie fuhren wieder, als Begleitmusik das Gekreische von Deep Purple. Abrupt stellte Barbara das Autoradio ab. Sie hatte den Eindruck, ein ungesundes Geräusch im Motor gehört zu haben, als klemmte ein Regenschirm in der Kupplung fest.

»Keine Sorge, Schatz. Alles bestens, unser Auto fährt wie geschmiert. Das ist nur der Turbo, der schnurrt. Wir kutschieren einer vielversprechenden Zukunft entgegen! Ein Auto ganz nach unserem Abbild, haha … In einer, allerhöchstens anderthalb Stunden sind wir in Belgrad, eine wunderschöne Stadt, aus der du bestimmt gar nicht mehr weg willst.«

Barbara kauerte sich in ihren Sitz und rückte ihre Sonnenbrille zurecht. »Na gut, Jacques, mach, was du willst. Hör nicht auf mich, dann halten wir eben nicht, um mal den Motor anzuschauen, du entscheidest seit unserer Abreise ja eh alles alleine. Ich hab dir vorgeschlagen, in Budapest umzukehren, um in Österreich zu baden, und anschließend nach Deutschland zurückzufahren. Über die Autobahn! Aber nein, wir mussten ja partout noch weiter in den Südosten, an ›die Grenze‹. Ohne Szeged ging es einfach nicht! Gut, so übel war es in dem Kaff auch wieder nicht, das Restaurant an der Tisa war wirklich in Ordnung. Aber diese Vorlesestunden am Kamin in der ›kaiserlichen Hauptstadt‹ – ›die kaiserliche Hauptstadt!!‹, träum ich, oder was! –, die vergess ich so schnell nicht, Liebling. Wagner und Mahler … Du wirst noch büßen für deine Bücher und deine gewölbten Keller. Und für all die verrauchten Cafés mit ihren fleckigen Spitzendeckchen. Lass dir das gesagt sein, mein Lieber. Nach unserer Rückkehr wird sich einiges ändern, glaub mir.«

Barbara streichelte Jacques im Nacken.

»Du kannst dir gar nicht vorstellen, wie gern ich schon in Belgrad mit dir unter der Dusche stünde …«

»Und ich erst, mein Herz. Aber du musst mir wirklich versprechen, dass wir punkt halb neun im Restaurant sind. Ich hab eine kleine Über… Verdammte Scheiße!«

Der Motor gab einen dumpfen Knall von sich und sonderte einen dicken schwarzen Qualm ab. Jacques stieg aus, um den Schaden zu begutachten, und setzte sich wieder neben Barbara, die leichenblass geworden war.

»Ich bring dich um, Jacques! Was ist denn los mit dieser Scheißkiste?«

»Ich weiß nicht … Der Motor hat ein Loch, und Öl läuft aus …«

»Ach, sieh mal an! Dann war das also doch nicht der Turbo, der geschnurrt hat? Bloß nicht anhalten, ja? Und was machen wir jetzt? Ich warne dich, Jacques, morgen früh geht mein Flug nach Berlin, und den werd ich ums Verrecken nicht verpassen, darauf kannst du Gift nehmen. Sieh doch zu, wie du zurechtkommst, du Vollidiot!«

Jacques brauchte drei Stunden, um seine Versicherung zu erreichen, der Sachbearbeiterin auseinanderzusetzen, dass sie sich in der Nähe von Belgrad befanden und nicht bei Bellegarde im Département Gard, und darauf zu bestehen, dass der Chef der Sachbearbeiterin den serbischen Partner kontaktierte, damit besagter Partner einen Abschleppwagen schickte, am Steuer ein gutmütiger Koloss, auf dessen Arme zu Ehren des Kriegsverbrechers Arkan lauter Tiger tätowiert waren.

Schließlich landeten sie in einem notdürftigen Ersatzteillager. Der Boden war mit Kotflügeln für LADA und dem Gerippe eines verrosteten Panzers übersät. An den Wänden Poster des FK Roter Stern Belgrad neben einem überdimensionalen Foto von Samantha Fox. Der hochgestemmte, kirschrote Saab musste sich, wie ein unbeholfenes großes Insekt, mit hängenden Rädern der skeptischen Inspektion dreier kahlrasierter Schädel unterziehen.

»Barbara, hör zu, das tut mir wirklich leid. Ja, du hast recht, ich hätte anhalten sollen, ich hätte …«

»Lass mich in Ruhe, Jacques, ich hab keine Lust auf deine dämlichen Entschuldigungen …«

Sie kehrte ihm den Rücken zu.

»Barbara! Jetzt übertreibst du aber, so eine Panne kann doch jedem mal passieren. Alles halb so schlimm! In drei Monaten lachen wir über diesen kleinen Unfall in der Vojvodina!«

»Jacques, ich find das überhaupt nicht zum Lachen. Deine albernen Spinnereien hängen mir so was von zum Hals raus, wenn du wüsstest. Du bist ein kleiner Junge, und ich brauche einen Mann …«

Sie brüllte so laut, dass die Mechaniker sich umdrehten.

»Ich bin ein stinknormales Mädchen, verstehst du? Ich bin fix und fertig, ich wollte in Ruhe relaxen, keine Studienreise durch Mitteleuropa machen. Hast du daran vielleicht mal gedacht? Hast du dich auch nur einmal an meine Stelle versetzt? Wer arbeitet denn das ganze Jahr lang wie eine Verrückte? Wer brauchte dringend mal Urlaub? Und was glaubst du eigentlich, Jacques? Dass Stefan Zweig sich in Wien mit dir zum Kaffee trifft? Mann, in welcher Welt lebst du denn? Mach endlich die Augen auf! Runter mit den Scheuklappen! Du bist einfach nur lächerlich! Österreich-Ungarn, damit ist es aus und vorbei, Schluss, Ende, finito! Kakanien ist tot! Ich scheiß auf Serbien, ich scheiß auf Belgrad, und ich scheiß auf die ganzen Loser, mit denen du in Berlin rumhängst, deine Freunde, Ana und Co, die kotzen mich an. Und du gehst mir so auf den Geist, du …«

Schüchtern unterbrach sie ihr Fahrer:

»Auto nicht gut, Auto kaputt …«

»Ok, Jacques, dann lässt du eben deine Kiste reparieren oder hier verrotten, ganz wie du willst, aber ich bin weg. Ich nehm mir jetzt ein Taxi nach Belgrad, morgen fliege ich zurück.«

Jacques brach in Tränen aus.

»Nicht heute Abend, Barbara, ausgerechnet heute Abend, das kannst du wirklich nicht machen …«

Er versuchte, sie zu küssen, sie am Arm zu fassen, er flehte sie an, bei ihm zu bleiben oder ihn mitkommen zu lassen, doch es war nichts zu machen.

»Ich hau ab, verstehst du! Wir sehen uns dann in Berlin. Tschüss!«

Sie schnappte sich ihren kleinen Koffer und verschwand zügigen Schrittes im Dunkeln.

23

Nach dem ersten Schrecken wollte Jacques an eine vorübergehende Verstimmung glauben. Doch bei seiner Rückkehr nach Berlin begriff er, dass es sich um ein ernsthaftes Zerwürfnis handelte, Barbara war auf und davon, der Kleiderschrank zur Hälfte leer. Am Kühlschrank gab ein Zettel darüber Auskunft, dass sie zu einer Konzertreihe nach Verona und Bergamo gefahren sei und anschließend ein paar Tage »bei einer Freundin« am Meer verbringen wolle. Er solle tapfer bleiben und bloß nicht versuchen, sie anzurufen, geschweige denn, ihr nachzureisen. *Die Krise, die wir gerade durchmachen, diese bewusste Distanz zwischen uns, ist zwar für alle Beteiligten schwer, aber sicherlich heilsam. Mein lieber Jacques, manches muss sich einfach ändern.* Sie küsste ihn virtuell und versprach ihm, regelmäßig von sich hören zu lassen. *Pass gut auf Dich auf, kleiner Koskas. Denk in Ruhe über alles nach und versuch mal, die letzten Monate unserer Beziehung ein bisschen zu analysieren. XXXo, Barbara. PS: Vergiss nicht, die Stromrechnung zu bezahlen, spätestens am 15., und hol Amadeus ab. Deine Freundin Ana hat gestern schon wieder angerufen.*

Er las ihren Schrieb wieder und wieder, fand ihn mal

herzlich und ermutigend, dann wieder eher besorgniserregend und belehrend, eine bloße Formsache. So sehr er auch in seinem Gedächtnis kramte, er konnte sich beim besten Willen nicht daran erinnern, dass Barbara diese beiden Konzerte erwähnt haben sollte. Dabei hatte sie tatsächlich am Vortag in Verona gespielt und würde heute Abend in Bergamo auftreten, laut Internet bestand kein Zweifel daran. Aber bei wem würde sie ihre Ferien verbringen? Wer war diese »Freundin«? Ab und zu hatte Barbara ein paar italienische Bekannte erwähnt, die er jedoch nie getroffen hatte. Tausend Mal wählte er ihre Nummer, und tausend Mal knickte er vor dem ersten Ton wieder ein. Dann legte er sich hin, streichelte den Budapester Ring wie einen Talisman und flehte den Ewigen an, ihm seine kleine Frau zurückzugeben; durch seine Nachtruhe geisterten wimmelnde Insekten und hohe Berge, Alpträume, an die er sich beim Aufwachen im Morgengrauen – noch war die Sonne kaum zu sehen – nicht mehr erinnern konnte.

Um neun Uhr hatte er bereits eine ganze Schachtel Zigaretten geraucht, als er Ana anrief: Er müsse Amadeus abholen und »dringend« mit ihr reden. Seine Freundin stellte ihm einen Kaffee hin und beruhigte ihn. Natürlich würde Barbara zurückkommen, man verließ seine große Liebe ja schließlich nicht wegen einer Autopanne. Es lag auf der Hand: Barbara wolle sich rar machen, mit Sicherheit würden sich ihre Gefühle für Jacques nicht binnen weniger Wochen verflüchtigen. Jacques solle ihre Abwesenheit nutzen, um sich ein bisschen am Riemen zu reißen und über ihre Vorwürfe nachzudenken.

Sie stellte ihm einen weiteren Kaffee hin.

»Das ist lieb von dir, Ana. Aber glaubst du wirklich, dass sie zurückkommen wird?«

»Ich bin mir sicher. In ein, zwei Monaten seid ihr wieder zusammen.«

»Meinst du das ernst? Oder sagst du das nur, um mir Mut zu machen?«

»Überhaupt nicht, Jacques. Sie kommt bestimmt zurück.«

Etwas besänftigt, vergaß er Amadeus und sauste zu Carolines Laden. Sie saß vor ihrer Facebookseite, neben sich einen Latte Macchiato mit Sojamilch. Barbara gehe es gut, sie habe ihr gestern geschrieben, aber Caroline wusste nicht, bei wem sie nach den Konzerten wohne und wann sie zurück nach Berlin kommen wollte.

»Hör zu, Jacques, sie braucht ein bisschen Zeit. Sie will einfach mal Bilanz ziehen. Du bist ihr sehr wichtig, aber lass sie jetzt erstmal in Ruhe. Bedräng sie nicht. Wenn sie zu dir zurückkommen will, dann tut sie das auch. Mach dich rar. Verschwinde für eine Weile, und zeig ihr, dass du dich zusammennehmen kannst. Wenn du reden willst – du weißt ja, wo du mich findest.«

»Aber glaubst du, dass sie zurückkommen wird?«

Caroline wollte keine leeren Versprechungen machen und sagte, die Chancen stünden fifty-fifty, Genaueres könne niemand wissen. Jacques schauderte, die Angst schnürte ihm die Kehle zu. Er wusste es, ausnahmsweise hatte er nicht den leisesten Zweifel: Barbara musste einfach zurückkommen, ohne sie konnte er nicht leben, er liebte sie bis zum Wahnsinn. »Bis zum Wahnsinn, Caro«, wiederholte er, vor Erregung zitternd, während die junge

Frau peinlich berührt eine eintretende Kundin begrüßte, die einen Pullover aus dem Schaufenster anprobieren wollte.

»Also, Jacques, ich muss jetzt. Bis ganz bald. Kopf hoch!«

Jacques rannte zur Bank, die Stromrechnung begleichen, und dann wieder nach Hause, um Cosmo anzurufen.

»Das klärt sich schon alles, mein Kätzchen. Du wirst sie zurückerobern, ganz sicher. Sag mal, habt ihr im Urlaub immer noch wie die Karnickel gefickt?«

»Allerdings. Etwas weniger als früher, aber es war jedes Mal wieder sensationell.«

»Na ja, Jacques, Typen, die sie à la Moshe Dayan vögeln, gibt es wahrscheinlich nicht wie Sand am Meer. Und weil Moshe Dayan tot ist – seine Kriegerseele möge in Frieden ruhen –, kannst du bestimmt ganz beruhigt sein. Junge, die kommt schon wieder!«

»Bist du sicher?«

»Absolut.«

»Und wenn sie in Italien mit einem anderen Typen zusammen ist?«

»Warum sollte sie einen anderen Typen haben? Hast du denn den Eindruck, dass sie in letzter Zeit an jemand anders gedacht hat?«

»Nein.«

»Dann quäl dich doch nicht so. Und mal ehrlich, was würde das schon ändern, wenn sie ein-, zweimal mit einem anderen ins Bett ginge? Eure Beziehung beruht doch nicht darauf, sie …«

»Cosmo, du … du glaubst also, dass sie mit einem anderen vögelt?«

Einer Ohnmacht nahe, sah Jacques vor seinem inneren Auge, wie Barbara an der rosigen Vorhaut eines Gois lutschte.

»Das hab ich nicht gesagt! He, komm mal runter! Ich hab gesagt, falls … Jacques, lass es gut sein, Barbara ist nicht am Vögeln. Sie liegt einfach irgendwo in der Sonne, das machen schließlich viele Leute im August.«

»Meinst du?«

»Sicher! Sorry, mein Sohn, aber Sophie wartet am anderen Ende von Paris auf mich. Ich ruf dich heute Abend an. Kopf hoch! Und grüble nicht ständig, das bringt eh nichts.«

Jacques lauerte auf eine SMS, auf einen erlösenden Anruf, eine beruhigende E-Mail, auf ein Zeichen. Er schlief wenig und zwang sich zum Essen, Schokocrème, Trinkjoghurts oder Bananen, flüssiges Zeug, das er leicht runterbekam. Gespannt wie eine Feder dachte er pausenlos an Barbara. Seit drei Wochen hatte er sie jetzt nicht mehr gesehen. Er lief in der Wohnung, ihrem Liebesnest, mit einer Zigarette im Mundwinkel auf und ab, und fing regelmäßig an zu flennen, wenn er das Foto sah, auf dem sie beide lächelnd vor dem Wiener Stephansdom posierten. Oder wenn sein Blick auf die gemeinsam gekaufte Bettwäsche fiel, auf eine Haarnadel, einen Hausschuh oder irgendetwas anderes, das sie getragen oder auch nur angefasst hatte und das er abergläubisch nicht anzurühren wagte. Als er ihr Horoskop für die Woche vom 15. August entdeckte, wurde ihm schwarz vor Augen: *Natürlich lassen Sie keine Verführungsstrategie aus und haben keineswegs die Absicht, Ihre Naschlaune zu unterdrücken. Merkur und Uranus sind sich darin einig: Es wird nicht bei Ihrem Heißhunger bleiben, Ihre Gelüste werden eine realistische Erfüllung finden. Und Sie können keiner Liebesnacht widerstehen!* Um die unheilvollen Gestirne zu beschwören, suchte er Hilfe bei dem Kiss-Feuerzeug, das er ihr am Anfang ihrer Beziehung geschenkt hatte: Jede neu angesteckte Zigarette, jeder Kuss auf die wild geschminkten Rocker musste sie einfach zurückbringen … Ana rief täglich an und ermutigte ihn zum Durchhalten. Ein schwacher Trost. Er wollte ihr zu gern glauben, wusste aber nicht recht, wie. Ja oder Nein. Kopf oder Zahl. *Kiss!*

Barbaras Nachrichten bestärkten seine Zweifel eher. Sie schrieb ihm regelmäßig, jeden zweiten oder dritten Tag, meist nachmittags, demnach war also noch nicht alles verloren. Aber sie schrieb nur Belangloses, das sie genauso gut ihrer Großtante hätte erzählen können: Sie tanke Energie am Meer, esse Pulposalat und habe *Spaghetti ai ricci di mare* für sich entdeckt (weshalb er sie in Sizilien verortete), sie hoffe, dass er wohlauf sei, dass er die Wohnung aufräume etc. etc. … Jacques machte gute Miene zum bösen Spiel, wollte ihr beweisen, dass er sich nicht unterkriegen ließ und weitreichende Strukturreformen in Angriff genommen hatte: Er putze täglich, gehe wieder schwimmen und regelmäßig joggen, der Erscheinungstermin für sein Buch im September lasse sich hervorragend an … Er versuchte, sie geschickt zu erweichen, und schrieb, wie sehr sie Amadeus, ihrem unschuldigen Vogel, fehle. *Hör auf, mir Vorwürfe zu machen. Das ist echt nicht lustig, Jacques*, so ihre Antwort. Zehn Minuten später bat sie ihn, ihrem Kanarienvogel hochachtungsvolle Grüße auszurichten.

Ich komme morgen zurück. 19 Uhr 30 im Schwarzsauer?

Gut duftend, in einem sorgfältig gebügelten blauen Hemd, lief Jacques, mit einem Strauß Rosen, dem ersten Exemplar von *Israel, eine erotische Revolution* (Für B., die Liebe meines Lebens) sowie dem Verlobungs- beziehungsweise Wiedersehensring bewaffnet, seinem Schicksal entgegen. »In sechs Minuten, oder fünf … dann ist es soweit, Jacquot Koskas, heute Abend oder nie, *go for it! Go!*«, murmelte er, während er mit klopfendem Herzen lang ausschritt, zugleich glücklich und besorgt.

Er sah Barbara schon auf der Terrasse des Cafés sitzen: Sie rauchte lässig, ihre Beine waren genauso kupferfarben wie ihre Spatzenschultern, ihre Wangenknochen, zum Anbeißen reife kleine Aprikosen, mit lauter Sommersprossen übersät. Ein paar gewellte Strähnen fielen wie wilde Weizenkeime über ihre Wangen, selten hatte seine Venus des Nordens so entzückend ausgesehen.

Jacques traute sich nicht, sie zu küssen. Er reichte ihr die Blumen, schloss sie lange in die Arme und roch einen unbekannten Zitronenduft in ihrem Nacken.

»Sieh mal an, Mister Koskas!«, rief Barbara. »Schlank geworden! Und die Haare kurz! Und kein Schnäuzer mehr, sondern ein sauber gestutzter Bart!«

Sie fuhr mit der Hand durch seine morgens von Ana geschnittene Haarpracht.

»Du siehst ja süß aus … Wie geht's dir, Jacques?«

Er musterte sie langsam, verweilte auf ihrem bronzefarbenen Kleid, das er ebenfalls nicht kannte, und wanderte zu ihren geschwungenen Lippen hinauf, bevor er in ihre lächelnden, unergründlichen Augen schaute. Woran er wohl war? Kopf oder Zahl. Ja. Nein.

Vergebliche Mühe.

»Es geht«, antwortete er schließlich. »Ich hab schon bessere Zeiten erlebt, aber ich komme zurecht. Und bei dir, alles in Ordnung?«

»Ja, super! Na ja, ich will nicht übertreiben, aber dieser kleine Aufenthalt hat mir unglaublich gutgetan …«

Man konnte eine Stecknadel fallen hören. Ein paar lange schwebende Sekunden in der gesättigten Luft des Spätsommerabends.

»Du siehst jedenfalls phantastisch aus. War der Urlaub denn schön? Wo warst du eigentlich genau? Und bei wem? Darf ich das jetzt endlich erfahren?«

Sein Herz klopfte schneller.

»Natürlich. Ich war zwei Wochen bei Angela, einer alten italienischen Freundin aus San Francisco, in ihrem Haus in Süd-Sizilien in …«

»Ich wusste es!«

»Warum das denn?«

»Wegen der Spaghetti ai ricci di mare!«

»Nicht schlecht, Baby!«

Jacques entspannte sich, sie nannte ihn immer noch Baby. Barbara beglückwünschte ihn zu seinem Buch, auch wenn sein Name auf dem Cover »zu klein« sei. »Du wirst sehen, das geht noch richtig durch die Decke«, sagte sie.

Sie stießen auf seinen Erfolg an, tranken den Weißwein schnell aus und bestellten zwei weitere Gläser. Auf dem Weg zum Pissoir hätte Jacques am liebsten die Barfrau geküsst, die ihm verschwörerisch zuzwinkerte. Und hätte er es nicht so eilig gehabt, die Frau seines Lebens wiederzusehen, hätte er mit seinen Fingernägeln gern ihre Namen in die wurmstichige Klotür geritzt.

Sie zeigte ihm ein paar Fotos. Gleich auf dreien erschien im Hintergrund ein smarter und hochgewachsener dunkelhaariger Typ.

»Und wer ist das da?«

»Der? Ein Cousin von Angela. Paolo, glaub ich, er ist für einen Tag gekommen.«

»Nett, dieser Paolo?«

»Ja, sehr. Er ist Consultant oder sowas Ähnliches, wir haben uns kaum unterhalten.«

»Bist du dir sicher?«

»Ja, Jacques, ich bin mir sicher! Willst du mich wirklich zu jedem Typen ausquetschen, der zufällig irgendwo mit drauf ist? Guck mal, da, der Dicke, der hinter Angela Eis isst. Willst du wissen, wie alt er ist, vielleicht auch gleich noch seine Kreditkartennummer? Und hier, der Teenager da, der mir den ganzen Nachmittag lang auf den Busen gestarrt hat. Willst du seine Adresse, damit du ihn kaltmachen kannst? Jacques, dafür bin ich nicht gekommen, ich ...«

»Ok, entschuldige bitte, das ist wirklich lächerlich. Schwamm drüber. Nur eine klitzekleine Frage noch: Hast du dich am Strand oben ohne gesonnt? Du hast doch immer gesagt, dass ...«

»Machst du das jetzt extra, oder was?!«

Jacques Finger trommelten nervös auf die Tischplatte.

»Barbara, mit deiner Geheimnistuerei machst du es dir aber auch ein bisschen leicht, oder? Warum hast du mir nicht gesagt, wo du bist und mit wem?«

»Das weißt du doch: Ich brauchte ein bisschen Unabhängigkeit. Unsere Ferien waren der blanke Horror, da war es mir eben wichtig, dass wir beide mal mit ein bisschen Abstand nachdenken …«

»Und zu welchem Ergebnis bist du gekommen?«

Jacques Koskas Puls kletterte auf hundertachtzig pro Minute, und seine Beine zitterten schneller als bei einem Parkinsonpatienten.

»Ich glaube, ich … Wie soll ich das sagen …? Eigentlich bin ich noch nicht fertig mit Nachdenken …«

»Hab ich dir denn gefehlt?«

»Ja, natürlich. Aber ich war auch sehr froh, ein paar Wochen mal ohne dich zu sein.«

»Das sagt doch schon viel, wenn ich dir gefehlt habe, meinst du nicht?«

»Bestimmt. Aber ich weiß nicht, wie du mir gefehlt hast.«

»Das heißt?«

»Ich weiß nicht, ob es die Gewohnheit war oder weil ich dich liebe und dich brauche …«

»Barbara, du … du liebst mich nicht mehr?«

Sein Puls war jetzt auf zweihundert. Jacques' Hand krampfte sich um das Ringkästchen in seiner Hosentasche. Er hing an ihren Lippen wie am Rande eines Abgrunds und kratzte sich den Kopf.

»Doch, doch, ich liebe dich, da bin ich mir sicher, aber …«

»Aber …«

Barbara wusste nicht, ob sie noch in Jacques verliebt war. Er hatte sie wirklich enttäuscht. Nicht nur während der Ferien, in Wirklichkeit schon seit Weihnachten. Sie ertrug seine Faulheit nicht mehr, ganz zu schweigen von seiner Nachlässigkeit. »*Wer ist hier der Boss?* ist einfach nicht sexy.« Ihr gefielen entschlossene, unabhängige, »männliche« Männer, keine typischen Berliner Kreativen, und Milchbubis schon gar nicht. Barbara verstand nicht, wie er tickte, warum er seine Zeit verplemperte, obwohl er doch intelligent war – daran zweifelte sie nicht –, warum er einfach Reißaus nahm, sobald die Wirklichkeit nicht seinen (kindischen) Projektionen entsprach, so als würde er seinem eigenen Leben bloß zuschauen. Kurzum, sie zweifelte und brauchte noch mehr Zeit, um sich endgültig Klarheit zu verschaffen.

Sie nahm einen großen Schluck Weißwein.

»Verkleidest du dich eigentlich immer noch als Dickmadame?«

»Um Gottes willen! Nein, Barbara, ich verkleide mich nicht mehr. Kein einziges Mal seit meiner Rückkehr. Du machst dir überhaupt keine Vorstellung, die letzten Wochen waren echt heftig für mich«, sagte Jacques beleidigt. »Aber du mochtest das doch, wenn ich mich verkleidet habe.«

»Ja, lustig war das schon. Aber mit fünfunddreißig ist das wirklich kein Leben … Was hast du eigentlich mit dem klapprigen Saab gemacht?«

»Der ist repariert und wird bald verkauft.«

Jacques guckte ihr fest in die Augen. Er wäre vor ihr niedergekniet, wenn sie allein gewesen wären.

»Hör mir jetzt bitte zu, ohne mich zu unterbrechen. Ich habe nachgedacht, ich habe mich wirklich verändert. Du hast recht: Ich lass es gut sein mit Österreich-Ungarn! *Nie wieder!* Schluss mit dem Blödsinn, hörst du? Ich hab wirklich dazugelernt. Ich will endlich den Arsch hochkriegen. Ich treibe Sport. Ich arbeite. Ich bereite mit der Presseabteilung den Erscheinungstermin vor, das läuft tatsächlich alles wie am Schnürchen. Und vor allem, Barbara: Ich liebe dich, ich liebe dich von ganzem Herzen. Ich flehe dich an, komm zurück. Du kannst doch nicht einfach alles kaputtmachen, alles über den Haufen werfen, was wir in den letzten beiden Jahren zusammen aufgebaut haben. Du wirst noch staunen. Im positiven Sinne. Echt, ich schwör's dir, ich hab mich wirklich verändert!«

Barbara kaute auf ihren Lippen, während Jacques sich eine Zigarette ansteckte und einen verstohlenen Kuss auf sein Feuerzeug drückte. Er zögerte, den Ring aus der Tasche zu ziehen.

»Jacques, ich würde dir zu gerne glauben. Aber ich weiß nicht, ob wir uns wirklich verändern können. Nicht in unserem Alter. Na ja, keine Ahnung … Bitte, lass mir noch ein bisschen Zeit. Dräng mich nicht, das geht sonst nur nach hinten los. Ich will dich sehen. Ich will Spaß mit dir haben, aber bitte mach mir keinen Druck!«

»Aber Zeit, wofür denn?«, rief er mit schweißgebadeter Stirn. »Freust du dich denn nicht, mich zu sehen? Reicht dir das nicht? Ich versteh dich nicht, ich …«

»Es reicht, Jacques! Immer muss alles nach deinem Kopf gehen. Langsam fällst du mir ernsthaft auf …«

Die Liebenden sahen einander feindselig an. Eine Straßenbahn quietschte. Barbara bestellte eine weitere Runde Entre-deux-mers und zahlte umgehend. Schweigsam beobachteten sie die in der Dämmerung vorbeidefilierenden Menschen, lange, bärtige Radfahrer, bauchfreie Schwangere, einen finsteren Typen mit tätowiertem Gesicht und, mitten in der Menge, Jack Lang, der trotz der Hitze erstaunlicherweise in einem riesigen Regenmantel steckte, neben ihm seine Frau Monique und ein junger Mann mit gestärktem Polohemd. Barbara und Jacques setzten ihr Trinkgelage fort. Schließlich gingen sie wie durch ein Wunder zu ihm (zu sich), vögelten wie die Wilden und brachen irgendwann erschöpft zusammen.

Als Barbara aufwachte, war Jacques, lächelnd und frisch geduscht, bereits zur Stelle. Er hatte kleine Brioches gekauft und ihr einen frisch gepressten Orangensaft gemacht. Er sah sie zärtlich an.

»Wie geht's dir, Liebling?«

Sie räusperte sich, ihr Schädel brummte. Behutsam zog Jacques die Vorhänge auf, Amadeus zwitscherte. Lichtstrahlen glitten über Barbaras nackten Körper. Jacques lief das Wasser im Mund zusammen, und er rannte ins Bad, um eine Aspirin zu holen.

Als er sich wieder hinlegte, das Ringkästchen auf dem Nachttisch, hatte Barbara das Laken bis über die Brust gezogen und aß mit gesenktem Kopf.

»Wollen wir einen Fahrradausflug machen?«

»Nein, ich muss heute Nachmittag zur Probe.«

»Dann gehen wir heute Abend vielleicht Sushi essen?«

Barbara deutete ein Lächeln an.

»Du isst Sushi! Seit wann das denn?«

»Na, das ist der neue Jacques! Ich bin ganz verrückt nach denen mit Thunfisch und Aal. Gut, dann also heute Abend, soll ich im Sasaya reservieren?«

»Nein, Jacques, tut mir leid, aber ich bin schon verabredet …«

»Mit wem denn?«

»Nein, bitte nicht schon wieder!«

»Barbara, mit wem bist du heute Abend verabredet?« Er saß mittlerweile kerzengerade im Bett.

»Mit Caroline, meine Güte!«

»Mit Caroline, natürlich … deine Sachen sind demnach auch bei ihr?«

»Ja. Ich wohne jetzt erstmal bei ihr.«

Jacques kuschelte sich an Barbara und wollte ihren Busen befingern.

»Nicht jetzt, Jacques! Lass mich, bitte, mir steht gerade überhaupt nicht der Kopf danach. Wie spät ist es denn?«

»Zwanzig vor zwölf.«

Barbara sprang aus dem Bett und zog hastig ihren String und ihr Kleid an.

»Mach jetzt bitte keine Szene«, sagte sie in einem autoritären Tonfall, während sie in ihre Sandalen schlüpfte. »Ich muss los. Es war nett gestern Abend. Wir sehen uns bald, ich ruf dich an.«

Ihr Mund streifte Jacques' Lippen, und schon sauste sie die Treppe herunter.

Der Ball der verfluchten Liebenden dauerte Wochen, immer in der gleichen Besetzung, mit Barbara am Pult, während Jacques nur die zweite Geige spielte. Sie trafen sich in einer Bar, tranken ein paar Gläschen, Jacques versuchte, eine gute Figur zu machen, und schenkte Barbara eine Kleinigkeit, bevor er nach ihren Plänen fragte. Sie kokettierte ein bisschen, gestand ihm ihre Zweifel und wollte ihm nicht sagen, was sie tat, wenn sie nicht zusammen waren. Jacques spulte aufs Neue seinen Fragenkatalog ab, Barbara wurde ärgerlich, Jacques war drauf und dran, ihr ein Ultimatum zu setzen, machte ihr, *last but not least,* aber wieder eine Liebeserklärung, sie ging pinkeln oder den Lippenstift nachziehen, er lächelte geheimnisvoll, sie gaben sich weiter die Kante, aßen eine Kleinigkeit und gingen bei ihm zusammen ins Bett – oder auch nicht, aus undurchsichtigen, nicht verhandelbaren Gründen. Dann verschwand Barbara wieder für mehrere Tage, bevor sie ihn zu einer weiteren Fortsetzungsfolge in eine Bar zitierte …

Zwischen ihren Treffen litt Jacques Todesqualen. Erfolglos zerbrach er sich den Kopf über alles, was sie sagte, über ihren jeweiligen Tonfall, die Einzelheiten ihrer Mimik, über ihre Körpersprache und ihre sporadischen Liebesspiele (Barbara wollte beim Sex nur noch auf dem Bauch liegen). Weshalb behandelte sie ihn so leichtfertig? Warum bereitete es ihr ein solches Vergnügen, ihn zur Verzweiflung zu bringen? Er schrieb ihr ellenlange E-Mails, auf die sie bestenfalls antwortete, um ihm zu sagen, dass sie es eilig habe: Er solle sich keine Sorgen machen, sie würden bei ihrem nächsten Treffen über alles miteinander reden. »Verdammtes Luder«, schimpfte er vor sich hin, bevor er einknickte und ihr wie ein Vollidiot und elender Waschlappen für ihre Nachricht dankte. An manchen Tagen hielt er es nicht mehr aus, er rief sie an oder schickte ihr eine SMS, und wenn innerhalb einer Stunde keine Antwort kam, zermarterte er sich panisch das Hirn, schaute alle vier Minuten auf seinen finnischen Apparat und aktivierte den Vibrations- oder Lautlos-Modus, als könnten diese Manöver Barbaras Rückruf beschleunigen oder die Götter milde stimmen. Zur Selbstberuhigung listete Jacques ihre schlechten Seiten auf: ihre krankhafte Pünktlichkeit, ihr geradezu obsessives Pflichtgefühl, ihre Schlechte-Laune-Anfälle, ihr – wenn er ehrlich war, nur seltener – Mundgeruch beim Aufwachen, ihr unkontrolliertes Niesen zwischen Oktober und Mai, ihre Hühnereiallergie – sogar gegen Eier Benedict – und diese verfluchten Ballerinas, mit denen ihre Füße nur noch mausegroß wirkten. Manchmal versteckte er sein Telefon unter einem Stapel Handtücher im Badezimmer. Oder er stellte es aus, um es zitternd und mit pochenden Schläfen gleich wieder einzuschalten und auf das rote Blinken zu lauern, das von einem verpassten Anruf oder einer Nachricht seiner Liebsten kündete. Er ging stundenlang in seiner Wohnung auf und ab und rauchte Kette, während er sie abwechselnd verwünschte, verherrlichte oder anflehte und Amadeus Zeuge seines Unglücks war. Dann wieder kauerte er sich mutlos in das skandinavische Ei und glotzte mit zusammengepresstem Kiefer Curling-Turniere oder Teleshopping-Sendungen. Seine Qual endete erst, wenn ein Lebenszeichen von Barbara kam. Dann vollführte er Freudensprünge, legte auf, rief »Sie liebt mich, sie liebt mich doch!« und schwenkte sein Telefon wie einen League-

Cup. Aber die Atempause währte nicht lange, ein paar Stunden nur, und die Angst war zurück.

Er quälte sich entsetzlich! Ständig in Alarmbereitschaft, in fiebriger Erwartung einer erneuten Verabredung, zählte er die Tage und Stunden von ihrem letzten Treffen bis zur nächsten Begegnung. Er erwachte in aller Herrgottsfrühe mit einem beklemmenden Gefühl, litt an Schlaflosigkeit und wurde zusehends dünner: Seit ihrer Rückkehr aus Serbien hatte er neun Kilo abgenommen.

Lange Spaziergänge in den menschenleeren Alleen des feuchten Tiergartens besänftigten seinen Stress zwar etwas, doch auf dem Rückweg zu seinem farblosen Haus kehrte die Angst zurück. Er ließ den leeren Tag verklingen, parfümierte sich den Bart, schlüpfte in Hemd und Blazer und zwang sich vor dem Spiegel in seinen viel zu großen Kleidern zu einem Lächeln – es war erbärmlich. Wenn er ausging, nahm er ein, zwei Drinks, kleine Muntermacher, die ihm das Gespräch mit Unbekannten erleichterten, deren Wirkung jedoch schnell verpufft war, viel zu schnell, wie schmelzender Schnee, und schon hörte er all diesen Menschen, die mit sich im Reinen zu sein schienen, nicht mehr zu, hatte keine Lust, ihnen von seinem beschissenen Leben zu berichten, dachte einzig und allein an Barbara, sein Verhängnis, an das, was sie an diesem Abend gemeinsam hätten machen können, und daran, was sie um dieselbe Zeit, womöglich nur ein paar hundert Meter weit entfernt, nun ohne ihn machte. Dann stahl er sich davon, eine in der fröhlichen Menge verlorene einsame Seele, und ging mit bleierner Niedergeschlagenheit nach Hause. Eines Abends betrank er sich und begleitete ein Mädchen zurück, das er gerade kennengelernt hatte und das genauso verloren war wie er, eine liebeshungrige Vogelscheuche mit Hängearsch, die er lustlos küsste, bevor er ohne jede Rücksicht angewidert wegrannte, nachdem sie sich ausgezogen und begonnen hatte, mit ihrer Zunge sein schlaffes Glied zu bearbeiten. Es war fünf Uhr, und wieder einmal regnete es in Berlin.

In den ersten Wochen hatte er noch regelmäßig bei Caroline angerufen, aber die treue Vertraute hatte seine ewige Fragerei satt: »Hast du sie gestern Abend gesehen? Und mit wem? Meinst du, dass …?« Sie hatte ihn gebeten, sie nicht mehr zu bedrängen, oder mit ihr über etwas anderes zu reden, über Musik oder Kochen, wie »früher«, aber seine Leichenbittermiene, wenn er in den Laden kam, seine flehentliche Stimme am Telefon, seine deprimierten Colombo-Verhöre, damit müsse nun endlich Schluss sein. »Stopp, Jacques, du tust dir nur selbst weh, und ich kann nichts für dich tun, ich kann nicht zwischen euch vermitteln, redet doch einfach wie Erwachsene miteinander, bitte, sei mir nicht böse.« Ana war sein letzter Rettungsanker. Stoisch ertrug sie seine Geschichten und sein Geschwätz, all den Angstmüll, den er bei jedem Treffen über ihr auskippte. Doch leider hatte Barbara recht, Ana war eine Niete, eine Versagerin, die ihn mit ihren gescheiterten Plänen und Frustrationen runtergezogen hatte. Dauergutgelaunt, hatte sie seinem In-den-Tag-hinein-Leben Vorschub geleistet, für das er heute den Preis zahlte, einen horrenden Preis.

24

»Wenn du wüsstest, wie ich mich freue! Seit Wochen schon! Mein lieber Sohn, der mir seine Stadt zeigt …« Mitte Oktober kam Doktor Koskas zu einem weiteren Kongress von Gynäkologie ohne Grenzen für zwei Tage nach Berlin. Jacques nahm ihn zum Mittagessen mit in die Paris Bar, nachdem er eine geschlagene Stunde in der Hotellobby gewartet hatte, wo Jacques Senior noch mit seinen Kollegen plauderte, die sich genau wie er an einer Nylontasche mit dem Aufdruck *Berlin! – GSF 08* festhielten.

»Musst du wirklich den ganzen Tag damit herumlaufen?«

Jacques Senior holte einen Packen Zeitungen aus der Tasche, die französische und deutsche Tagespresse aus dem Flugzeug vom Vortag, Kongress-Kugelschreiber, eine Dose mit Claires Zimtplätzchen und schließlich ein sorgfältig eingepacktes Buch.

»Hier, von deinem kleinen Papa!«

Jacques schnitt eine Grimasse, als er auf dem Cover des Memoirenbands *Rien ne vaut la vie* das hutbekrönte Gesicht des französischen Großrabbiners Joseph Haïm Sitruk erkannte.

»Danke, aber das war doch nicht nötig«, murmelte er.

»Mein kleiner Vater-Finger sagt mir, dass du das im Moment ganz gut gebrauchen kannst. Du hast im Auto den Mund ja nicht aufgekriegt. Ich weiß, dass man dich nicht drängen darf, aber trotzdem … Auch am Telefon bist du schon wieder so ausweichend. An Rosh Hashanah und Kippur warst du nicht zu Hause … Jetzt sitzen wir hier seit einer halben Stunde, du hast schon eine halbe Schachtel geraucht und, was nun wirklich merkwürdig ist, du küsst ständig dein Feuerzeug. Jacques, irgendwas ist doch nicht in Ordnung!«

Doktor Koskas fixierte das bleiche Gesicht seines Sohnes und seine Augenringe.

»Was ist los, Jacques? Dein Buch? Läuft es nicht so, wie du willst?«

Im gesamten französischsprachigen Raum erhältlich, hatte *Israel, eine erotische Revolution* einen eher durchwachsenen Start. Das Werk war von *Vosgian Force*, einem libertären Rock-Fanzine aus Epinal, von der Zeitschrift des Identitären Blocks und von einem salafistischen Internetradio über den grünen Klee gelobt worden. Der Moderator hatte sich erfreut gezeigt, dass endlich einmal ein Jude den Mut hatte, die »Hypersexualität dieses Volks abtrünniger Reptilien« ans Licht zu bringen. *Le Monde diplomatique* schrieb, wir hätten »den Forschungen von Jacques die Bestätigung dessen zu verdanken, was wir schon seit Jahrzehnten ahnen: Dic Palästinenser sind aus ihrem Land vertrieben worden, damit die Imperialisten endlich ihren perversen Hang zur Polysexualität ausleben können.« Man erwartete Jacques beim nächsten Europäischen Sozialforum in Saint-Denis, und Mireille, die Pressefrau, hatte ihm eine Einladung der iranischen Regierung für eine Vortragsreihe am Theologischen Seminar in Mashhad an der Grenze zu Turkmenistan weitergeleitet. Die jüdischen Medien hingegen fielen gnadenlos über ihn her. Itzik Mendelssohn, Dekan der Université de Lorraine, schrieb in *Tabernacle*: »Während der hebräische Staat dramatische Stunden erlebt und die iranische Atombombe bedrohlich in unseren Ohren tickt, ist bei diesem Hobbyhistoriker und unreifen fünfunddreißigjährigen (!) Lackaffen offenbar der Wunsch der Vater des Gedankens. Er verrennt sich völlig mit seiner entwürdigenden und erlogenen Soft-Erotik-Fabel, die für Antisemiten aller Herren Länder ein gefundenes Fressen ist. *Israel, eine erotische* (neurotische?) *Revolution* besudelt die Erinnerung der Pioniere, unserer Eltern und Großeltern, denen wir so viel zu verdanken haben.« Mendelssohn warf Jacques vor, den Asketismus der Chassidim, die talmudische Tradition der Kontrolle und der Instinktverdrängung, den Puritanismus der Gründungsväter, ihre rein natalistische Auffassung der Sexualität – die an keiner Stelle, »ganz bestimmt nicht!«, als Lustquelle gedeutet wurde – bewusst übergangen zu haben. »In unserer jahrtausendealten Geschichte kamen die einzigen moralischen Abweichungen der Fortpflanzung zugute, um das Volk Israel zu retten: Ruth hat ihren Schwiegervater verführt, um die Vorfahren König Davids gebären zu können; die inzestuösen Töchter Lots haben den Nationen von Moab und Ammon zur Geburt verholfen. (…). Die Arbeiterinnen in den Kibbuzim, zu denen auch meine Mutter zählte, waren keusch und rein.

Die Kibbuzniks sublimierten ihre Triebe im Dienste des nationalen Ideals, nicht dieses dekadenten Individualismus, an dem der Autor zu kranken scheint. Sie hatten eine einzige Priorität: den Aufbau ihrer Gemeinde und ihres neuen Vaterlands. Wie sonst hätte es ihnen gelingen sollen, die Wüste in einen Garten Eden zu verwandeln? Die schönsten Autobahnen der Welt zu bauen und sämtliche Kriege zu gewinnen? Wie hätten sie Labors für Biotechnologie gründen und den Iron Dome entwickeln können? Seine Ausschweifungen haben das Frankreich Ludwig XV. in den Ruin getrieben. Die Wollust hat die polnische *szlachta* unterhöhlt. Israel wird leben, weil Israel – ob es Jacques Koskas gefällt oder nicht – sich seit Urzeiten in sexueller Zurückhaltung übt. Eliyaou Rapoport sagte einmal, dass der Zucker nichts nütze, wenn das Salz fehle. Selbst eine kleine Schlange ist giftig. Lieber Leser, halte Dich hiermit lieber nicht weiter auf: Spende die 22 Euro, die das Buch kostet, für einen guten Zweck oder gib es Deiner heiligen Ehefrau, wenn die Zeit der Chanukka-Lichter naht.«

»Tja«, sagte Jacques Senior, »ich verstehe nicht, warum man einen Autor so verreißen muss. Wenn ihnen das Buch nicht gefallen hat, hätten sie es doch einfach ignorieren können … Deiner Mutter und mir hat es jedenfalls sehr gut gefallen. Albert Sebban, der Gerontologe, fand es ein bisschen kurios, aber bemerkenswert. ›Respekt vor deinem Sohn!‹, hat er mir neulich an der Tankstelle zugerufen. Wir sind stolz auf dich. Es ist das erste Mal, dass ein Koskas ein Buch schreibt! Willst du einen Drink? Lass uns doch darauf anstoßen!«

»Nein, ich will überhaupt nichts«, erwiderte Jacques. »Diese beschissene Kritik ist bestimmt auf Gabriels Mist gewachsen!«

»Was redest du denn, Jacques? Ihr kommt doch gut miteinander aus.«

»Was weißt du schon, Papa. Gabriel hat früher mal mit Mendelssohn, diesem Hurensohn, zusammengearbeitet. Der Beschuss kommt bestimmt aus seiner Richtung, er hat den alten Knacker ferngesteuert, wahrscheinlich sogar den Artikel geschrieben, das ist genau sein blumiger Stil …«

»Hör auf damit, Jacques, du hast doch nicht alle Tassen im Schrank. Außerdem geht die Welt ja nicht gleich unter von einer schlechten Kritik. Große Männer sind schon immer heftig angegriffen worden. Was sagt denn deine Pressefrau?«

»Nichts. Die blöde Kuh ist partout nicht zu erreichen.«

Er log: Mireille hatte ihm tags zuvor mitgeteilt, er dürfe sich in Anbetracht der ersten Kritiken »freuen«, in der nächsten Zeit gar keine Besprechung mehr zu bekommen, das sei »ein gutes Zeichen«.

Jacques Senior blieb positiv. *Israel, eine erotische Revolution*, das er in seiner Praxis zum Verkauf anbot, gehe weg wie warme Semmeln, was auch Platz Nr. 430657 im Verkaufsrang von amazon.de erkläre. Er schlug Jacques vor, seine Pressefrau anzurufen, um ihr »ein bisschen einzuheizen«.

»Sonst noch was!«, rief sein Sohn genervt. »Misch dich da bloß nicht ein! Schwörst du mir das?«

Jacques versprach es hoch und heilig, während er seinen Schnurrbart glättete.

»Aber da ist doch sicher noch was anderes, oder? Was bedrückt dich denn? Ist es deine Freundin Babett?«

»Barbara! Das hab ich dir aber wirklich schon tausend Mal gesagt. Machst du das extra, oder was?«

»Ja, Barbara, entschuldige bitte. Dann stimmt also mit ihr was nicht, oder?«

Jacques bearbeitete mechanisch seine Gabel.

»Wir haben uns vor ein paar Wochen getrennt ... Na ja, sie ist gegangen«, seufzte er. »Und ich versuche, sie mit allen Mitteln zurückzugewinnen. Hast du eigentlich nie ein Problem mit Mama gehabt?«

»Nein, nie. Warum soll ich denn Probleme mit deiner Mutter haben?«

»Darum geht es nicht, Papa«, erwiderte Jacques ungehalten. »Habt ihr denn nie die kleinste Krise gehabt?«

»Nein. Deine Mutter ist großartig. Sie ist eine Perle, mein kostbarster Schatz, mit dir und deiner Schwester natürlich. Mama ist ...«

»Ja, ich weiß, Mama ist perfekt, eine heilige Frau, aber das war eigentlich nicht meine Frage. Und vorher, mit anderen? Bist du nie einer Frau hinterhergelaufen?«

Jacques Senior trank geräuschvoll ein großes Glas Mineralwasser.

»Natürlich hab ich andere Frauen gekannt. Aber wenn sie weg waren, waren sie eben weg, basta, Schluss, aus. Jacques, in der Liebe ist doch eigentlich alles ganz simpel: Entweder sie will, oder sie will nicht. So einfach ist das. Wenn sie keine Lust hat, solltest du einen Schlussstrich ziehen. Auch andere Mütter haben schöne Töchter.«

»Barbara weiß nicht, was sie will, das ist etwas anderes«, sagte Jacques.

»Wenn du meinst«, entgegnete sein Vater nachdenklich. »Aber denk an dich …«

»Ich hab fast den Eindruck, dass du dich über meine Misere freust …«

»Überhaupt nicht, ich sehe, dass es dir nicht gut geht, und als Vater mache ich mir eben Sorgen um dich. Mehr nicht.«

»Bist du sicher? Du sagst dir nicht: ›Hach, gut dass wir endlich diese Goi los sind, die mir den Sohn wegschnappen wollte‹?«

Jacques Senior verteidigte sich, er wolle sich keineswegs in Jacques' Privatleben einmischen. Dennoch gab er ihm einen Rat: eine Familie zu gründen sei eben einfacher mit einem Mädchen »aus unserer Welt«, das ähnliche Werte und einen ähnlichen Hintergrund habe. Er kenne das Leben, auch andere hätten sich schon die Flügel verbrannt und rauften sich inzwischen die Haare.

»Sie können ihre Kinder nicht in die Synagoge begleiten und …«

»Und was machst du mit der Liebe?«, unterbrach Jacques ihn. »Schon mal von Leidenschaft gehört? Wenn alles den Rahmen sprengt, Papa! Hast du das nie gekannt, dass sich dir die Eingeweide umstülpen? Du glaubst ja wohl nicht ernsthaft, dass ich mir ein Mädchen aussuche, nur weil es einen Stempel vom Beth Din auf dem Hintern hat! Ich scheiß auf die anderen Frauen. Nach Barbara bin ich verrückt, ja, restlos verrückt! Solange ich noch die klitzekleinste Chance habe, sie zurückzuholen, geb ich nicht auf!«

»Jacques, noch einmal: Du machst, was du willst. Aber pass auf dich auf. Jetzt beruhig dich mal, und iss dein Schnitzel, das wird sonst noch kalt. Und hör auf, so herumzuhampeln, das ist ja nicht zu ertragen.«

»Ich wollte eigentlich raus und eine rauchen.«

»Nein, du bleibst jetzt hier und isst.«

Jacques tat, wie ihm geheißen. An der Zunge quälten ihn kleine Bläschen. Er verkündete seinem Vater, dass sie später mit Barbara zum Abendessen verabredet seien.

»Wenn es dir Freude macht«, sagte Jacques Senior lakonisch. »Iss auf und nimm noch einen Nachtisch! Du bist ja ganz dünn geworden.«

Sie umrundeten den Alexanderplatz, verzichteten aber auf einen Abstecher in die Kapsel des Fernsehturms, die Warteschlange vor dem Phallus der triumphierenden DDR war ihnen entschieden zu lang. Schweigend liefen sie zwischen den Stelen des Holocaust-Mahnmals. Jacques Senior schauderte, als er unter den Bögen des Brandenburger Tors durchschritt, begeisterte sich dann aber an der maurischen Architektur der Neuen Synagoge in der Oranienburger Straße, die ihn an das Spanien seiner fernen Vorfahren erinnerte. Jacques erzählte ihm von der jüdisch-deutschen Symbiose in der Zeit vor den Krematorien und deutete auf die goldene Kuppel des Gotteshauses.

Zurück in Prenzlauer Berg, wurde Jacques Senior ganz wehmütig. In diesen braunkohlehaltigen Straßen, wo manche der baufälligen, noch mit Einschusslöchern versehenen Gebäude auf einen reichen Münchner Bauträger oder einen russischen Investmentfonds hofften, wirkte er wie verloren.

»Puh, ist das desolat hier, lass uns zu dir gehen, mir ist kalt«, sagte er.

Jacques wurde von einer Nachricht seiner Folterknechtin empfangen. Sie würde nicht mit ihnen essen, aber anschließend könnten sie gemeinsam etwas trinken gehen. »Bring deinen Vater mit, ich freu mich, ihn wiederzusehen. Ich sag dir später noch, wo.«

Jacques Senior schlug das Glas Whisky aus, das sein Sohn ihm hinhielt, trank einen Karottensaft und knabberte an ein paar Haselnüssen. Vom Sofa aus, in das er sich nach dem beschwerlichen Aufstieg in den fünften Stock hatte fallen lassen, betrachtete er die Staubschichten auf Steckdosenleisten und Regalen, die Flaschenleichen, die Mülltüte an der Küchentürklinke, das auf eine rettende Hand wartende Geschirr sowie die Hemden seines Sohnes, die sich auf der Lehne des skandinavischen Eis stapelten.

»Jacques, du solltest wirklich mehr auf deine Sachen achten. Und wie es hier nach Rauch stinkt, ich mach mal das Fenster auf.«

Er bot sich als Putzhilfe an: In einer sauberen Wohnung werde er sich mit Sicherheit schon wohler fühlen. Jacques weigerte sich, sein Vater ging ihm allmählich auf die Nerven. Es wäre besser, baldmöglichst zum Essen rauszugehen. Doch vergeblich, der Prozess war bereits ins Rollen gekommen.

»Sag mal, wie sieht es eigentlich finanziell bei dir aus? Womit verdienst du deinen Lebensunterhalt?«, fragte Jacques Senior, in dessen Schnurrbartspitzen noch Reste von Tomatensauce klebten.

Jacques gab sich gelassen. Er habe schließlich noch sein Appartement in Miami, zu dem Claudio ihm verholfen habe, die wöchentliche Miete, das zwischenfinanzierte Darlehen und andere mysteriöse Nebenverdienste. Außerdem wolle er ein Restaurant im Viertel eröffnen, eine französisch-tunesische Brasserie.

»Aber das ist doch kein Leben!«, ereiferte sich sein Vater. »So ein Restaurant ist ein kompliziertes Unternehmen. Das fällt nicht einfach vom Himmel. Wenn ich dich richtig verstehe, rührst du also keinen Finger! Du weißt ja, dass die amerikanischen Märkte gerade abstürzen? Dass die Immobilienpreise in den Keller gehen?«

Das Handy seines Sohnes fiepte. Automatisch küsste Jacques sein Talisman-Feuerzeug und griff, endlich, lächelnd nach dem Gerät, das er seit Beginn des Essens mit schmachtenden Blicken bedachte.

Guten Appetit und liebe Grüße, Mama.

Jacques erblasste, sein Vater hieb mit der Faust auf den Tisch.

»Es reicht jetzt, Jacques, reiß dich am Riemen, und zwar schnell! Diese Frau macht dich ja völlig kirre!«

»Lass mich in Ruhe. Du verstehst rein gar nichts, und übrigens, du hast mich nie verstanden. Ich bin kein kleiner Junge mehr, also lass mich mein Leben leben, wie ich will.«

»Na, sieh mal an! Das ist ja ein schönes Leben! Genau wie deine Wohnung! Es …«

»Papa, noch ein Wort, und ich verschwinde.«

Vater und Sohn beugten sich über ihre Teller. Schließlich richtete Jacques Senior sich auf und reichte Jacques einen Fünfhundert-Euroschein.

»Von deiner Mutter und deinem undankbaren Vater, der dich nicht versteht. Und stell dich nicht an. Wenn wir so hart arbeiten, dann für Euch: für dich, für deine Schwester und die Kleinen. Kauf dir eine schöne Hose, oder nimm dir eine Putzfrau, mach dir irgendeine Freude. Und keine Widerrede.«

Die Bar war proppenvoll und die Musik zu laut. Barbara erschien hinter einer dicken Qualmwolke. Sie war in Begleitung von Caroline, deren neuen Typ, einem großen Blonden mit kantigem Kinn, und ein paar Musikern, die er vom Sehen kannte, außer Rolf, einem stämmigen Kerl mit Barbour-Jacke, der ihm, ohne ihn anzuschauen, seine schlaffe Hand entgegenhielt.

Barbara begrüßte Jacques Senior herzlich. »Und, Berlin? Wo waren Sie? Na, wie schön!« Wie gut, dass er gekommen sei, sie mache sich ein bisschen Sorgen um seinen Sohn. Ach ja, sie auch? Jacques Senior hätte ihr gern die Würmer aus der Nase gezogen und sie zur Verantwortung gezogen, aber wenn er sich in ihre Beziehung einmischte, würde Jacques ihm eine Szene machen. Also sprach er lieber über die Neue Synagoge, über ihre Glasfenster und ihre schönen Proportionen.

Jacques versuchte, mit Caroline und ihrem Freund zu scherzen, aber er wurde immer angespannter. Erfolglos hatte er nach Barbaras Hand greifen wollen, jetzt überlegte er nur noch, wie er mit ihr allein sein konnte. »Später vielleicht«, flüsterte sie ihm zu. Wenn doch diese Idioten bloß alle abhauen würden, vor allem Rolf, dieser kahlköpfige Zwerg, dessen geringschätzigem Blick er schon mehrfach begegnet war. Sein Vater war völlig verunsichert und wusste nicht, was er mit dem Bier, das von seinen Fingern troff, anfangen sollte, er hatte, wenn überhaupt, seit fünfunddreißig Jahren schon keinen Fuß mehr in eine Bar gesetzt. Für diesen Mann, der jeden Abend mit reinem Gewissen zu Bett ging, war die Bar 3 eine Art Vorhölle, bevölkert mit trinkenden und rauchenden Verdammten, die sich zu einer entsetzlichen Elektro-Kakophonie verrenkten, und mit blonden Kreaturen, die eilig auf die Toilette strebten und ihn beim Herauskommen ohne ein Wort der Entschuldigung kichernd anrempelten.

Nach einer Stunde bat er seinen Sohn, ihn nach Hause zu bringen.

Im ungünstigsten Moment – Jacques hatte gerade Barbara abgepasst, der er einen Abstecher ins Weekend vorschlug und ein paar wilden Sex verheißende Linien Koks: Sie hatten seit zwei Wochen nicht mehr gevögelt.

»Bist du sicher?«

»Absolut. Ich bin müde, ich bin dreiundsechzig, und das hier ist wirklich nichts für mich.«

»Begleite ruhig deinen Vater zurück, Jacques«, mischte Barbara sich ein. »Wir können auch ein andermal reden, es eilt ja nicht ...«

»Genau«, sagte Jacques Senior. »Ich muss morgen um zehn Uhr mein Exposé halten. Komm, Jacques, du kannst ja später nochmal herkommen, wenn du willst, aber ich muss jetzt nach Hause.«

»Willst du nicht ein Taxi nehmen?«, schlug Jacques vor.

»Na hör mal, Jacques!«, sagte Barbara. »Dein Vater kennt sich in der Stadt nicht aus und spricht kein Wort Deutsch.

Komm doch nochmal, wenn du ihn zurückgebracht hast, wir sind bestimmt noch da ...«

»Sicher? Ihr wartet auf mich?«

Nachdem er am Steuer die Zähne nicht auseinanderbekommen hatte, setzte Jacques seinen Vater ab und machte unmittelbar wieder kehrt. Er brüllte vor Wut, verfluchte seinen Vater und Barbara, die ganze Welt und vor allem die Schneckenkolonie vor sich. Er stellte den Saab auf einen Behindertenparkplatz und stürzte in höchster Alarmstufe in die Bar. Barbara und die anderen seien vor zehn Minuten gegangen, beschied ihm Caroline, die mit ihrem Freund an der Bar schäkerte.

Mit einem Kloß im Hals ging Jacques verzweifelt wieder hinaus und rief bei Barbara an: ein-, zwei-, dreimal. Er schickte ihr mehrere Verzweiflungsbotschaften. Er lief zwei Stunden im Regen durch Mitte und Prenzlauer Berg, ging bei Caroline vorbei und hielt nach Barbaras unverwechselbarem roten Peugeot-Fahrrad Ausschau. Er traute sich nicht, Caroline zu stören, rief aber alle zehn Minuten, genau genommen, achtmal, bei Barbara an. Es war schon nach zwei Uhr, als er es, nun wieder zu Hause, tränenüberströmt noch ein weiteres Mal probierte. Diesmal nahm sie ab. Oder vielmehr, ihr Telefon nahm ab: Sie musste es in einer Tasche oder in der Hand haben, ein Versehen. Jacques hörte Musik, Lachen und Männerstimmen. Er legte auf und rief sofort wieder zurück. Besetzt. »Verdammte Schlampe! Ich hasse dich, ich hasse dich!«, schrie er und zerriss ein Foto von ihr in tausend Stücke. Ein paar Minuten später klingelte endlich das Telefon, das verlassen auf dem Küchentisch lag. Außer sich vor Freude, rannte er hin, stolperte über einen Schuh, fluchte und hörte am anderen Ende Louis, einen Idioten aus Anas Clique. Morgens um halb drei! Was für ein Volltrottel. Er schickte Barbara eine letzte Nachricht. Vielleicht hatte sie einen Unfall gehabt? Und wenn er alle Berliner Krankenhäuser durchtelefonierte? Absurd! Wahrscheinlich ließ sie sich gerade von irgendeinem Arschloch durchficken. Als er sich endlich hinlegte, das Handy auf dem Nachttisch eingeschaltet, bekam er selbstverständlich kein Auge zu. Er knipste das Licht wieder an und versuchte zu lesen, doch in dieser alptraumhaften Nacht erforderte *Asterix und die Goten* mehr Konzentration als der *Tractatus* von Wittgenstein. Irgendwann warf er das Album gegen Amadeus' Käfig und presste sich, zwischen den schweißnassen Laken bibbernd, in Barbaras Kopfkissen, ohne Schlaf zu finden. Um halb sieben zog er sich an und ging, mit den Nerven völlig am Ende, aus dem Haus.

Es dämmerte bereits, als er an der Ecke Gipsstraße/Rosenthaler Straße plötzlich vor einem roten Fahrrad stand. Er nahm es von allen Seiten unter die Lupe und erkannte den HSV-Sticker sowie das verbeulte Schloss. Kurzatmig musterte er die schlummernden Häuser ringsum und inspizierte die Namen an den Gegensprechanlagen, die ihm sämtlich unbekannt waren.

In einem Café verschlang er ein paar Spiegeleier, stürzte einen großen Orangensaft herunter und sann auf Rache. Jacques Senior hatte recht. Er hatte sich lange genug wie ein Weichei aufgeführt. Die wird sich noch wundern, die notgeile Nutte. Bis zehn Uhr lass ich sie noch in Ruhe, dann rausch ich bei ihr vorbei, sag ihr die Wahrheit ins Gesicht, und Tschüss, Miss von Schwarzenbeck. *The game is over!* Er rieb sich die Hände, bestellte eine Salami-Bretzel und klatschte sich selbst lautstark Beifall, unter den belustigten Blicken des türkischen Chefs, der ihn für einen Clubber auf MDMA hielt, der gerade auf dem Weg zur Afterparty war.

Um drei nach zehn ging sie mit müder Stimme ans Telefon.

»Wie geht's, Liebling«, stammelte sie. »Entschuldige wegen heute Nacht, ich hab gerade gesehen, dass du mich angerufen hast, ich bin …«

»Lass das Geschwätz, Barbara. Wir sehen uns nachher. Keine Diskussion!«

»Wo bist du denn?«

»Ganz in der Nähe, wenn du bei Caro bist.«

»Ja, bin ich. Okay. Komm doch in einer Viertelstunde auf einen Kaffee vorbei.«

Am liebsten hätte Jacques ihr den Schädel gegen die Wand geschlagen. Er steckte sich eine Zigarette an, ohne sein Feuerzeug zu küssen – mit diesen Kindereien war nun ein für allemal Schluss –, und begann zu toben. Er fragte, warum sie nicht wie verabredet auf ihn gewartet habe, warum sie ihm nicht gesagt habe, dass sie aufbrechen wollten, warum ihr Fahrrad in der Rosenthaler Straße geblieben sei, tausend Warums … Barbara gab sich erst unverfroren, kokettierte ein bisschen und blinkerte mit den Augen, bevor sie unvermutet ihre Strategie änderte.

»Hör zu«, sagte sie mit klagender Stimme, »ich bin im Moment einfach ein bisschen verloren, weil …«

»Wie jetzt, verloren?«

»Warte kurz, bitte.«

Als sie aus dem Bad zurückkam, setzte sie sich auf seinen Schoß und schob seine Hand unter ihrem Nachthemd auf ihre warme Brust, zwei ofenfrische kleine Brioches. Doch Jacques blieb standhaft.

»Es reicht jetzt wirklich mit deinem Zirkus. Ich hab deine Spielchen bis obenhin satt!«

Barbara kniete vor ihm und hatte gerade mit ihrem Auf und Ab begonnen, als sich ein Schlüssel im Schloss drehte. Caroline.

Noch am selben Abend lud Barbara ihn zum Essen ein und entschuldigte sich für die Qualen, die sie ihm bereitet hatte. Sie gelobte Besserung, sie würden sich künftig häufiger sehen und gemeinsam an sich arbeiten, ja, das sei auch ihr ein Anliegen, allerdings erst nach ihrer Rückkehr. Am nächsten Tag ging sie mit den Berliner Philharmonikern auf Konzertreise nach Großbritannien.

25

Seine Hartnäckigkeit hatte sich ausgezahlt. Seit Barbaras Rückkehr hatte ihre Beziehung eine unverhoffte Wendung genommen. Sie hatten ein paar Tage an der Ostsee verbracht, wo sie am grauen Meer entlangfuhren und in einem verblühten Luxushotel Sex hatten. In Berlin hatte sie ihn zum Arzt begleitet: Seinem Hoden ging es blendend. Sie hatten eine Location für seine Restaurantpläne besichtigt. Barbara fand seine Idee schlau: Man müsse schließlich ein bisschen von all den zahlungskräftigen jungen Pärchen im Viertel profitieren. Am Vorabend hatten sie zusammen Halloween gefeiert, er als Skelett, sie als Hexe.

Barbara schlüpfte in Jacques' Pyjamajacke und setzte sich auf die Bettkante.

»Ich muss dir etwas Wichtiges sagen. Caroline zieht mit ihrem neuen Typen zusammen …«

Automatisch umklammerte Jacques unter der Bettdecke sein Glied und unterdrückte ein triumphierendes Lächeln.

»… ich muss also umziehen.«

Es war soweit: Das Warten hatte sich gelohnt.

Oder auch nicht, denn … Barbara suchte eine Wohnung. Eine eigene Wohnung. Sie erklärte ihm, sie mache es für sie beide, für ihre Beziehung, um nicht gleich wieder im Alltagstrott zwischen Einkaufen, Putzen und tödlichem Frühlingsdurchfall zu versinken. Sie wolle ihn künftig weder überwachen müssen noch in Pantoffeln vor der Glotze sitzen sehen.

Er hatte inzwischen seinen Schwanz losgelassen und sah sie an wie ein begossener Pudel. Ob seine Schränke von der neuen ukrainischen Putzfrau denn nicht sorgfältig genug aufgeräumt seien? Er versprach ihr das Blaue vom Himmel und setzte aus lauter Verzweiflung hinzu:

»Und wie machen wir das, wenn wir mal Kinder haben?«

»So weit sind wir noch lange nicht, Jacques. Du und ich, wir haben noch das ganze Leben vor uns, um Kinder zu kriegen. Erstmal geht meine Karriere vor … Und unsere Beziehung«, ergänzte sie schließlich. »Als Pärchen muss man sich ja nicht jeden Abend sehen. Du weißt doch, dass mir meine Unabhängigkeit wichtig ist. Ich muss Freunde treffen und auch mal allein sein können … Besser, wir freuen uns immer wieder richtig aufeinander … Okay, Baby?«

Drei Tage später zog Barbara um.

Wenn Jacques seine Frau sah, war er dynamisch wie eine frisch vom Flugzeugträger gestartete F 16 und wollte voller Tatendrang die Berliner Bäuche und Gaumen erobern. *Chez Jacquot*, seine Brasserie, nahm allmählich Gestalt an. Er hatte schon mehrere Köche getroffen, von denen ihm vor allem ein junger Algerier gefiel, außerdem diverse Banker, die ihm ihre Unterstützung zusicherten. Die Tage ohne Barbara waren schwieriger zu meistern: Eines Abends war sie im Borchardts mit Rolf gesehen worden. Ana hatte sie in einem Café im Westen in Begleitung eines dunkelhaarigen jungen Mannes getroffen. Als Jacques sie zur Rede stellte, verdrehte sie die Augen zum Himmel.

»Glaubst du wirklich, dass ich mir einen Typen wie Rolf antun will? Er ist ein Kollege, ein interessanter Gesprächspartner, das war's.«

»Und der andere?«

»Ein Geiger aus dem Orchester.«

Trotzdem stimmte irgendetwas nicht. Manipulierte sie ihn? Hatte sie sich eine Wohnung genommen, um ein Doppelleben zu führen? Merkwürdig war dieser Umzug ja schon … Kaum waren sie wieder versöhnt, haute sie ab, das passte alles nicht zusammen. Oder wollte sie, wie sie behauptete, diesen Ortswechsel wirklich, um ihre Beziehung zu retten? Zugegebenermaßen war sie immer sehr liebevoll, wenn sie sich trafen. Ihre ineinander verschlungenen und verschachtelten Körper verstanden sich blendend. Barbara hatte an Oberweite zugelegt, ihr Busen reagierte auf die kleinste Berührung, angeblich eine Nebenwirkung ihrer neuen Pille. Jacques vergötterte den Körper seiner Frau, den er nach Herzenslust verbog und verrenkte, Droge und Obsession. Dieser Körper gehörte ihm. Niemand durfte ihn anfassen. Niemand. Die Eifersucht nagte an ihm. Er vertraute ihr nicht mehr.

Er musste sich Gewissheit verschaffen. Hätte er das Geld dafür gehabt, hätte er einen Privatdetektiv engagiert. Stattdessen streunte er nach Einbruch der Dunkelheit um die Philharmonie und absolvierte Kontrollgänge zu diversen

Cafés auf der Suche nach ihrem Fahrrad, einer gemeinsamen Bekanntschaft oder einem anderen Anhaltspunkt.

Am 21. November 2008, dem zweiundneunzigsten Todestag von Kaiser Franz-Josef, lauerte er ihr unten vor ihrem Haus, Kollwitzstraße Nummer 61, auf.

Seit einer halben Stunde schon saß er auf einer Rutschbahn und starrte auf die drei großen Fenster im vierten Stock. Alles lag im Halbdunkel, obwohl sie ihm versichert hatte, dass sie sich zu Hause ausruhen wolle. Es war dreiundzwanzig Uhr. Selbst im Zustand völliger Erschöpfung ging sie nie vor ein Uhr morgens ins Bett, was war also los? Er wagte weder zu klingeln noch auf ihrem Handy anzurufen, sie würde ihn nur abschmettern, und er hätte damit ihren neuen Deal von »Ehrlichkeit und gegenseitigem Respekt« verletzt: Bei ihrem kleinen Ausflug ans Meer hatte Barbara sehr darauf bestanden.

Er musste pinkeln, und obwohl er in seinen gelben Stiefeletten mit den Zehen wackelte, war ihm sterbenskalt. Am liebsten hätte er sich aus dem Staub gemacht, aber sein Instinkt ließ ihn weiter ausharren. Er gönnte sich noch dreizehn Minuten. Und nachdem er sich in der Kneipe um die Ecke ein Sandwich und einen Zigarettenvorrat geholt hatte, eine weitere halbe Stunde.

Es tat sich immer noch nichts. Sie schlief vermutlich. Es war zwanzig vor eins. Gerade wollte er die Heimreise antreten, als ein schwarzer Audi A4 geschmeidig vor dem Haus einparkte. Auf leisen Sohlen näherte sich Jacques der Hecke, die ihn von der tollen Kiste trennte. Barbara stieg aus, gefolgt von einem großen jungen Mann mit tiefschwarzer Mähne. Dieses Gesicht kannte er doch irgendwoher. Wo? Wann? Wer, wer zum Teufel? Mit der Geschwindigkeit des Zentralrechners im MI6, wenn James Bond nur noch Sekunden bleiben, um die Welt zu retten, spulten in seinem Gehirn Hunderte von Bildern ab. Diese Nase. Der Mund. Diese geometrische Schönheit. Barbara und der Unbekannte überquerten lachend die Straße. Diese schlaksige Erscheinung. Der Typ vom Foto! Barbara kramte in ihrer Tasche nach dem Schlüssel. Der Kerl vom Sommer! Angelas Cousin! Paolo!

Jacques schnellte hinter seiner Baumgruppe hoch und fiel über sie her.

»Elende Nutte! Verdammte Schlampe!«

»W … was machst du denn hier, Jacques?«, stammelte sie wie versteinert.

»Halt's Maul! Halt einfach endlich die Klappe! Und du, Spaghettifresser, machst dich vom Acker, oder ich polier dir die Fresse!«, schrie er Paolo an.

»Ich bin Rumäne, du Arschloch, du kannst mich mal!«, antwortete Pompiliu wie aus der Pistole geschossen. »Barbara, wer ist denn dieser Verrückte? Kennst du den?«

Pompiliu, der Wundergeiger der Philharmonie, kam auf Jacques zu. Er war einen guten Kopf größer als er.

»Rumäne oder Italiener, das interessiert mich einen Dreck. Hau ab, los!«, sagte Jacques. »Das hier ist meine Freundin, Finger weg! Raus! *Out!*«

»Deine Freundin? Wenn du wüsstest, du Schwuchtel, ich fick Barbara schon seit Monaten, ich bin …«

Jacques rempelte ihn an und packte Barbara an den Haaren. Sie schrie auf und trat ihm ans Schienbein, während der Rumäne ihm einen heftigen Stoß in den Rücken versetzte. Jacques strauchelte, rappelte sich im letzten Moment wieder auf und verpasste seinem Rivalen eine saftige Ohrfeige. Jetzt wich Pompiliu taumelnd zurück, ließ aber schon die Klinge eines Springmessers blitzen. Barbara hechtete dazwischen und versuchte, die beiden Kontrahenten zu trennen.

Von dem hysterischen Geschrei alarmiert, hatten sich ein paar Nachbarn an den Fenstern versammelt.

»Lass ihn, Pompiliu! Hau ab! Hau ab!«, brüllte sie. »Und du auch, Jacques, ich will dich nicht mehr sehen, nie mehr! Mach dich vom Acker! Verschwinde aus meinem Leben, und zwar endgültig! Du hast alles kaputtgemacht! Du bist einfach nur krank! Ich wollte ihn gerade abservieren! Komm mir bloß nicht mehr unter die Augen!«

»Barbara!«, stöhnte Jacques.

»Verschwinde! Es ist aus zwischen uns, aus und vorbei!«

Irgendwo, weit entfernt, war durch den Nebel ein Martinshorn zu hören. Der große Rumäne beschimpfte sie beide und brauste davon.

»Lass mich rein, bitte!«, flehte Jacques.

»Nie im Leben! Bleib, wo du bist, und hau endlich ab, sonst sag ich den Bullen, dass du mich verprügeln wolltest …«

Jacques versuchte, sie an einem Mantelärmel festzuhalten. Sie versetzte ihm einen gemeinen Fußtritt, in den Bauch diesmal, und rannte auf ihre Haustür zu, die sie irgendwie aufbekam und dem am Boden zerstörten Jacques, der sich vor Schmerzen wand, vor der Nase zuknallte.

26

Um Jacques Koskas wurde es finster.

Nachdem er in den vergangenen Monaten permanent unter Anspannung gestanden hatte, brach sein Körper nach dieser apokalyptischen Nacht sofort zusammen. Eine Woche lang schiss er jeden Morgen Blut und litt unter Herzrasen. In Gegenwart von Ana, seiner einzigen Besucherin, oder am Telefon mit Cosmo artikulierte er mühsam ein paar Worte. Am neunten Tag sank zwar sein Fieber, aber er zuckte unwillkürlich zusammen, als er sich im Spiegel sah. Sein Gesicht war leidverzerrt. Schwere Tränensäcke, hohle Wangen unter einem struppigen Bart. Aus seinen Pupillen war jeder Glanz gewichen, und auf seinen Haaren prangte plötzlich ein grauer Fleck, eine merkwürdige Scheibe, die von seinem düsteren Schicksal zeugte.

An jenem Morgen ließ Jacques sich ein heißes Bad einlaufen. Er seifte sich gerade lustlos ein, als Radio Fritz *Hello* von Lionel Richie brachte. Gleich bei den ersten Takten musste er an die Hochzeit von Gabriel und Delphine denken, an Annick, das auf der Tanzfläche an ihn gepresste Tantchen, an seine Leidenschaft für Slalom- und Abenteuerpisten, an das Leben, das er damals, frei und sorglos, noch in vollen Zügen aufgesogen hatte, an seine unbändige Lebenslust – und er weinte still vor sich hin. Er war völlig kraft- und antriebslos, Barbara hatte ihn gebrochen. Er hatte eine Wahnsinnige vergöttert! Seit zweieinhalb Jahren drehte sich seine komplette Existenz um eine toxische Neurotikerin. Seine große Liebe, die einzig wahre seines Lebens, für die er alles gegeben hätte, diese Frau, die er hatte heiraten und befruchten wollen, hatte ihn schlichtweg verarscht, schlimmer noch, sie hatte versucht, ihn fertigzumachen und herunterzuziehen. Die ganzen Qualen, so viel Hingabe und Selbstverleugnung, und dann das. Widerwärtig! Und warum, warum nur? Was hatte er Schreckliches getan? War das die Rache all derer, mit denen er in der Vergangenheit gespielt hatte? Weshalb gelangte nur bei jedem neuen Versuch Sand ins Getriebe?

Er verbarrikadierte sich zuhause, käute sein Unglück wieder und lamentierte über die Absurdität des Daseins. Auf eine der Wohnzimmerwände schrieb er mit rotem Filzer LOVE MADE ME FORGET! Ja, die Liebe hatte ihn vergessen lassen, wie lebensuntüchtig er war und wie schwer er sich mit der Ungewissheit tat, diesem Tanz auf dem Vulkan, den jeder Mensch von Geburt an mitzumachen verurteilt ist. Vor Barbara hatte er sich mit peinlichen Tricks, einem unbekümmerten Fluchtverhalten und einer ungezügelten Vergnügungssucht immer irgendwie aus der Affäre gezogen. Er hatte sich nie etwas vorgemacht, er spielte nur, um die eigene Sterblichkeit zu vergessen: Ausweichmanöver, Listen und Strategien, um den Qualen der Ungewissheit zu entkommen. Eine gewisse Leichtigkeit des Seins, dabei stets voller Hoffnung: Er hatte eine Art Grundvertrauen, und dann fiel plötzlich Barbara vom Himmel. Ein goldener Engel. Sie würde ihn durch den Dschungel lotsen, sie wäre das Raumschiff, mit dem er alle Turbulenzen des Lebens und Erschütterungen des Kosmos überstehen würde. Doch die Rakete war mitten in der Luft explodiert. Ohne Job und Geld fand er sich nun mit gebrochenem Herzen mutterseelenallein mit jener gefährlichen Freiheit konfrontiert, mit der er nie zurechtgekommen war. Seine schlaflosen Nächte waren von Herzrasen, kalten Schweißausbrüchen und verschleimtem Husten geprägt. Die Zigarette war seine letzte Begleiterin, er rauchte ununterbrochen, er schlief nicht und rauchte stattdessen ab fünf Uhr morgens im weißen Bademantel auf dem Balkon, betrachtete qualmend den düsteren Himmel, den Morgenstern, das blasse Firmament und die sanftmütigen Wolken, die Masse der Welt.

Trotz allem fehlte sie ihm. Je mehr er sich bemühte, sie zu vergessen, desto mehr fehlte sie ihm. Endlos kaute er seine Verzweiflung mit Ana durch, die ihn abends regelmäßig bekochte und ihm versicherte, jeder habe schon einmal an Liebeskummer gelitten. Die Zeit sei das effizienteste Betäubungsmittel, er werde sich schon wieder berappeln: Eines schönen Tages würde er aufwachen, klack, plötzlich ein anderer Mensch sein, nicht mehr an sie denken, endlich eine andere lieben können und wieder glücklich sein. Eine fromme Lüge, dachte er, und schaute angewidert zu, wie sie sich in ihren abscheulichen Klamotten und mit einem Gesichtsausdruck, der genauso freudlos war wie ihre Kochkünste, am Herd zu schaffen machte. Hast du eigentlich mal in den Spiegel geguckt? Du hast dich doch selbst nie von deinem Liebeskummer erholt! Seit Jahren lebst du nur noch auf Raten. Also halt den Mund, und sing mir nicht immer das gleiche Lied. Die Liebesfreude währt nur kurz, der Liebeskummer das ganze Leben – das weißt du doch genauso gut wie ich.

Er bat sie, zu gehen. Er musste sich dringend einen runterholen. Er wichste fieberhaft, mit zugeschnürter Kehle, und dachte dabei an Barbara, suchte im Internet ihr Hinterteil, ihren Busen, ihren Mund und ihre Hände, bevor er verbittert und weinerlich abspritzte, nicht ohne daran zu denken, wie sie sich von Pompiliu oder von Rolf gründlich durchficken ließ, von sämtlichen Schwänzen des Planeten, überdimensionalen Ruten, nach denen die lüsterne Irre so verrückt war.

Und dann beschloss Jacques Koskas eines Nachts seine Wohnung aufzuräumen. In einem verstaubten Hefter fand er seine Aufzeichnungen zum Stoizismus, die er vor seiner Begegnung mit Barbara zusammengekritzelt hatte. Er saß im Känguruslip auf dem Wohnzimmerboden und las die Ratschläge Marc Aurels, um von der Liebeskrankheit zu genesen. 1.) Denken, dass »die Umarmung nur eine innere Reibung mit Verkrampfung und Schleimabsonderung ist«; 2.) Begreifen, dass sich »die Liebe auf die Reibung von Haut beschränkt«; 3.) Die Libido hat keine Eigenenergie, weil die Triebe lediglich auf die Reize der Außenwelt antworten. Er hatte notiert, dass die Befriedigungen des Geistes den Sinnesfreuden, die nur für das gewöhnliche Volk und die Tyrannen gälten, weit überlegen seien: Die Lust ist kein Wegweiser zum Glück (Aristoteles). Und folgende Maxime von Epiktet: »Die Leidenschaft ist der ewige Rechenfehler in der Lehre der Vernunft.« So ein Quatsch, alles nur intellektuelle Selbstbefriedigung! Er griff nach dem Hefter, um ihn zu verbrennen, besann sich dann aber eines Besseren und begann hektisch, nach Fotos von Barbara zu suchen. Er schichtete sie zu einem kleinen Stapel auf, obendrauf ein Bild der Pianistin – splitternackt, igitt, am Wannsee –, das er gleich am nächsten Morgen in Digitalfassung auf seiner Facebookseite posten wollte. Haha. Außerdem nahm er *Rien ne vaut la vie* des Großrabbiners Sitruk, vier verstreut herumliegende Exemplare seines eigenen Buchs und das drei Tage zuvor eingetroffene Einschreiben der Trust Confidence Corp. Offenbar hatte sein Appartement im Zuge des kollabierenden Immobilienmarkts in Florida sechzig Prozent an Wert eingebüßt, sodass er nicht mehr in der Lage war, seine am damaligen Kaufpreis indizierten Schulden zu begleichen. Kurzum, es gab keinen Zweifel mehr: Er war ruiniert, die Trustcorp verlangte, dass er binnen kürzester Zeit sein Darlehen zurückerstattete, sonst wollte sie den Fall vor Gericht bringen. Und warum nicht gleich Interpol, lachte er hämisch. Vom Geschäftsführer erfuhr er ebenfalls, dass sein Finanzberater und Freund Claudio Sorbillo etliche Millionen Dollar veruntreut und die Bank nach ein paar gewagten Kapitalanlagen um ein paar weitere Milliarden gebracht habe. Er war spurlos verschwunden. *Grande Claudio*, der Beste von uns allen! Aufzeichnungen, Fotos, Bücher und Briefe: Er trug auf dem Balkon alles zu einem Haufen zusammen, übergoss ihn mit Benzin und steckte ihn mit seinem Kiss-Feuerzeug, das er anschließend in die Flammen warf, in Brand.

Der Nächste bitte. Mit blutunterlaufenen Augen und einem boshaften Grinsen wandte er sich Amadeus zu. Der Vogel hatte auch in letzter Zeit unaufhörlich gezwitschert. Er hatte nicht das geringste Mitgefühl gezeigt. Dafür würde er jetzt zahlen müssen, als Zeuge seiner gescheiterten Liebe und seines Niedergangs. Jacques schob das Mozart-Requiem in den CD-Player: zweiter Track, *Kyrie*, Herr, erbarme Dich. Er stöberte in der Küche nach dem großen Messer, mit dem er an glücklichen Sonntagen den Rostbraten tranchiert hatte. Sorgfältig wetzte er die Klinge und schickte sich an, Amadeus die Kehle durchzuschneiden, als sein Handy klingelte. Ana. Schon wieder! Jacques zögerte, nahm dann aber doch ab. Sie war völlig durch den Wind. Ob sie gleich mal vorbeischauen könne? Natürlich. Auch mit ihr wollte er in jener Nacht der langen Messer abrechnen. Amadeus käme dann eben später dran.

Sie musste innerhalb des nächsten Monats aus ihrer Wohnung raus. Ein Anlagefonds hatte ihr Haus erworben und wollte alle Mieter, die zum Spottpreis dort wohnten, kurzerhand ausweisen, um ein Hotel zu bauen. Ana weinte um das Bohème-Berlin der Nachwendezeit und wetterte gegen den Kapitalismus, als Jacques sich plötzlich von hinten näherte. Er begann, ihre riesigen Titten zu kneten. Während er die Knöpfe ihrer Latzhose entsicherte, schauderte er vor Abscheu, als er mit ihrem großen milchigen Körper in Berührung kam und riesenhafte Füße, unförmige Brustwarzen, stoppelige Achseln und schließlich einen mit winterlichen Rötungen übersäten Hängepo entdeckte.

Egal, wenn er sie ein für alle Mal loswerden wollte, musste er mit ihr schlafen. Und zwar sofort. Wortlos, ohne sie zu küssen, presste er sie an die Wand mit den blutroten Lettern *Love made me forget!* Sein Ständer war schlaff, und er kam geräuschlos in ihren Kniekehlen.

Zitternd vor Liebe und Dankbarkeit drehte Ana sich zu ihm um. Sie wollte ihn in den Arm nehmen und ihm Liebesworte ins Ohr säuseln, aber Jacques hatte sich bereits eine Jogginghose übergezogen und hielt ihr ihre Sachen hin. »Lass mich in Ruhe, und ruf mich nie mehr an. Nie mehr, hörst du!« Das waren seine einzigen Worte, bevor er sie, bedrohlich sein großes Messer schwingend, vor die Tür setzte.

Er schlief ein paar Stunden auf dem Sofa und verließ dann, zum ersten Mal seit der großen Trennung, seine Wohnung. Wie ferngesteuert ging er zu Barbaras Haus, starrte lange auf die Fenster im vierten Stock und spuckte aus. In der Nähe entdeckte er einen schwarzen Audi A4, dessen Karosserie er zerkratzte. Dann machte er kehrt, setzte sich auf die Terrasse des Schwarzsauer und bestellte einen Kaffee. Seinen letzten Kaffee in Berlin. Noch am selben Abend wollte er die Stadt verlassen, Adieu Preußen und Prenzlauer Berg, all die Straßen, Ecken, Bars und Restaurants, die ihn an Barbara erinnerten. Adieu, Hipsterlandschaft, Adieu, Möchtegern-Bohèmes, Künstler, Kreative und Webdesigner, die auf Bionade, Club-Mate oder I-books stehen, Adieu, liebe alle, ewige Teenager mit Euren Vintage-Brillen und buschigen Schnurrbärten, Adieu, Internationale der Coolness, Adieu, die antriebsschwache, konformistische Linke mit ihren Markenturnschuhen und Super-Skinny-Jeans. Adieu, provinzielles und zugeknöpftes Deutschland! Ich hasse dich, Land der Mörder! Du hast das Böse verbrochen! Du hast den Boden und die Dörfer Europas in Brand gesetzt, den Menschen in Seife verwandelt und seine dunkelste Seite offenbart, du hast mein Volk zu einem schwermütigen Reptil verkommen lassen, das bei jedem gezückten Messer gleich nach Rache schreit, und dabei bin ich auf dich zugegangen, liebes Deutschland, ich hab dir verziehen, hab deine Sprache gelernt und deine Dichter gelesen, ich habe dich geliebt, aber du hast mich gekreuzigt und zum Wrack gemacht … Jacques erging sich noch ein paar weitere Minuten in Selbstmitleid und Wahnvorstellungen, bevor er Hals über Kopf, ohne seine Zeche zu zahlen, davonstürzte. Er rannte hinauf, um seinen Mietvertrag zu kündigen, packte seinen Koffer und verabschiedete sich von Amadeus: Tschüss, du Unglücksvogel! Er würde vor Hunger krepieren, während er nach Paris floh und nach Wochen endlich Cosmos Aufforderung folgte, dort wieder zu Kräften zu kommen.

27

Jacques unternahm ausgedehnte Spaziergänge. Er senkte den Blick, wenn er einem Liebespärchen und vereinsamten alten Leuten begegnete. Er betrachtete Paris, die in Grau gehüllte Stadt und die aschfarbene Seine, Paris im Dezember 2008. Die moderne Technikmenschheit in der Metro, die verschlossenen Gesichter und mürrischen Mienen, den Geruch nach kalter Pisse und die Haschischverkäufer am Gare du Nord, das Konterfei von Sarkozy auf sämtlichen Titelseiten und Covern, Tag für Tag, Woche für Woche, die Machenschaften von Tricky Nick. Raymond Domenech als Fußballnationaltrainer. Die Obdachlosen, die nachts aufgereiht in den Hauseingängen am Place des Vosges lagen wie Tote im Leichenschauhaus. Die Salafisten und Pittbulls, die Warteschlangen, um ein multifunktionales Mobiltelefon zu erstehen, Le Pen I und II, Fünzigjährige, die sich wie Teenager kleideten, die hoffnungsfrohen Castingbewerber vor dem BHV, der Perrier zu 7 Euro im Palais-Royal, der Krieg in der Banlieue, der Quadratmeterpreis in Saint-Germain-des-Prés, an jeder Ecke die Bullen in SA-Uniform, überall Plasmabildschirme, Staus, Streiks, Aggressivität: die Hype- und Bling-Bling-Gesellschaft von

Youssouf Fofana und Dieudonné. Kleines Scheißland. Alles absehbar. Und ihm im Grunde auch herzlich egal.

Chez Raymond hatte geschlossen, Raymond war gestorben. Genau wie Philippe Noiret, Raymond Barre und Anna Nicola Smith. Gilbert und Jean-Louis Costes hatten ihr Reich weiter ausgedehnt, Philippe Starck hatte das seinige konsolidiert. Einen gelben Schal um den Hals geschlungen, laberte sich Gabriel, tiefschürfender Denker und genialer Populärwissenschaftler, zwischen diversen Posts und Kolumnen von morgens früh bis abends spät als poylvalenter und allwissender Experte durch die Nachrichtensender. Ein Blick in *France Football* klärte Jacques darüber auf, dass Guzman Benco inzwischen für den FC Waregem spielte und in Belgien im Rennen um den Goldenen Schuh war. Die Journalisten bei *La Turbine* hatten aufgehört, Carla Bruni zu hören. Im Übrigen gab es bei *La Turbine* keine Journalisten mehr, ja es gab gar keine *La Turbine* mehr, die Tageszeitung der Geschäftsleute und Schwerindustrie war unlängst aufgelöst worden. Auf dem Boulevard Beaumarchais traf Jacques einen früheren Kollegen. Von ihm erfuhr er, dass der dicke Freddo inzwischen einen Bio-Weinkeller in Montmartre aufgemacht habe. Hugo Huguin habe sich scheiden lassen und einen Herzinfarkt erlitten. Die meisten hielten sich irgendwie über Wasser. Nein, Clémence habe kein Kind bekommen. Jedenfalls nicht 2006, da sei er absolut sicher. Was für eine Frage! Aber geheiratet habe sie damals, und inzwischen präsentiere sie die Kurznachrichten auf einem der sechshundertsiebenundfünfzig Kabelsender, er wisse nur nicht mehr, auf welchem. Sie träfen sich einmal im Monat in einer Bar in Ménilmontant. »Du solltest auch mal vorbeischauen«, sagte er, »da würden sich bestimmt alle freuen, die Schließung der Zeitung hat uns zusammengeschweißt, wir sind wie eine große Familie.«

Nein danke! Aber wenigstens sein anderes Kind wollte er kennenlernen. In der Avenue Mozart war Serena Bensoussan allerdings »vor der Geburt der Zwillinge« aus ihrer Maisonettewohnung ausgezogen: Die Concierge hatte Jacques wiedererkannt und erteilte ihm bereitwillig Auskunft. Wann? Ungefähr vor drei Jahren? Später? Vielleicht, sie erinnerte sich nicht genau, gab ihm aber Serenas neue Adresse. In Neuilly. Ein ansehnliches Steingebäude gegenüber vom Jardin d'acclimatation, vor dem er drei Tage lang Wache schob. Zwillinge! Guter Gott! Endlich trat die Tigerin auf die Straße. Mit Pelzmantel und schwindelerregend hohen Stiefeln, majestätisch wie eh und je, in Begleitung einer ivorischen Nounou, die zwei Winzlinge an der Hand hielt. Von Weitem war es nicht einfach, deren Augenfarbe und Mundform auszumachen, in ihren Skianzügen eine Ähnlichkeit zu sich selbst zu entdecken. Ja, welches Alter mochten die Zwerge wohl haben? Sie konnten gerade mal laufen. Anderthalb? Zwei? Älter? Jacques erinnerte sich vage an die ersten Schritte seiner Nichten. Die beiden hier konnten unmöglich schon drei sein. Jacques war erleichtert – und Sekunden später zutiefst niedergeschlagen: Er war doch nicht Vater.

Am Tag vor Weihnachten fuhr Sophie zu ihren Eltern in die Schweiz. Cosmo blieb in Paris bei seinem Freund.

»Prosit, Jacques, und schau mir in die Augen, sonst gibt's sieben Jahre schlechten Sex!«

»Das sowieso … Na ja, wenn du unbedingt willst …«

Er versenkte seine traurigen Augen in Cosmos. Dann leerte er sein Glas Bordeaux in einem Zug und schenkte sich gleich wieder nach.

»Also, mein Lieber, lass uns ein bisschen reden, wie geht es dir?«

»Wie soll es mir schon gehen? Ich fühl mich wie ein Stück Scheiße, ich bin völlig ausgepowert, und wenn ich an Weihnachten letztes Jahr in Hamburg denke, könnte ich nur noch heulen.«

»Vielleicht ist das ja irgendwie Glück im Unglück. Barbara war ja nicht …«

»Cosmo, ich liebe dich heiß und innig, und was ihr für mich tut, ist einfach großartig, das werde ich euch nie vergessen. Nur eine winzige Kleinigkeit: Erspar mir bitte solche idiotischen Äußerungen!«

»Okay, Bruder, entspann dich! Ich hab ja gar nichts gesagt.«

Cosmo beugte sich über sein Glas und zog ausgiebig an seiner Zigarre.

»Jacques«, setzte er verlegen an, »Deine Eltern haben heute Morgen schon wieder angerufen. Sie machen sich riesige Sorgen. Du gehst nicht ans Telefon, sie haben seit Wochen nichts mehr von dir gehört, sie …«

»Die können mir ein für alle Mal gestohlen bleiben!«

Mit hassfunkelnden Augen machte Jacques seine unglücklichen Eltern für seine ganzen Misserfolge und Umwege verantwortlich. Er kranke, das stehe fest, an einem Herstellungsfehler.

»Was soll denn dieser Quatsch?«, fragte Cosmo.

Jacques leerte sein Glas und kratzte sich den struppigen Bart.

»Das ist doch ganz einfach: ein ausgeglichener Nachwuchs erfordert eben ein Minimum an Vorkehrungen. Sonst schlägt sich das Chaos der Zeugung im Charakter der Kinder nieder. Sie sind ja schließlich von dem zugrundeliegenden Geschlechtsakt geprägt!«

Cosmo konnte sich ein Schmunzeln nicht verkneifen.

»Du Trottel, es ist mir völlig ernst damit. Wenn du ein Kind machen willst, bereitest du deinen Geschlechtsakt eben eingehend vor. Für ein qualitätsvolles Sperma musst du auf Körper und Geist achten, du malst dir doch schon das zukünftige Kind aus. Ich bin mir sicher, dass meine Eltern mich mal eben schnell zwischendurch fabriziert haben, zwischen zwei Sprechstunden, wer weiß, vielleicht auf einem Krankenhausbett, wahrscheinlich haben sie vorher zu fettig gegessen, und so wie ich sie kenne, waren sie fix und fertig. Das Ergebnis: Sie haben ein Monster gezeugt! Den Idioten, der vor dir sitzt!«

»Ach, Jacques …«, sagte Cosmo nachdenklich und nuckelte an seiner Cohiba.

»Cosmo, da gibt es kein ›Ach, Jacques!‹ Ich werde meine Eltern wegen eines Herstellungsfehlers verklagen: Ich will Schadensersatz. Mit ihrem unverantwortlichen Kopulieren haben sie mein Leben verpfuscht! Im Januar werde ich das Verfahren einleiten. Vielleicht wird sich das Ganze ja zu einem Grundsatzurteil auswachsen. Ich könnte mir gut vorstellen, dass viele Menschen gerichtlich gegen ihre Eltern vorgehen wollen …«

»Na klar, sicher! Jacques, mach mal halblang: Dein Vater muss schon deine amerikanischen Schulden decken, glaubst du nicht, das reicht? Hör auf mit diesem Schwachsinn, um Himmels Willen, hör auf!«

Jacques' Miene verfinsterte sich augenblicklich. Sie machten sich an die Gänseleber und das Marengo-Kalbfleisch. Während Jacques das Fleisch und die Kronprinzessin-Kartoffeln herunterschlang, ohne den Blick vom Teller zu heben, bot Cosmo ihm einen kleinen PR-Job an, Sophie und er suchten jemanden für ihre Firma, es sei nicht eilig, er könne im Februar oder März anfangen, das werde ihm guttun, ein bisschen Geld und Stabilität, eine erste Einstiegsmöglichkeit. Er lehnte ab.

»Was willst du denn dann machen?«, fragte Cosmo.

»Vielleicht Kabinenwärter im Schwimmbad in Pontoise. Den ganzen Tag in Badeschlappen rumschlurfen, die Umkleidekabinen auf- und zuschließen, Ärsche anglotzen – das krieg ich grade noch hin!«

»Sehr witzig, Jacques …«

»Oder noch besser: *Net-Dating-Assistant*. Ich hab neulich im Schaufenster einer Zeitarbeitsagentur eine Annonce gesehen. Das ist ein Beruf mit Zukunft: neckische Anzeigen verfassen, Hunderte von Profilen sichten, täglich Dutzende originelle Nachrichten schreiben und dabei auf die Rechtschreibung achten …«

Jacques stand abrupt vom Tisch auf und warf seinem Freund die Serviette an den Kopf.

»Ach, lass mich doch in Ruhe, Cosmo!«, rief er. »Lasst mich alle in Frieden! Keiner kann mir helfen, weder du noch sonst irgendwer! Ich hab alles versucht und alles vermasselt. Alles! Ich weiß nicht, was ich machen will. Ich steh völlig neben mir, kapierst du das? Diese Nutte hat mich fertiggemacht, sie hat mich …«

Weinend brach Jacques zusammen. Cosmo nahm ihn in den Arm und wiegte ihn wie ein Kind. Er werde diese ganze Scheiße mit Sicherheit überwinden. Schließlich habe er auch seine Krebserkrankung besiegt, spreche achtunddreißig Sprachen und bekomme inzwischen wieder einen Steifen wie ein Esel. Er, Cosmo, sei nach dem Tod seines Vaters durch die Hölle gegangen. Er habe damals geglaubt, nie mehr auf einen grünen Zweig zu kommen, und dann habe sich das Leben einfach wieder sein Recht verschafft. Auch Jacques werde sich schon irgendwann selbst aus dem Sumpf ziehen.

»Jedenfalls nicht in Paris«, stöhnte er. »Ich mag diese Stadt nicht, oder ich versteh sie nicht, ich weiß nicht, außerdem ersticke ich in Frankreich.«

»Übertreibst du nicht ein bisschen?«

»Nein«, jammerte er.

»Aber wo willst du hin?«

Keine Ahnung. Jacques trocknete seine Tränen und kippte ein großes Glas Whisky herunter.

»Überall, wo ich mal war, fühle ich mich fremd«, seufzte er. »Ich hab nichts, das mich irgendwo hält. Alle meine Vorfahren sind seit vier Generationen ausgewandert, alle, ohne Ausnahme, wie Korken auf dem großen Strom der Geschichte weggespült … Bei *La Turbine* hatten selbst die aus bildungsfernen Schichten irgendeine Mitgift oder ein Landhaus in der Creuse oder in Ardèche. Diese Typen haben alle irgendwo Wurzeln, die sind fest mit ihrer Gegend verankert, aber ich, ich hab nichts. Ich hab mir eine Identität zugelegt, die nicht meine ist, ein Potpourri aus allem Möglichen, und jetzt heul ich mich hier wie ein Arschloch an deiner Schulter aus. Mit fünfunddreißig! Das ist doch erbärmlich …«

Jacques schnäuzte sich geräuschvoll.

»Wenn du wüsstest, Cosmo, wie satt ich mich habe!«, klagte er weiter. »Ja, ich hab mein Schicksal verdient: Ich hab so grauenvolle Dinge getan, dass ich manchmal ernsthaft daran denke, mir die Puls …«

Jacques brachte seinen Satz nicht zu Ende. Cosmo sah ihn unendlich traurig an.

»Jacques, du packst sofort deine Koffer! Morgen hauen wir erstmal ab!«

»Aber wohin denn?«

»In die Bukowina, wie in der guten alten Zeit. Auf den Spuren des Dichters Rosenkranz. Oder am Pruth entlangfahren. Oder Wodka trinken bis zum Umfallen. Egal, wir bringen dich schon auf andere Gedanken, das Ganze geht auf meine Kosten.«

28

Die Nacht umhüllte die eurasische Stadt, als sie in Kiew landeten und in eine grünliche Schlange Richtung Czernowitz stiegen. Unverzüglich suchten sie den Speisewagen auf, eine nach gekochtem Kohl stinkende Bar, die von einem schmierigen Pärchen am Rande des Nervenzusammenbruchs geführt wurde. Cosmo aß ein Sandwich, das ihm die feiste Walze hinter der Theke als käsehaltig verkaufte, Jacques einen neonfarbenen Borschtsch. Bis auf einen Riesen mit Fellmütze, dessen Schnurrbart in den Suppenteller hing, waren sie die einzigen Kunden.

»Bestimmt ein Saporoger Kosake, ein Nachkomme des grausamen Hetman Bohdan Chmelnyzkyj«, flüsterte Cosmo. »Seine Soldateska hat eine ganze Latte Ur-Ur-Ur-Großmütter von mir aufgespießt. Hoffentlich schläft er nicht bei uns …«

Nein, die Nacht teilten sie mit zwei Typen in Unterhemd, die Karten spielten und hartgekochte Eier aßen, als Jacques und Cosmos das Abteil betraten.

Es war entsetzlich stickig und die beiden seit Charkiw hier eingesperrten Kahlköpfe waren schon drauf und dran, sich gegenseitig die Fresse zu polieren, als der ältere der beiden – der Schummler – eine Plastikflasche aus dem Rucksack zog. Sie ließen umgehend die Partie sausen, um sich ihr Elixir einzuverleiben und spielten dabei mit ihren Handys, als wären Jacques und Cosmo komplett Luft. Schließlich fielen die beiden Kumpanen in einen abgrundtiefen Schlaf, und Cosmo tat es ihnen auf der Stelle nach.

Jacques zog die dicken Vorhänge auf. Der Zug durchquerte eine Art Eismeer, seidig glänzende Steppen und Bahnhöfe in Kältestarre, ringsherum ausgemergelte Bäume und unscharfe Silhouetten. Schwarzer Qualm, weiße Nacht, in die Finsternis ragende Stalagmiten aus Eisen und Stahl, Fabrikschlote, die so unnötig waren wie Kanonen nach der Schlacht. In weiter Ferne ließen ein, zwei aufblitzende blasse Dachfenster auf ein paar Plattenbauten schließen, die irgendein kranker sowjetischer Städteplaner hier ins Nichts gesetzt hatte. Die Schatten der Masten und Oberleitungen tanzten im Mondschein, die Fenster und Radachsen quietschten, regelmäßig blieb der Zug auf freiem Feld stehen. Die Lokomotive schnaubte auf dem Packeis, fuhr mühsam wieder an und drohte jeden Augenblick zu versagen, bevor sie kurz stehen blieb und ihre träge Reise Richtung Südwest weiter fortsetzte.

Am nächsten Morgen pellten die beiden Trunkenbolde schon eine neue Brut hartgekochter Eier. Eine blutrote Sonne brach schüchtern durch die fahlen Wolken. Cosmo hatte das Abteil verlassen, das stark nach Raubtier roch. Jacques machte eine Katzenwäsche auf dem WC, wo dicke Fliegen über der Kloschüssel kreisten. Rekruten mit nacktem Oberkörper und irrem Blick streunten durch die Gänge und rauchten an den Fenstern in den Wagenübergängen. Ein paar alterslose Würfel-Frauen schimpften mit ihnen. Diese liebenswerten Kreaturen mit ihren Krötenköpfen, die sich nur durch die an ihre riesigen Euter gepinnten Matrikelnummern auseinanderhalten ließen, schienen alle aus derselben Form und aus demselben Hochofen zu stammen, ein paar Jahrzehnte zuvor in industriellem Maßstab von einem Steppen-Mengele produziert – ein völlig anderes Modell als das, das die Ukraine seit ihrer Unabhängigkeit hervorbrachte: grazile, langbeinige Geschöpfe, denen Jacques und Cosmo am Flughafen von Kiew flüchtig begegnet waren. In grob gewobene Wolle gezwängt, patrouillierten die Würfel-Frauen unermüdlich durch die Gänge und übten in dem Eilzug ihre Herrschaft aus.

Jacques traf Cosmo an der Bar. Dem einsamen Kosaken war mittlerweile der Kopf auf die Brust gesackt, er hatte sich nicht vom Fleck bewegt. Sie tranken Tee und schauten in die Landschaft hinaus, die immer lieblicher wurde, je mehr sich der Zug ehemals österreichisch-ungarischem Gebiet näherte und an silbrigen Kieferwäldern, klammen Flüssen und pastellfarbenen Bahnhöfen entlangfuhr. Endlich erreichten sie Czernowitz.

Die Stadt enttäuschte sie. Dabei war sie mit ihren schneebedeckten byzantinischen und barocken Bauten eine wahre Pracht und anlässlich ihres sechshundertjährigen Bestehens unlängst herausgeputzt worden wie ein Bauernmädchen zur Verlobung: Ihre Straßen funkelten, die Paläste sahen aus wie Sahnebaisers. Doch die Seele Klein-Wiens hatte sich verflüchtigt: Während Cosmo und Jacques der Sinn nach Paul Celan, Gregor von Rezzori und dem süßen Frätzchen von Mila Kunis stand, stießen sie durchweg auf bäuerliche Verbrechervisagen, wahre Klone ihrer Eisenbahngefährten. Das Rom Cäsars und das Rom der barbarischen Invasionen.

Auch auf dem Markt von Kalyniwka, gegenüber vom weitläufigen jüdischen Friedhof, besserte sich ihre Laune nicht. Sie hatten ein Heidengeld für das Taxi ausgegeben, nur um jetzt mit der Crème de la Crème der ukrainischen, moldawischen und rumänischen Mafia hier durch den Dreck zu waten. Der Markt mit seinen Auslagen an Kohlreiben und Plastikblumen schien der Sammelpunkt dieser lederüberzogenen Quader zu sein, die sie rüde anrempelten und böse taxierten. Jacques und Cosmo machten kehrt und blechten noch mehr Geld in der Brasserie Carinthie, die ihnen der Guide als das gastronomische Muss in Czernowitz empfohlen hatte. Sie verdrehten die Augen, als sie in dem kleinen Saal mit den wummernden Dance-Hits auf der Speisekarte eine kuriose Mixtur aus mexikanischen Spezialitäten, chinesischen Raritäten und Spaghetti alle Vongole entdeckten.

»Ich weiß, was du denkst«, sagte Cosmo zu Jacques, »unsere Reise fängt etwas mühsam an, aber das wird noch, ganz bestimmt, bald haben wir richtig Spaß. Morgen …«

Der Bärtige log. Er war genauso wortkarg wie sein Kumpan. Diese Reise war ein Fehler, er war definitiv nicht mehr im Alter für Expeditionen nach Absurdistan. Sie wären besser in Paris geblieben. Und überhaupt wäre er, Cosmo Levitan, lieber bei Sophie in der Schweiz gewesen, denn seit Kurzem wollte er Vater werden. Ja, er würde bald ein Kind mit Sophie in Angriff nehmen. Das behielt er allerdings vorerst für sich und zwang sich stattdessen zu trinken und über die Stadt zu plaudern, wo einst Zeitungen in drei verschiedenen Alphabeten gedruckt worden seien.

»Lass uns wenigstens mal gucken, das kann doch ganz lustig sein«, ermunterte Cosmo ihn am nächsten Morgen, um ihn zu einem Abstecher in die Synagoge zu bewegen. In dem schlecht beheizten Saal ging der Gottesdienst gerade seinem Ende zu, das Publikum war spärlich gesät, uralte Männer, ein buckliger Zwerg mit Wollmütze, der Paul Michael Glaser (Starsky) irritierend ähnlich sah, sowie ein Ausländer im langen Mantel, bestimmt ein Amerikaner auf Geschäftsreise. Ein eindrucksvoller Chassid mit Gehrock, Schtreimel und weißen Strümpfen schwang inbrünstig hin und her wie ein Pendel. Das Gebet wurde von einem jungen Lubawitscher Rabbiner mit rötlichem Bart angeleitet. Kaum war er fertig, stürzte Mendel, so sein Name, auf Jacques und Cosmo zu und lud sie zum Schabbat-Mittagessen ein, bei dem sie »das Privileg« hätten, »den Chassid Meir Itzik, der *Rebbe* in Brooklyn ist, kennenzulernen, ein bedeutender Gelehrter und direkter Nachfahre von Israel ben Elieser, dem berühmten Baal Schem Tov, Meister des guten Namens und Begründer der chassidischen Bewegung.«

Rachel, seine unansehnliche Frau, begrüßte sie auf einem Fellteppich, senkte die Augen und streifte nicht einmal die Hand der Überraschungsgäste ihres Mendel. *Gut Schabbes!* Mit leuchtendem Blick sprach Mendel den Kiddusch-Segen und benetzte seine Lippen in einem Silberbecher mit Likörwein, den er anschließend dem *Rebbe*, den beiden Franzosen und schließlich seiner Frau weiterreichte. Dann vollzog er das gleiche Ritual mit Kirschsaft für seine vier Kinder, drei Jungen und einem kleinen Mädchen, bevor er sich die Hände wusch und das gesegnete Schabbat-Brot austeilte, eine Brioche, die so opulent war wie seine Nachkommenschaft dürr.

Sie aßen.

Zuerst Esskastanien, die Rechele, so nannte ihr Mann sie liebevoll, tags zuvor zusammen mit der kleinen Tochter gepellt hatte. Eine Sitte in der Bukowina, erklärte Mendel, dessen Großeltern in dem Dörfchen Sadhora geboren worden waren, bevor sie noch vor dem Krieg nach Palästina auswanderten. Der junge Rabbiner hatte sich in Czernowitz niedergelassen, um die letzten Juden der Stadt wieder auf die rechte Bahn zu lenken.

»Und gelingt Ihnen das?«, fragte Cosmo und biss auf eine Marone.

»Natürlich! Die Thora ist Freude und Wasser des Lebens. Ihr Strom versiegt nie, ihr Lauf ist ungestüm! Mit Gottes Hilfe ist alles möglich!«, entgegnete Mendel triumphierend und fuhr sich durch den Bart.

Nun gab es Hühnerbrühe, die Mendel geräuschvoll in sich hineinlöffelte.

Danach *gefilte Fisch*, von dem der *Rebbe* dreimal nahm. Ruben, dem jüngsten der Geschwister, erklärte der Mann, der aussah wie ein polnischer Edelmann des 18. Jahrhunderts, dass an den Feiertagen *gefilte Fisch* verzehrt werde, »weil man an diesen Tagen keinen Fisch entgräten darf«.

Man ging zu gehackter Leber mit zerbröselten Eiern

über, wozu der *Rebbe* eingelegte Zwiebelringe tat. Er zog sie aus einer Falte seines Gehrocks, eine Aufmerksamkeit seiner Frau, wenn er allein auf Reisen ging, um seine über die ganze Welt verstreuten Schäfchen zu besuchen.

Es folgten die Schabbat-Hymnen, die Mendel, seine Familie und der *Rebbe* mit geschlossenen Augen aus voller Kehle anstimmten, sie lächelten unverwandt, und ihre Schläfenlocken tanzten im Rhythmus des fröhlichen Singsangs. Dann setzten sich die Kinder kerzengerade hin, während Mendel und Rechele staunend die Augen aufrissen. Der *Rebbe* hatte sich erhoben, er wollte nun das Wort an sie richten. Der massige Mann mit den haarigen Ohren perorierte auf Englisch mit jiddischem Einschlag und mutete den profanen Ohren von Cosmo und Jacques allerhand Gleichnisse, Spekulationen und geheimnisvolle Zahlenkombinationen zu. Er erwähnte Wajigasch, die *Parascha* der Woche, den Weisen von Lublin, den Krieg gegen Gog und Magog und die Lehren des rechtschaffenen Yehiel Mikhal Zlotshov, Abgesandter seines Urahnen Baal Schem, Gott habe ihn selig.

»*Rebbe, Rebbe*«, bettelten die Kleinen erstaunlich begeistert, als er mit seiner Ansprache fertig war, »bitte noch mehr!«

»Später, Kinder, später, den ganzen Nachmittag, wenn ihr wollt, aber nach dem *Tscholent*, ich sterbe vor Hunger!«, wandte der Vielfraß aus Brooklyn ein.

Rechele servierte Gersteneintopf mit gefülltem Darm. Meir Itzik verschlang zwei große Teller, vor dem dritten bedachte er Jacques und Cosmo mit einem durchdringenden Blick.

»Und ihr beide, was macht ihr hier?«

Die beiden Freunde gerieten in Erklärungsnot.

»Und wo wollt ihr hin?«

Sie guckten zunächst dumm aus der Wäsche, bevor sie ein paar nahegelegene Reiseziele am Pruth nannten, die ihnen spontan einfielen.

»Ein Mann geht niemals weiter als dann, wenn er nicht weiß, wohin«, sagte der *Rebbe*. »Und wie seid ihr hergekommen?«

Als Jacques ihnen von ihrem Eisenbahnabenteuer erzählte, strich sich Meir Itzik über den bis zum Bauchnabel reichenden Bart. Von Kiew aus habe er nur eine halbe Stunde mit dem Flugzeug gebraucht. Außerdem sei sein Hotelzimmer dreimal so günstig wie ihres in der Bukowina, dieser »Touristenfalle«, in der sie übernachteten.

»In eurem Alter habt ihr doch bestimmt eine Familie, also ich meine, Frau und Kinder?«

Die beiden Trottel schüttelten den Kopf. Cosmo wollte nicht zugeben, dass nur Sophies Vater Jude war.

»Ihr scheint mir beide verdammt durch den Wind zu sein, vor allem du«, schloss der *Rebbe* und nahm den Mann mit dem grauen Fleck im Haar ins Visier. »Ich habe selten ein so trauriges Gesicht gesehen. Weißt du, dass die Melancholie tausendmal schlimmer ist als die Sünde?«

Er schloss die Augen und dachte nach.

»Vielleicht sollten wir beide uns nach dem Essen mal unter vier Augen unterhalten. Es ist sicher kein Zufall, dass du an diesem Tisch sitzt. Überhaupt gibt es keine Zufälle. Was meinst du?«

Jacques nickte mit dem Kopf. Dieser *Rebbe* schien direkt einer Erzählung von Issac Bashevis Singer zu entspringen und imstande zu sein, Wein aus einer Mauer sprudeln zu lassen oder Blei in Gold zu verwandeln.

Meir Itzik und Jacques zogen sich in Mendels Studierzimmer zurück. Während er in dem beengten Raum auf und ab ging, tischte der *Rebbe* ihm zunächst das übliche Geschwätz über die Seele und die besonderen Formen des jüdischen Außenseitertums auf: Vorurteile, Exil, Verfolgung.

Unter dem haarigen Gestrüpp entdeckte Jacques eine Unterlippe, die nach Habsburger Art wulstartig vorsprang.

»Ich weiß nicht genau, was du gemacht hast, und möchte es auch gar nicht wissen. Aber ich spüre, dass du leidest. Dein Herz ist kalt, du liebst nicht. Du hast eine ängstliche, fieberhafte Ausstrahlung, weil du mit dir selbst nicht im Reinen bist«, verkündete der *Rebbe* im Brustton der Überzeugung. »Wie so viele andere irrst du durch das Exil und trägst deine Einsamkeit mit dir herum wie ein Landstreicher. Ich habe dich bei Tisch beobachtet – wie du sitzt und wie du isst und trinkst, alles mit einer unglaublichen Nervosität. Vor allem ist mir aufgefallen, dass du die Augen nicht von Mendel lassen kannst. Dieser Mann fasziniert dich, ob du willst oder nicht. Ich habe gesehen, wie sehr du ihn um sein einfaches Glück und seine Lebensfreude beneidest, um seine Inbrunst und die Zärtlichkeit, die er für seine Frau und seine Kinder empfindet. Im Unterschied zu dir kennt sich Mendel gut: Er ist im Einklang mit sich selbst. Er respektiert seine innere

Stimme und hat die Kraft einer vollkommenen Seele, weil sich bei ihm Herz und Geist, Denken und Handeln decken. Dabei ist Mendel nicht immer so ausgeglichen gewesen wie jetzt.«

Inmitten der heiligen Bücher, die wie Efeu an der Mauer vom Boden bis zur Decke kletterten, erzählte der *Rebbe* Jacques vom Werdegang des Lubawitscher Rabbiners. Mendel, der sanfte, fromme Mendel, war ein geborener Ofir aus einem armen Vorort von Tel-Aviv. Er hatte sich mit Huren vergnügt und am Schabbat Unmengen von Schweinefleisch und Austern verzehrt, die Frau seines Nächsten begehrt und falsches Zeugnis abgelegt. Ofir hatte sich im Dreck gesuhlt und das Böse herausgefordert, und zwar so eingehend, dass er mit zwanzig zu mehreren Monaten Gefängnis verurteilt worden war.

»Ein Beispiel für die Tradition des jüdischen Irrens«, sagte Meir Itzik lakonisch und runzelte die Stirn. Er bemühte den falschen Messias Schabbtai Zvi, die Marxisten und die prometheischen Zionisten, weitere große Sünder. Er rezitierte eine lange Liste von Angebern, die mit ihrem Willen zur Macht, mit ihrem Faible für den Schauer des Geheimnisvollen oder den Strudel der Freiheit vom Weg der Wahrheit abgekommen waren.

»Und weißt du, warum?«, knurrte der *Rebbe*, die Ellbogen auf den Tisch gestützt. »Weil diese Widerspenstigen genau wie du dachten, dass der Thron der Welt frei sei.«

Doch noch sei nicht alles verloren.

»Wenn man die Kraft finden will, um wieder nach oben zu kommen, muss man erst ganz unten gewesen sein, so wie aus Ofir, dem kleinen Gauner, nach seiner Umkehr

Mendel, der Gerechte, geworden ist.« Er habe die Finsternis für das Licht verlassen. Alle Wege seien gut, vorausgesetzt, dass man Gott anerkenne und ihm dienen wolle. Doch Meir Itzik warnte seinen Gesprächspartner: Die Erlösung falle nicht einfach so vom Himmel.

»Es gibt keine Geburt ohne Wehen. Der Mensch muss an sich selbst verzweifeln und sich mit der ganzen Kraft seiner Verzweiflung HaSchem zuwenden, wie Hiob es getan hat.«

Im Halbdunkel des Studierzimmers glänzten Meir Itziks helle Augen. Sie richteten sich auf Jacques.

»Du kannst das Werkzeug deiner eigenen Erlösung sein«, tönte er. »Lass dich fallen! Schenk dich hin, und dir wird gegeben werden. Kleiner Mensch, Sandkorn, Ameise unter den Ameisen, kehr zu Gott zurück. So wirst du wieder zu Kräften kommen. Unbekannte Quellen werden aus dir hervorsprudeln. Du wirst dich rundum erneuern und in vollkommener Erfüllung leben. Schenk dich hin, hab keine Angst. Lass dich mit aller Kraft von deinem Herzen mitreißen. Gib deinen Widerstand auf. *Yizkor!* Denk daran: HaSchem verzeiht. Er ist der Gott des Mitleids und Erbarmens. Beides wird er dir gewähren. Wenn ich tief in deinen Augen lese, sehe ich, dass deine Seele weder leer noch schlecht ist, dass dich die Liebe zur Wahrheit umtreibt. Du hast Sinn für die Geistesarbeit, das sehe ich an der Art, wie du die Bücher hier betrachtest. Jacques Issac Koskas, so heißt du doch, oder? Jacques Issac, du kannst Buße tun und dich aus dem selbstverschuldeten Sumpf ziehen, wenn du mit Eifer dem Ewigen dienst. ›Dann wird der Herr, dein Gott, dein Schicksal wenden, er wird sich deiner erbarmen, und dich aus allen Völkern zusammenführen, unter die der Herr, dein Gott, dich verstreut hat‹, heißt es im Buch Deuteronomium, Kapitel 30. Rabbi Eliezer hat mit achtundzwanzig *Teschuwa*, Umkehr, getan. Er war fast in deinem Alter, als er um Vergebung bat! Ich kann dir helfen, und etliche andere Leute aus meinem Bekanntenkreis werden dir freudig zur Seite stehen. In einer *Jeschiwa* wärst du sicher gut aufgehoben. Was meinst du?«

Jacques musterte den *Rebbe*. Am liebsten hätte er etwas gesagt oder wäre schleunigst davongelaufen, aber sein Mund war genauso taub wie seine Glieder, und er brachte keinen Laut hervor.

»Lass dir mit deiner Antwort ruhig ein bisschen Zeit, mein Vorschlag kommt sehr plötzlich, ich weiß, und ein bedächtiger Mensch hüllt sich immer erst in Schweigen. Überleg es dir in Ruhe. Du weißt ja, wo du mich findest, ich bin noch fünf Tage hier, meine Tür steht dir immer offen. Du bist bereit für Gottes Wort. Du bist reif. Wenn du die Ketten der Angst zerschlägst, wirst du dich selbst erkennen und endlich Frieden schließen können.«

Cosmo verdrehte die Augen gen Himmel.

»So ein Quatsch! Der hat nur seine Nummer vor dir abgezogen: große Umkehr, innerer Frieden, Vergebung, Wahrheit, blablabla … Das machen doch alle Rabbiner und alle Kleriker, auch wenn ich zugeben muss, dass Meir Itzik besonders charismatisch ist. Du bist zutiefst erschüttert, sagst du? Gut, aber Hand aufs Herz, Jacques, siehst du dich wirklich in einer *Jeschiwa*? Den lieben langen Tag beten und studieren, Jahr für Jahr, dein ganzes Leben, wo du schon beim Gottesdienst in der Synagoge die Krise bekommst! Das hältst du doch keine drei Tage aus! Eine *Jeschiwa* ist schließlich kein Club Med … Und denk daran, du bist ein Weltmeister im Verzehr von Schinken und Sahne. Vergiss es, wirklich, das kann einfach nicht dein Ernst sein. Geh jetzt ins Bett und denk an was anderes!«

Er dachte natürlich trotzdem daran und phantasierte lange schlaflose Stunden vor sich hin, eine grauenvolle Nacht, in der die Hunde heulten und der Wind im Hoteldach ächzte. Vor seinem inneren Auge sah Jacques sich schon mit Schläfenlocken, wie er, in den Text vertieft, himmlische Botschaften entzifferte, heilige Buchstabenpermutationen realisierte und Zahlenkombinationen für den Namen Gottes entschlüsselte … Dabei hatte Cosmo ja recht: Er hatte sich nie um Gott geschert, ihn bestenfalls in Notfällen angefleht und sofort wieder vergessen. In der Talmudschule war er der letzte Versager gewesen, und während seine Kameraden an irgendwelchen Wettbewerben teilnahmen, aß er lieber bei seinen Großeltern Eier mit Speck. Er dachte an die Freunde von damals, Dan, André und David, die ganz Frankreich bereist hatten, um die frohe Botschaft der Thora zu verbreiten. Was wohl aus ihnen geworden war? Ob sie ihren Weg gefunden hatten? Oder waren sie, genau wie er, unfähig, sich dem Leben zu stellen? Plötzlich sah er die Gesichter von Mendel und Rechele am Tisch wieder vor sich. Der *Rebbe* hatte sich nicht getäuscht, er hatte den Blick nicht von ihnen wenden können. Diese beiden, schon leicht angegraut und für ihr Alter auffallend gebrechlich, lebten in Armut, aber Jacques war noch nie so friedvollen Menschen begegnet. Verantwortung, Großzügigkeit, Entbehrung – in ihnen brannte ein sonderbares Feuer. Zwei Kinder, die in der Liebe Gottes lebten. Welches Glück sie hatten! Sie ergaben sich in ihr Schicksal. Nicht die leiseste Unzufriedenheit. Kein Funken Verbitterung. Mendel und Rechele waren keine frustrierten Egoisten. Sie waren unempfänglich für jede Form von Hochmut, für die Spaßgesellschaft, sie wollten nicht berühmt sein und veränderten nicht tagtäglich ihr Facebookprofil, um zu existieren. Und wie innig Mendel seine Frau liebte, dieses abstoßende kleine Wesen, das er wie seinen kostbarsten Schatz hätschelte. Nachdem er sie begrapscht hatte, dankte er dem Herrn, während jeder vernünftige Mann auf immer mit Seiner Heiligkeit gebrochen hätte. Dabei hatte Ofir doch die Tigerinnen von Tel-Aviv gekannt … Jacques dachte auch an das Foto, das bei den beiden im Flur hing: gut hundert Lubawitscher Rabbiner, die in die Kamera lachten. Strahlende Kakerlaken, die bei der Beschneidung in einen Hexenkessel mit einer berauschenden Mixtur getaucht worden waren. Diese finsteren Bärtigen hatten eine Aufgabe und einen Lebensinhalt. Sie jonglierten mit den Geboten, rührten an das Erhabene. Vom Wunder des Glaubens und der Transzendenz getragen, hatten sie Zugang zu einer höheren Dimension. Als er das Bach'sche *Weihnachtsoratorium* entdeckt hatte, war auch Jacques ihr nahe gewesen, allerdings nur für ein paar Minuten, bevor er wieder mit einer Eroberung, einem Kumpel, einem windigen Plan, kurz, mit einer x-ten Zerstreuung seine Zeit vertat. Die Choräle des Oratoriums, seine engelsgleichen Melodien, das Göttliche, das Ende aller Ungewissheit und Widersprüche. Ja, murmelte er fiebrig in sein Kopfkissen gepresst, diese Menschen kennen keine Ungewissheit mehr! Sie sind frei von Angst! Sie halten sich, ohne sich den Kopf zu zerbrechen oder nostalgisch zu werden, an ihre religiösen Verpflichtungen, Regeln und Verbote. Sie lassen sich von jahrtausendealten Riten an die Hand nehmen, ohne die Autorität anzuzweifeln oder ihr Schicksal zu zwingen. Sie ergeben sich in die Milde Gottes und hoffen zaghaft, das Widderhorn möge ihnen die Ankunft des Messias verkünden. Warum sollte er es ihnen nicht nachtun? Es fehlte ihm an Energie, um sich mutterseelenallein der Gischt der Tage ausgesetzt zu sehen, er brauchte eine Krücke, warum also sollte er sich nicht auf die robusteste aller Krücken, den Herrn, stützen? Warum sollte er sich nicht dem liebenden König der Welt überlassen und sein Dasein von Grund auf ändern? Plötzlich erinnerte er sich, dass er sich genau das vorgenommen hatte, als er krank gewesen war. Er würde Dank sagen und aus Ägypten ausziehen. Er würde an die Traditionen seines wandernden Volkes anknüpfen. Der *Rebbe* hatte recht, es gab keinen Zufall, ihre Begegnung hatte zwangsläufig ihren Sinn. Barbara, seine Krebserkrankung – alles Misserfolge und Bewährungsproben, die ihn dem Allmächtigen geradewegs in die Arme trieben.

Jacques zog sich an und lief bis zum Schewtschenko-Park, der in dichten Nebel getaucht war. Ein gespenstisches Licht beschien die kümmerlichen Bäume und die leblosen Körper zweier auf dem Weg liegender Junkies. Schattengestalten. Jacques und seine Hirngespinste. Das kosmopolitische Europa vor den Massenbewegungen, spektakulären Paraden und Massakern. Blutgetränkte Erde, Czernowitz, Czernowitz oder die Metapher Europas im 20. Jahrhunderts, dachte Jacques, der schlotternd auf einer Bank saß und die beiden Leichen betrachtete. Die gähnende Leere, das schon seit Langem vollzogene Ende einer Welt, der erste Akt einer Tragödie, die insgesamt zwei haben würde, das ahnte er. Europa und das Abendland waren verrottet. Die Geschichte würde sich für ihre Untaten rächen. Der Zorn schwelte, gewaltige Massen strömten heran, um endlich mit dem großen Vergnügen aufzuräumen, ein Fest, das fünf Jahrhunderte gewährt hatte, ging seinem Ende entgegen.

»Gelobt seist du, Ewiger, unser Gott, König der Welt, Gott, unser Vater, unser König, unser Erhabener, unser Schöpfer, unser Erlöser, unser Bildner, unser Heiliger, der Heilige Jaakows, unser Hirte, der Hirte Israels, der König, der gut ist und allen tagtäglich Gutes erweist. Er erwies uns Gutes, Er erweist uns Gutes, und Er wird uns Gutes erweisen. Er hat uns wohl getan, er tut uns wohl und wird uns wohl tun, für immer. Er gebe uns Wohlwollen, Liebe, Barmherzigkeit, Befreiung, Rettung und Gelingen, Segen und Hilfe, Trost, Verpflegung und Versorgung, Erbarmen, Leben, Frieden und alles Gute, und an all dem Guten lasse Er es uns nie fehlen.«

Jacques stellte den Kragen seiner Jacke hoch und rannte zu Meir Itziks Hotel.

29

Jerusalem, 14. Tevet 5770 (31. Dezember 2009)

Mein Cosmo, lieber Freund,

erst einmal musst Du mich entschuldigen. Ich habe nicht auf Deine Briefe geantwortet, weil ich mich mit ganzem Herzen meinem neuen Leben widmen wollte. Mein neues Leben … Es ist so viel passiert, seitdem wir uns vor einem Jahr am Bahnhof von Czernowitz getrennt haben, dass ich gar nicht weiß, womit ich anfangen soll. Gleich vorausgeschickt: Es geht mir gut. Ja, immer besser, würde ich sogar sagen, auch wenn Du Dir vorstellen kannst, dass es am Anfang alles andere als einfach war. Doch das Schwerste liegt inzwischen hinter mir und, mit Gottes Segen, beglückt mich die Jeschiwa *von Tag zu Tag mehr.*

Wie immer hattest Du recht, mit der Zeit gewöhnt man sich an alles, ans Internat, an die Viererzimmer, an eine Welt aus lauter Junggesellen (mit Ausnahme unserer Lehrer natürlich) oder an die Kantine mit einem Koch, der nicht gerade ein Sternekandidat ist … Doch das ist alles unerheblich, Du ahnst es schon. Das Wichtigste sind das Studium und das Gebet, die mein Leben strukturieren. In den ersten beiden Monaten nach meiner Ankunft hat mich Dov-Baer, der Rabbiner, der die Jeschiwa *leitet, unter seine Fittiche genommen. Er ist der Schwiegersohn von Meir Itzik und mit zweiund-*

dreißig bereits neunfacher Vater. Er hat ein Spezialprogramm für mich zusammengestellt und höchstpersönlich darüber gewacht. Ich habe nur ein paar Wochen gebraucht, um Hebräisch zu lernen. Seitdem darf ich mit den anderen Studenten meinen Alltag teilen.

Konkret sieht mein Tagesablauf so aus: Wir stehen in aller Frühe auf und sprechen das Morgengebet, bevor wir ein nahrhaftes Frühstück zu uns nehmen, Eier, Quark, Tomaten und Gurken, manchmal geräucherten Hering, wie vor dem Skilaufen: Wir müssen ja bis zum Mittagessen durchhalten, ein langer Vormittag, der mit drei Arbeitsstunden in Gesellschaft von Jacobo, einem Argentinier, beginnt. Gemeinsam vertiefen wir uns in die Texte des Talmuds, der Mischna oder der Gemara, entdecken die unbegrenzten Auslegungsmöglichkeiten und diskutieren darüber. Im Anschluss dann eine zweistündige Vorlesung, die Dov-Baer oder ein anderer Lehrer übernimmt, ein karges Essen, das Nachmittagsgebet sowie eine kurze Unterrichtseinheit, in der uns das jüdische Denken, die jüdische Moral sowie die Vorschriften der Propheten nahegebracht werden. Danach setze ich mich mit Jacobo wieder in den Studienraum, wo wir das tagsüber Gelernte nochmal durchgehen und das Programm für den nächsten Tag vorbereiten. Anschließend versammeln sich alle zum Abendgebet und zum Essen. Wenn uns ein bedeutender Gelehrter die Ehre gibt, hören wir uns manchmal noch einen Vortrag an. Ansonsten lerne ich noch ein bisschen mit Jacobo, bevor ich völlig erschöpft ins Bett falle. Ich habe noch nie so gut geschlafen, selbst in meiner Zeit mit Barbara nicht! Eigentlich dürfte ich ihren unreinen Namen nicht erwähnen, aber was soll's, diese ganze Geschichte scheint mir so weit zurückzulie-

gen, das spielt alles gar keine Rolle mehr. Cosmo, endlich fühle ich mich ausgeglichen! Ich konnte den Brand löschen, der immer in mir gewütet hat. Seit ich hier bin, habe ich mit meinen Widersprüchen abgeschlossen, ich schere mich nicht mehr um die Inkonsequenzen und Unvollkommenheiten des Lebens. Das alles liegt jetzt weit hinter mir, Du glaubst gar nicht, wie weit. Es tut mir unglaublich gut, mich einer Autorität und ihren Vorschriften zu unterstellen. Ich habe meinen Hochmut abgeschüttelt, die Quelle der sechs anderen Todsünden. Schluss auch mit all den Gemütswallungen und Verzweiflungsanfällen … Natürlich war der Rhythmus am Anfang nicht einfach. Aber zum ersten Mal in meinem Leben habe ich nicht lockergelassen und die Zähne zusammengebissen wie ein Junkie, der seine letzte Chance nutzen muss, um sich zu retten. Allmählich habe ich mich an dieses Leben gewöhnt, das Dir bestimmt völlig absurd vorkommt, und eines schönen Tages hat sich mein Glauben endgültig gefestigt. Ich erkläre Dir später, wie und warum.

Man sollte es wirklich nicht übertreiben. Denn auch, wenn es hier hart zugeht, gibt es doch ein paar kleine Freuden, die mir den strengen Alltag versüßen. Neben der Jeschiwa *befindet sich ein Park, wo ich zwischen Oleander und Vogelgezwitscher oft meditiere. Dov-Baer hat mir erlaubt, Briefmarken zu sammeln. Hin und wieder gehe ich also zu einem Briefmarkensammler in der Ben-Yehuda-Straße und komme dank dieser harmlosen Bildchen ein bisschen herum. Einmal im Monat verbringe ich das Wochenende in Haifa bei meiner Schwester und Guibor, mit dem ich mich immer besser verstehe. Ihre beiden Töchter sind richtig groß geworden, und Batia, die Ältere, ist sehr religiös und bereitet mit mir ihre*

Bar Mitzwa vor. Wer hätte das gedacht? In der Jeschiwa *gibt es außerdem die Schabbatfeiern und Feste, wahre Freudentage, an denen meine Kameraden und unsere Rabbiner richtiggehend in Trance verfallen. Übrigens sind die Leute in meiner Umgebung immer fröhlich. Sie sind von einer tollkühnen Hoffnung und einer ungeheuren Lebensglut beseelt: Sie warten auf den Messias, der eigentlich nicht mehr lange auf sich warten lassen dürfte! Dov-Baer ist der Meinung, dass alle Voraussetzungen geschaffen sind: die Rückkehr der Hebräer auf den Boden Israels, die Produktion jüdischer Tomaten und Kartoffeln nach zwanzig Jahrhunderten der Hungersnot, eine immer raschere Abfolge der entsetzlichsten Katastrophen (die Kosaken, die Bolschewiken, Hitler, Stalin, Nasser, Arafat, Saddam Hussein), die direkt auf die endgültige Katastrophe zusteuern, den Krieg von Gog und Magog, den dieser Zwerg in Teheran mit seiner schäbigen Windjacke, ein entfernter Sohn Ismaels, anzettelt, wenn ich den Rabbiner richtig verstanden habe. Je weiter der Iran sein Atomprogramm vorantreibt, desto mehr frohlocken komischerweise meine Kameraden …*

Bis zur Wiederkunft des Messias sind meine Lehrer einstweilen sehr zufrieden mit mir. Meir Itzik hat eine Stiftung in New York aufgetan, die mein Studium finanziert, und seit einem Monat unterrichte ich selbst in den unteren Klassen. Wenn alles gut geht, wird man mich nächsten Sommer mit Jacobo nach Thailand schicken, wo junge Israelis nach einem Extasy- oder Kokain-Exzess oft Teschuwa *tun. Ich werde ihnen helfen, ihr Leben wieder in geordnete Bahnen zu lenken.*

Aber vorher findet noch ein großes Ereignis statt. Cosmo,

mein lieber Cosmo, ich werde heiraten! Kaum war ich in der Jeschiwa, *rief mir der Rabbi in Erinnerung, dass alle unsere heiligen Gesetze auf dem Gebot, fruchtbar zu sein und sich zu vermehren, gründeten. Aufgrund meiner Vorgeschichte, meines Alters und meines (überaus) dürftigen Vermögens wurde mir eine gelähmte junge Frau zugedacht, Yaël, die ich anlässlich eines Schabbat-Mittagessens einmal bei ihren Eltern, einem Schuhmacherpaar aus Me'a Sche'arim, kennengelernt hatte. Doch am Tag vor unserem ersten Rendezvous hat sich direkt vor einem Jerusalemer Luxushotel in aller Öffentlichkeit, ganz wie es sich gehört, ein großes Unglück ereignet: Yaël ist von einem Idioten angefahren worden – Du weißt ja, wie die Israelis fahren – und war auf der Stelle tot. Pffft: aus und vorbei war's mit Yaël und ihrem Rollstuhl, dessen Armlehnen in über fünfzig Metern Entfernung von der Unfallstelle gefunden wurden. Das hört sich zwar schaurig an, aber diese Tragödie hat meinen Glauben gefestigt, und ich glaube ernsthaft an den Schutz des Ewigen. Mit einer behinderten Ehefrau wäre ich sicher nicht zurechtgekommen, wäre der Situation nicht gewachsen gewesen. Eine neuerliche Prüfung, dachte ich, wie Abraham, der beinahe seinen Sohn Issak geopfert hätte.*

Ein paar Wochen später hat das Schicksal nochmal ein bisschen nachgeholfen: Judith, eine junge Cousine des Rabbi, hat ihren Mann verloren. Eine tödliche Krebserkrankung. Da die Unglückliche kein Kind erwartete und ihr verstorbener Gatte keinen Bruder hatte, animierte mich Dov-Baer nach ihren dreißig Trauertagen dazu, sie zu treffen. Wir haben uns inzwischen dreimal gesehen, und wir mögen uns. Judith ist neunzehn Jahre alt. Natürlich habe ich sie nicht angerührt, ja, nicht mal ihre Hand gestreift. Wir haben uns damit begnügt, in diesen Hotels, in denen wir Kleriker ein und aus gehen, Tee zu trinken. Unter uns gesagt, muss ich gestehen, dass sie gar nicht übel ist und sich unter ihren langen Röcken ein riesiger Hintern verbirgt, dem ich nach den Vorschriften der Thora gern alle Ehre machen will. Eine prachthintrige Chassidin wird meine Leopardin sein, Gott ist groß, daran besteht kein Zweifel.

Und so, mein lieber Cosmo, lade ich Dich feierlich zu meiner Hochzeit ein, die am 25. Adar (oder am Donnerstag, den 11. März) in Haifa, wo Judiths Familie lebt, stattfinden wird. Ich kann Dich nicht zum Trauzeugen nehmen, mein abtrünniger Bruder, aber Du würdest mir das schönste Geschenk der Welt machen, wenn Du bei unserer chuppa *und unserem großen* mazel *dabei wärst.*

Sei von Herzen gegrüßt

Dein Jacques

P. S./Deine Tochter ist hinreißend, sie hat genau Deine Augen! Danke für die Fotos. Richte Sophie bitte meine Glückwünsche aus.

P. S. 2/Ein Foto von mir an der Klagemauer. Wie Du siehst, geht es mir blendend, auch wenn Bart und Haare in Eretz Israel langsam angrauen, so wie Eisen im Wasser rostet …

Epilog

Haifa, 10. März 2010

Rund zwanzig Personen hatten sich zu einem Gelage im elfenbeinfarbenen Wohnzimmer von Ruth und Guybor Zylberstein eingefunden. Alle waren entzückt über diese ebenso glückliche wie überraschende Wendung: Jacques Senior und Claire Koskas, Ezechiel, Ana, die Jacques um Entschuldigung gebeten hatte, und ihr neuer Lebensgefährte, ein zehn Jahre jüngerer Informatiker aus Mosambik, Batia und Chani, Jacobo und ein paar Kameraden aus der Jeschiwa, der Rabbi Dov-Baer und seine Frau, Paul de Koskas und natürlich Cosmo und Sophie. Jacques, ganz in Rabenschwarz und das Gesicht von einem eindrucksvollen Filzhut überschattet, ging gerührt und dankbar von einer Gruppe zur nächsten. Um dreiundzwanzig Uhr gab Jacques Senior das Zeichen zum Aufbruch, der kommende Tag verspreche lang zu werden, sie sollten für die Hochzeit seines Sohnes mit Judith doch alle ausgeschlafen sein. An der Tür flüsterte Dov-Baer seinem Schüler etwas ins Ohr. »Ja, ich bin bereit«, erwiderte Jacques, so wie zuvor schon Meir Itzik gegenüber. Am Nachmittag hatte der *Rebbe* aus Brooklyn ihn auf Skype zum x-ten Mal an die Gesetze der Familienreinheit und den Anspruch einer untadeligen Tugend erinnert: »Die einzige Basis für eine glückliche Ehe ist absolute gegenseitige Treue. Gelobt sei der Talmud, Schande über die Ehebrecher! *Mazel tov*, mein Sohn!«

Es war schon nach Mitternacht, und mit Ausnahme von Jacques schlief das ganze Haus. Auf das Balkongeländer gelehnt, rauchte er im Schlafanzug eine Zigarette, wie hypnotisiert von dem Thymian- und Basilikumduft, den Pulsschlägen des Mittelmeers und dem flüchtigen Lichtschein der Scheinwerfer, die den Karmelhügel erklommen. Jacques lauschte und schaute, und er dachte nach, er dachte an die Geheimnisse des Universums und an das atemberaubende Tempo des Lebens, an seine rasanten Kehrtwendungen, und plötzlich zogen vor seinen Augen die Bucht von Rio und der Berliner Fernsehturm vorbei, die eisige ukrainische Steppe und die Wiener Hofburg, Hugo Huguin und Gabriel, Guzman Benco und Barbara, Clémence und Johnny, Serena und Claudio, die einander an den Händen hielten und herumwirbelten, immer schneller und schneller, in einem irrwitzigen Reigen, wie in *Der Tanz* von Matisse, und Jacques wurde angst und bange, Jacques wurde schwindelig: Was, wenn er doch nicht genesen war? Wenn er seinen Verpflichtungen und Judiths Liebe nicht gerecht würde? Er war kurz davor, seinen Vater zu wecken, um mit ihm zu reden, betete dann aber lieber kurz und ging schlafen.

Es war schon nach Mitternacht, und mit Ausnahme von Ziad schlief das ganze Haus. Aus einem Fenster in der Wohnung seines Onkels in Ost-Jerusalem gelehnt, rauchte er im Schlafanzug eine Zigarette, betört von dem Kardamom- und Kümmelduft, der aus den Restaurantküchen unten in der Gasse aufstieg, wo die Familie Khaled seit sechs Generationen lebte. Ziad lauschte dem Zirpen der Grillen und dem Miauen einer Katze und beobachtete die Schatten, die in der kühlen Nacht an den Mauern vorbeiglitten. Ziad lauschte und schaute, und er dachte nach, er dachte an die Geheimnisse des Universums und an das atemberaubende Tempo des Lebens, an seine rasanten Kehrtwendungen, und plötzlich zogen vor seinen Augen der von den Bulldozern des Tsahal verwüstete Olivenhain seines Vaters vorbei, die Leichen zweier seiner Brüder und die trauernde Mutter, die heulenden Sirenen ringsherum, die permanent über sein Dorf im Westjordanland kreisenden Hubschrauber, und Ziad wurde angst und bange, Ziad wurde schwindelig: Was, wenn er einknickte? Wenn er seinen Verpflichtungen und der Liebe Allahs nicht gerecht würde? Er war kurz davor, seinen Onkel zu wecken, um mit ihm zu reden, betete dann aber lieber kurz und ging schlafen.

Außerstande, Schlaf zu finden, knipste Jacques das Licht wieder an. »Groß ist der Verstoß gegen die Thora für die Liebe Gottes!«, murmelte er mit schweißnasser Stirn und einer Erektion. Er musste sich einen letzten Fehltritt erlauben, einen letzten Walzer, um seine zukünftige Ehe zu retten, um Judith treu bis in den Tod zu bleiben. Um nichts zu bereuen und nie mehr eine verbotene Frucht zu begehren. Aus Liebe zu Gott. Aus Liebe zu Gott ein letztes Mal unreine Frauen anschauen und berühren. Zum allerletzten Mal, heute Abend oder nie. Heimlich, still und leise, niemand, wirklich niemand würde davon erfahren, und morgen in der Synagoge würde er mit seinem Ehesegen von all seinen Sünden reingewaschen.

Außerstande, Schlaf zu finden, knipste Ziad das Licht wieder an. »Der Märtyrer, wenn er Allah trifft, erreicht Vergebung mit dem ersten Tropfen Blut, er wird errettet von den Qualen des Grabes und sieht seinen Platz im Paradies, er wird von dem großen Schrecken des Jüngsten Gerichts errettet, er wird gekrönt mit der Krone des Ruhmes, deren schillernde Edelsteine besser als die ganze Welt sind und besser als all das, was darinnen ist, er erhält zweiundsiebzig schwarzäugige Frauen, siebzig seiner Familie kommen durch ihn in den Himmel«, murmelte er mit schweißnasser Stirn und einer Erektion. Er konnte nicht mehr warten. Heute Abend oder nie, sein letzter Walzer. Morgen war er mit Maha verabredet, sie gefiel ihm, und wenn er sie weiterhin traf, würde er nicht mehr zur Tat schreiten. Doch er hatte einen Schwur geleistet, er hatte geschworen, sich an den Juden zu rächen, als die sterblichen Überreste seiner beiden Brüder in die Erde gelassen wurden. Seit acht Jahren bereitete er sich darauf vor, heimlich und akribisch, er würde Rache nehmen. Er sprach perfekt Hebräisch. Er war fünf Jahre zuvor mit der fixen Idee, sich zu rächen, nach Ost-Jerusalem gezogen. Er hatte es geschafft, sich falsche israelische Papiere zu besorgen. Im Schuppen seines Onkels hatte er geduldig winzige Mengen an Diesel, Dünger, Salpetersäure und Schwarzpulver gehortet. Kleine Portionen, die keinen Verdacht bei der Polizei erregt hatten. Sein Gürtel war fertig. Sein letzter Walzer.

Jacques stand auf und wühlte in dem Schrank, den seine Schwester ihm überlassen hatte, damit er bei seiner Ankunft in Israel seine sündige Kleidung wegräumen konnte. Er schlüpfte in eine alte schwedische Schlaghose und ein

Hemd mit Schulterklappen. Auf Zehenspitzen schlich er ins Badezimmer, kämmte sich und sah lange in den Spiegel. Mit seinem großen Bart und seinem Künstlerlook hatte er durchaus Stil, ein bisschen wie ein New Yorker Hipster oder Jean-Claude Brialy in dem Rohmer-Film *Le genou de Claire*.

Ziad stand auf und wühlte in seinem Schrank. Er schlüpfte in seine Lieblingsjeans und seine Nikes, zog ein enges schwarzes T-Shirt an und knotete sich ein weites Kapuzenhirt um die Schultern. Auf Zehenspitzen schlich er ins Badezimmer, gelte sich die Haare und band sich einen Davidstern um den Hals. Er sah lange in den Spiegel. Mit seinem bartlosen Gesicht und seinem coolen Look hatte er durchaus Stil, ein bisschen wie ein irakischer Jude, einer dieser Schwuchteln, die sich donnerstagabends vor einem Club in Tel-Aviv die Beine in den Bauch standen.

Leise fuhr Jacques Guibors Computer hoch und suchte nach der schnellsten Route zur Diamantenbörse in Ramat Gan, wo sich ein unterirdisch gelegener Stripclub befand. Er war anlässlich der Hochzeit seiner Schwester vor der Zweiten Intifada schon mal dort gewesen: Man steckte einem der Mädchen einen 50-Schekel-Schein in den String und konnte sich wie auf dem Jahrmarkt mit der Gliederpuppe amüsieren, ihr für ein paar Minuten an den Busen oder Hintern grapschen. Die Kaschemme wurde von jungen Wehrpflichtigen auf Urlaub besucht. Jacques riskierte kaum, dort auf Rabbi Dov-Baer und seine Mitschüler zu treffen. Ein idealer Ort des Verderbens für einen letzten Walzer.

Leise fuhr Ziad den Computer seines Onkels hoch und

suchte zum x-ten Mal nach der schnellsten Route zur Diamantenbörse in Ramat Gan, wo sich ein unterirdisch gelegener Stripclub befand. Seine älteren Brüder waren vor der Zweiten Intifada ein paar Mal dort gewesen: Man steckte einem der Mädchen einen 50-Schekel-Schein in den String und konnte sich wie auf dem Jahrmarkt mit der Gliederpuppe amüsieren, ihr für ein paar Minuten an den Busen oder Hintern grapschen. Die Kaschemme wurde von jungen Wehrpflichtigen auf Urlaub besucht. Wenn Ziad seinen Gürtel zünden würde, riskierte kaum jemand, die Explosion zu überleben. Ein idealer Ort des Verderbens für einen letzten Walzer.

Jacques kramte in der Handtasche seiner Schwester nach dem Autoschlüssel und den Fahrzeugpapieren. Er ging in die Garage runter und verstaute seine Kippa im Handschuhfach des Golfs. Er startete mit ausgeschalteten Scheinwerfern und beschleunigte, sobald er die Wohnanlage der Zylbersteins hinter sich gelassen hatte.

Ziad kramte in einer Jackentasche seines Onkels nach dem Autoschlüssel und den Fahrzeugpapieren und nahm seinen gefälschten Ausweis an sich. Er ging in den Schuppen runter und griff nach dem Gürtel, den er unter einen Sitz des Subaru schob. Er startete mit ausgeschalteten Scheinwerfern und beschleunigte, sobald er die Gasse der Khaleds hinter sich gelassen hatte.

Jacques fuhr Richtung Süden; Ziad Richtung Nordwesten. Beide waren konzentriert und nervös, sie hatten Angst, und sie waren guter Dinge.

Der Verkehr auf dem Highway 2 war flüssig, aber Jacques fürchtete eine Polizeikontrolle, einen Alkoholtest, immerhin hatte er auf seinem Hochzeitsempfang zwei Gläser Rotwein und mehrere Wodka getrunken.

Ziad wusste, dass er beim Verlassen von Ost-Jerusalem den Checkpoint passieren musste. *Inch Allah*, er hatte alles geplant. Laut Personalausweis hieß er Bibi Badash, war dreiundzwanzig Jahre alt und lebte in Petach Tikwa, wo seinen falschen Papieren zufolge auch der Subaru zugelassen war. Falls die Soldaten ihn fragen sollten, weshalb er das arabische Viertel verließ, würde er ihnen erklären, dass er zu einer Bar Mitzwa bei religiösen Freunden, die in der Nähe der Mauer wohnten, eingeladen sei. Sollten sie ihm nicht glauben, würde er sich direkt am Checkpoint in die Luft sprengen. Jacques verlangsamte das Tempo und stellte den Motor aus. Der Lichtkegel einer Taschenlampe traf ihn ins Gesicht. Ein dickbäuchiger Polizist musterte ihn zerstreut und winkte ihn durch.

Ziad verlangsamte das Tempo und stellte den Motor aus. Der Lichtkegel einer Taschenlampe traf ihn ins Gesicht. Zwei Soldaten mit geschulterten Waffen musterten ihn eingehend. Sie waren jung und abgekämpft, die Züge zerfurcht von schlaflosen Nächten und der permanenten Anspannung, das Kommen und Gehen in Jerusalem kontrollieren zu müssen. In ihrem Walkie-Talkie rauschte es. Sie fraßen ihm aus der Hand. Sie schluckten alles, was Bibi Badash ihnen erzählte. Ja, sie rissen sogar Witze:

»Na, Bibi, willst du heute noch einen draufmachen?«

»Nein, nein, ich fahre zu meiner Mutter zurück.«

»Bibi, wir wissen, dass du einen draufmachen willst! Du hast ein verdammtes Glück! Und bestimmt einen Bombenspaß!«

Ja, den würde er haben.

Die Bahn war frei.

Jacques stellte den Golf auf dem Parkplatz der Diamantenbörse ab. Bevor er ausstieg, flehte er zu Gott, dass er ihm diese letzte Sünde verzeihen möge. Zögerlich ging er auf den Stripclub zu. Es war viel los, und die Türsteher ließen die Nachtschwärmer, die vor dem Eingang standen, nur tröpfchenweise ein. Jacques stellte sich in die Schlange.

Ziad stellte den Subaru auf dem Parkplatz der Diamantenbörse ab. Ein Blick nach rechts, ein Blick nach links, schon hatte er sich unter dem weiten Sweatshirt den Gürtel umgeschnallt. Bevor er ausstieg, flehte er zu Gott, dass er ihm bis zum Schluss die Kraft zum Durchhalten geben möge. Zögerlich ging er auf den Stripclub zu. Es war viel los, und die Türsteher ließen die Nachtschwärmer, die vor dem Eingang standen, nur tröpfchenweise ein. Ziad stellte sich in die Schlange.

Vor ihm stand ein komischer Typ mit Schlaghose, dessen riesiger Bart im Kontrast zu seinem jugendlichen Gesicht bereits grau meliert war. Jacques gestikulierte nervös und murmelte vor sich hin, er hatte Angst. Hinter den Palästinenser stellten sich vier Neuankömmlinge. Dann noch drei weitere, die schon betrunken waren und lautstark lachten. Jacques und Ziad beteten und schwitzten immer mehr. Der Terrorist hatte eiskalte Hände. Er beobachtete die Türsteher, er begriff, dass sie ihn von Kopf bis Fuß abtasten würden und er nicht in den Club hereinkäme.

Jetzt oder nie?

Glossar

Baba – Papperlapapp! Unfug! (jüdisch-tunesischer Ausdruck)
Bar Mitzwa – religiöse Mündigkeit (bei Jungen)

Chanukka – jüdisches Lichterfest, das in denselben Zeitraum fällt wie Weihnachten
Chuppa – Hochzeitsbaldachin

Dahol und Zurna – kurdische Musikinstrumente
Dibbuk – böser Geist oder Dämon, der in den Körper eines Lebenden schlüpft und ihn verdirbt

Goi – Nichtjude
Gotfertomi – Mein Gott! (auf Elsässisch)
Gut Schabbes – Guter Sabbat!

haTikwa – israelische Nationalhymne
Haftara – Lesung in der Synagoge aus den Prophetenbüchern an jüdischen Feiertagen und am Sabbat
Hazak – Bravo!

Jeschiwa – jüdische Hochschule
Jom Kippur – Versöhnungstag, der höchste Feiertag im jüdischen Kalender

Kaddisch – Totengebet
Kehillah – jüdische Gemeinde

L'Chaim! – Auf das Leben! (Trinkspruch)

Mazel – das Glück

Mazel tov – Viel Glück!

Mazel tov und siman tov, mazel tov und siman tov – traditionelles Lied bei jüdischen Hochzeiten; bedeutet so viel wie »Bravo und viel Glück!« (wird mit emporgereckten Armen getanzt)

Mikwe – rituelles Tauchbad für die Reinigung

Minchia – Verdammt! (auf Italienisch)

Minina – Omelett mit Huhn, Zitrone und hartgekochten Eiern (gehaltvolles jüdisch-tunesisches Rezept)

Mitzwa – Gebot, wohltätiger Akt

Pantul – kurdische Pluderhose

Parascha – Wochenabschnitt der Thora, der jeden Samstag gelesen wird

Puttana, sporca puttana! – Dreckige Hure! (Italienisch)

Rabotai – Kameraden!

Rebbe – Rabbi

Rosh Hashanah – jüdischer Neujahrstag

Shana tova u'metuka – Frohes neues Jahr!

Teschuwa – Reue, Umkehr und Aufbruch zu gottgefälligem Lebenswandel

Tischri – erster Monat des jüdischen Kalenders

Tscholent – traditionelles osteuropäisches Rezept am Sabbat und an jüdischen Feiertagen aus Graupen, Kartoffeln, Fleisch und Bohnen. Ein guter Tscholent muss lange köcheln. Winteressen, bietet Schutz vor den eisigen Temperaturen in den Karpaten.

Ya rabbi – Mein Gott!

Yizkor – Erinnere Dich!